FOLIO SCIENCE-FICTION

Frank M. Robinson

Le Pouvoir

Traduit de l'américain
par Gilles Goullet

Gallimard

Citation de Nietzsche (*Ainsi parlait Zarathoustra*) : traduction Maurice de Gandillac (Folio Essais, Gallimard, 1985).

Référence biblique extraite de la Bible de Jérusalem (Les Éditions du Cerf).

La citation en page 11 « Tu me rappelles ce type... » est tirée du film *Deux sœurs vivaient en paix* (*The Bachelor and the Bobby-Soxer*), produit en 1947 par Dore Schary pour RKO Radio Pictures sur un scénario de Sidney Sheldon. Reproduit avec autorisation.

Titre original :

THE POWER

Né en 1926, Frank M. Robinson a publié son premier texte en 1950 dans le prestigieux magazine *Astounding Science Fiction*. Il poursuit depuis, en parallèle ou alternativement, une double carrière d'éditeur et d'auteur. On lui doit, outre *Le Pouvoir*, deux textes majeurs de la science-fiction contemporaine : *Waiting*, sur un thème similaire, et *The Dark Beyond the Stars*, vaste *space opera* réécrivant sur fond d'étoiles la légende de Moby Dick.

À LA MÉMOIRE DE MA MÈRE
amatrice de bons thrillers

Tu me rappelles ce type
Quel type ?
Celui qu'avait le pouvoir
Quel pouvoir ?
Le pouvoir de porter malheur
Porter malheur à qui ?
À toi
Pourquoi à moi ?
Parce que tu me rappelles ce type
Quel type ?
Celui qu'avait le pouvoir...

1.

Olson allait craquer.

Tanner le sentait venir depuis un mois. Le psychologue devenait chaque jour plus nerveux, au point de rappeler à Tanner un gobelet en cristal prêt à voler en éclats pour peu qu'on le fasse tinter de la bonne manière.

Les autres s'en étant eux aussi aperçu, Tanner aurait à régler ce problème plus tôt que prévu. Et quelle que soit la méthode utilisée, il lui faudrait se salir les mains pour se débarrasser d'Olson. Encore qu'on pouvait peut-être faire quelque chose *pour* lui... mais quoi ?

Il s'arrêta devant l'entrée du bâtiment des sciences le temps de plonger sa pipe dans sa blague à tabac et de la bourrer du pouce.

Qu'est-ce qui pouvait bien ronger Olson ?

Il referma sa blague et inspira une dernière bouffée d'air printanier avant de franchir les portes en verre. Déjà, comme tous les samedis matins, des étudiants désireux de gagner un dollar affluaient dans les laboratoires du Projet. Dès qu'ils avaient signé les décharges, des professeurs adjoints les répartissaient entre les diverses expériences.

Tanner s'arrêta près de la chambre froide pleine d'eau glacée dans laquelle flottait un volontaire, divers endroits du corps reliés à des thermocouples par de minces câbles filiformes. *On le repêchera avant la moindre lésion*, se dit-il, *même si les humains se montrent plutôt endurants : ils en supportent toujours davantage qu'ils ne s'y attendent.*

Il observa en silence la chambre froide durant quelques instants avant de poursuivre son chemin dans le couloir blanchi à la chaux jusqu'au laboratoire des expériences limites, où il était censé retrouver le commandant Nordlund.

Olson.

Un jeune homme grassouillet du même âge que lui, dissimulé derrière d'épaisses lunettes en écaille. Brillant, borné et antisocial. Le genre à toujours considérer une université comme un refuge, mais qu'on ne s'attendait pas pour autant à voir perdre la boule. Il était arrivé quelque chose à Olson... mais quoi, au juste ?

Il allait devoir s'occuper de ce problème et les autres membres du comité observeraient attentivement la manière dont il s'y prendrait. En cas de maladresse... Eh bien, Van Zandt se tenait prêt à abattre sa hache et lui administrerait le *coup de grâce* avec toute la promptitude possible, sans même probablement laisser au sang le temps de couler. Pour le moment, Tanner présidait le comité. Serait-il simple laquais demain ?

Au laboratoire des expériences limites, le commandant Arthur Nordlund, une fesse posée sur la table et une cigarette entre ses doigts pâles, assistait à une expérience sur la douleur. Tanner pensait que Nordlund l'attendait pour lui parler d'Olson et malgré toute l'animosité qu'il portait à l'officier, il pouvait difficilement le lui reprocher. Il y avait aux États-Unis huit personnes plus savantes que quiconque sur les limites de l'endurance humaine. Le gouvernement ne pouvait se permettre de laisser l'une d'elles déraper et se mettre à parler.

« Comment va le monde, commandant ? »

Nordlund esquissa un sourire tout en parvenant à afficher une expression mécontente. C'était un de ces hommes minces qu'un uniforme met en valeur, avec une moustache en trait de crayon sur son visage fin et anguleux. Guère plus âgé que Tanner, il venait de dépasser la trentaine.

Mais je n'arrive pas à lui parler, se dit Tanner. *Nos personnalités s'entendent comme chien et chat.*

D'un doigt soigneusement manucuré, Nordlund désigna l'expérience en cours devant lui. « Quel en est le but, professeur ?

— Nous mesurons des seuils de douleur afin de déterminer ce qu'un homme peut supporter. » Il regarda le jeune homme sanglé dans un fauteuil en face de lui. On l'avait mis en t-shirt et en slip avant de lui peindre sur le front un petit cercle noir, sur lequel on avait braqué un rayon d'intense lumière blanche.

Au signal de Tanner, un assistant posté devant une console de commandes poussa un rhéostat jusqu'à l'encoche suivante. Le rayon lumineux s'intensifia et un délicat halo d'électricité statique parcourut la silhouette installée dans le fauteuil. Les cheveux de l'homme se dressèrent d'un coup sur son crâne avec un grésillement d'étincelles bleues tandis que la sueur perlait sur son visage.

« Okay, stop ! » Le générateur cessa de bourdonner et Tanner entreprit de dégrafer les sangles. « Comment vous sentez-vous ?

— Je ne pense pas que j'aurais pu en supporter davantage, professeur... Ça faisait terriblement mal ! » L'étudiant s'essuya le visage avec son t-shirt et se tourna vers Nordlund. « La Marine va vraiment utiliser les résultats de tests comme celui-ci, mon commandant ? »

Tanner intervint avant que Nordlund puisse répondre. « Ils sont tous nécessaires à la recherche sur la survie, Chuck. » Il administra au garçon une tape sur l'épaule. « Enlevez le noir de fumée de votre front, nous n'avons plus besoin de vous. »

Nordlund attendit que l'étudiant s'en aille pour s'adresser à Tanner : « Puisque vous semblez tout savoir, professeur, peut-être pourriez-vous m'expliquer le principe de l'expérience ? »

Je l'ai pris à rebrousse-poil. Une fois de plus. Je suis vraiment le champion pour m'entendre avec les militaires.

« Rien de bien compliqué. La lumière blanche provoque une réaction de douleur sur le point de son front. La charge statique mesure la conductivité dermique, qui change lorsqu'on souffre.

— C'est très douloureux ?

— À peu près autant que possible, presque au niveau d'une colique néphrétique.

— Est-ce la limite de ce qu'un homme peut endurer ?

— Ça dépend du sujet. Les footballeurs ont plus d'endurance que les poètes, si vous voyez ce que je veux dire. »

Nordlund prit un air d'ennui. « J'aurais pu en informer moi-même le gouvernement.

— Vous voulez dire que vous vous en *doutiez*, mais sans certitudes. Le gouvernement paye pour avoir des preuves. » Tanner se dirigea vers la porte. « Prêt ? »

Nordlund ne bougea pas. Il souleva le couvercle d'un briquet allemand qui s'allumait tout seul au contact de l'air. « Avant d'entrer, nous devrions discuter de ce que vous allez faire au sujet d'Olson, vous ne croyez pas ?

— Je songeais à un petit entretien avec lui. »

Nordlund secoua la tête. « Non, non, professeur, ça n'ira pas. Ça ne suffira pas. Ce type ne va pas bien et je veux savoir à quel moment et de quelle manière vous allez vous occuper de ce problème. »

D'une manière qui ne me plaira pas du tout, pensa posément Tanner. Il ignorait ce qui tracassait Olson, mais le renvoyer du comité serait peut-être la goutte d'eau qui ferait déborder le vase.

Nordlund déchiffra son expression et sa voix prit une légère nuance autoritaire. « Je comprends vos scrupules, professeur. Mais ce projet est sensible, même s'il ne s'agit pas de la bombe H. Le gouvernement ne peut se permettre de voir un homme craquer sur un travail tel que celui-là. C'est comme pour les cordages d'un voilier : quand on en voit un qui s'effiloche et risque de céder, on le remplace. »

Tout doit absolument rester en ordre. Au diable Olson. Et dix contre un que ce salaud de Nordlund n'est jamais monté à bord d'un voilier. « Je lui en parlerai après la réunion. J'arriverai peut-être à le convaincre qu'il a besoin de repos, quelque chose comme ça. »

Nordlund se leva. « Gérez cela comme vous l'entendez. Et pour sa sœur, au fait ? Elle ne m'a jamais paru bien stable non plus. »

Tanner lui tourna le dos. « Il est un peu tard pour chambouler tout le comité, commandant.

— À votre guise, professeur, je ne suis là qu'à titre de conseiller. » Sa voix changea légèrement de ton et Tanner y décela presque l'acier. « Mais si quelque chose tourne mal, nous saurons à qui en incombe la responsabilité, n'est-ce pas ? »

Ils pénétrèrent dans la salle de réunion juste avant les autres membres du comité ; Tanner s'installa pour observer leur arrivée.

Patricia « Petey » Olson, sa secrétaire, la sœur d'Olson, entra la première. Un peu de fard ou de rouge à lèvres aurait pu la rendre jolie, mais elle n'en utilisait jamais. Elle portait ses cheveux relevés en chignon et des lunettes en plastique avec des verres énormes et parfaitement ronds qui donnaient à son visage un peu plat un air de tarsier. Elle avait un nez qu'on aurait pu qualifier de mutin, une moue perpétuelle et d'épais sourcils non épilés. Efficace. Calme. Et très froide.

Vint ensuite le professeur Owen Scott, que la mythologie universitaire assimilait à un M. Chips[1]. *L'ombre d'un homme autrefois vigoureux*, pensa Tanner, *avec sa mèche de cheveux blanc cassé au-dessus de son visage ridé.* Directeur de la faculté d'anthropologie de Tanner, mais un peu trop vieux pour présider le comité.

La biologiste Marge Hanson entra en gloussant à cause d'une remarque de l'homme qui la suivait. C'était une fille aux cheveux acajou bien plus grande et bien plus jolie que Petey mais qui, elle aussi, portait uniquement des chaussures plates et des jupes raisonnables. Le genre à jouer au tennis, à aller à la piscine, à danser toute la nuit et à se réveiller tôt le lendemain matin en persistant à penser que le monde était un endroit merveilleux.

Elle croisa son regard et lui dit « Salut ! » avec un clin d'œil. Il se surprit à sourire et à le lui rendre avec solennité.

Elle avait ri à une plaisanterie de Karl Grossman, physicien corpulent et négligé qui n'enfonçait jamais complètement sa chemise dans son pantalon. Se présenta derrière lui Eddy DeFalco, le troisième membre de la faculté d'anthropologie. Bronzé, musclé, suffisant et sûr de lui.

1. Référence au film *Goodbye, Mr. Chips* (1939), lui-même adaptation d'un best-seller des années 30 sur la vie d'un enseignant de pensionnat anglais devenant au fil des décennies qu'il y passe de plus en plus aimé et respecté des élèves. (*N.d.T.*)

Les filles l'adorent, pensa Tanner. *Le genre d'homme avec lequel elles couchent en vacances là où personne ne les connaît. Mais ce n'est pas de sa faute s'il a de la chance...*

Le professeur Van Zandt, directeur de la faculté de psychologie, était un quadragénaire mince et nerveux aux yeux bleu glacé d'une acuité surnaturelle. Les épaules de son costume deux pièces contenaient un peu trop de rembourrage et Tanner crut déceler un début d'embonpoint sous la veste croisée.

Attention aux Ides de Mars. Van ne me ratera pas si je ne me tiens pas sur mes gardes.

John Olson fermait la marche. Le grand frère de Petey humectait nerveusement ses lèvres épaisses en buvant les paroles de Van Zandt. Il semblait nerveux et effrayé.

Pourquoi ?

Ils sont tous différents, se dit Tanner. *Et chacun d'eux a ses défauts. Mais c'est un bon comité. Probablement l'un des plus intelligents qu'on puisse constituer dans une université américaine...*

« Bon, on est tous là, grogna lourdement Grossman, qu'est-ce qu'on attend ? »

Tanner adressa un signe de tête à Petey, qui entama la lecture des minutes de la réunion précédente. « *Samedi 22 mai. Réunion du Comité de la Marine pour la Recherche Humaine avec comme ordre du jour...* »

Tanner attendit qu'elle achève sa lecture, puis se donna en spectacle en tripotant sa pipe. Il se demanda un instant combien d'entre eux savaient qu'elle ne lui servait qu'à masquer sa jeunesse.

« Durant l'année écoulée, commença-t-il d'un ton décontracté, nous nous sommes essentiellement consacrés à des recherches sur la survie... pourquoi, sous certaines contraintes et dans certaines conditions, les uns vivent et les autres meurent. Sur un champ de bataille, certains se montrent plus malins, plus efficaces, plus capables. Ayant déterminé les qualités nécessaires à la survie, nous avons essayé de comprendre comment ceux qui réussissent et survivent parviennent à ce résultat, nous nous sommes efforcés de déterminer les facteurs qui entrent en jeu. »

Il mâchonna sa pipe un peu plus fort et plissa les yeux dans la fumée. « Les personnes qui présentent ces caractéristiques étant à peu près aussi faciles à trouver qu'une aiguille dans une meule de foin, John Olson a proposé d'utiliser un questionnaire, méthode économique lorsqu'il s'agit d'évaluer un grand nombre d'individus. Ceux dont les réponses semblaient prometteuses pouvaient ensuite être soumis à des tests physiques plus exhaustifs. Vous vous en souvenez, le questionnaire que nous avons mis au point portait sur les antécédents médicaux, le profil psychologique, le bagage familial et l'hérédité du sujet... facteurs que nous nous sommes accordés à trouver tous importants, et qu'on ne peut pour la plupart tester dans le sens physique du terme. » Il eut un sourire prudent. « Chacun de nous a accepté de remplir ce formulaire... pour une sorte de coup d'essai. Aucun de nous ne l'a signé, ce que je regrette. John a compilé les résultats et je dois avouer que l'un d'eux comporte quelques réponses plutôt fantastiques. »

DeFalco prit une expression curieuse. « Exemple ? »

Tanner brandit l'un des questionnaires. « La personne qui a rempli celui-ci prétend ne jamais avoir été malade, ne jamais avoir eu ni problèmes personnels graves ni gros ennuis, et dispose d'un Q.I. proche des limites du mesurable. Ses parents appartiennent à deux lignées raciales différentes et pour ce que cela vaut, son père était sourcier et sa mère guérisseuse. »

Une vague de rires parcourut l'assemblée et même le professeur Scott sourit. Tanner reposa le papier. Au moins, cela aurait détendu l'atmosphère.

« S'il n'y a plus de remarques, je vais dire à Petey d'imprimer le formulaire et...

— Professeur Tanner ! »

Il baissa les yeux vers l'extrémité de la table. Couvert d'un léger film de sueur, le visage replet d'Olson luisait dans le soleil qui se déversait par les fenêtres.

« À votre avis, ce questionnaire était-il fiable ? »

Tanner commençait à s'énerver. Si Olson en doutait, pourquoi ne lui avait-il pas posé la question en privé ?

« Vous me demandez si j'ai fourni exprès des réponses fantaisistes, c'est bien ça ? Moi, non, mais il faut croire que quelqu'un l'a fait. »

Olson s'humecta à nouveau les lèvres. « Vous en êtes certain ? »

Il y eut un silence gêné, puis le professeur Scott grogna : « Sottises. »

Olson n'y prêta aucune attention. « Il y a peut-être quelque chose. Je pense que nous devrions... l'étudier de plus près.

— Si les réponses à ce questionnaire sont sincères... intervint Nordlund.

— Elles ne le sont pas, trancha Tanner.

— Mais si elles l'étaient ? »

Un profane dans l'assemblée et vous vous retrouvez à expliquer le B.A.BA tout l'après-midi.

« Cela signifierait que celui ou celle qui a rempli ce questionnaire est une personne hors du commun, voire un être supérieur. Mais j'ai du mal à croire qu'il faille prendre ces réponses au sérieux. Et nous avons beaucoup de points importants à traiter aujourd'hui. »

La voix d'Olson se mua en un glapissement nerveux. « Peut-être refusez-vous d'admettre ce que cela signifie, Tanner ! »

Tout le monde fixait désormais son attention sur Olson, son visage trempé et ses yeux un peu trop écarquillés. *Les yeux d'un homme à moitié mort de peur*, pensa Tanner avec une précision chirurgicale. Il sentit alors de la sueur se former sur son propre front. Il avait eu le pressentiment qu'Olson allait craquer en pleine réunion.

Il essaya de faire changer de direction à son collègue effrayé, de le pousser à discuter. « Très bien, John, selon vous, qu'est-ce que cela veut dire exactement ?

— À mon avis, que l'espèce humaine est finie ! »

Tanner jeta un coup d'œil à l'officier de marine et constata que la sortie d'Olson semblait laisser Nordlund indifférent, tandis que la surprise et la stupéfaction se lisaient sur les autres visages. Un moment de silence embarrassé suivit, puis Petey, qui semblait à deux doigts de fondre en larmes, dit : « John, je pense qu'on ferait mieux de...

— Tais-toi, Pat », l'interrompit Olson sans la regarder.

Personne ne dit rien. *Ils vont me laisser m'en occuper*, pensa Tanner avec gêne. *C'est mon problème*. Il reprit le questionnaire. « Qui a rempli celui-là ? »

Un autre silence pesant, l'un de ceux où un petit mouvement de gêne sur une chaise ou un farfouillage embarrassé de papiers prend des proportions énormes.

« Ne pensez-vous pas qu'on devrait passer à autre chose ? s'impatienta Van Zandt. Je ne vois pas où cela peut nous mener. »

Tanner rougit. Il essayait de ménager Olson et Van Zandt le savait, mais le monde universitaire était une jungle. Si Van avait gagné ses éperons depuis bien longtemps, il aimait encore exercer.

Il lâcha le questionnaire. « D'accord, laissons tomber pour le moment. » Il hocha la tête à l'intention d'Olson. « On en discutera après la réunion, John.

— Vous avez peur ! hurla Olson d'une voix hystérique. Vous ne voulez pas y croire ! »

Tanner sentit ses cheveux se hérisser sur sa nuque. Prenez les tests de survie, ajoutez-y un complexe d'infériorité et vous pourriez bien obtenir une obsession du surhomme. Quelque chose d'assez proche de la religion... une volonté et un désir de croire qu'il existait plus grand que vous. Mais pourquoi cela effrayait-il Olson à ce point ?

Ce dernier tremblait. « Eh bien ? Que comptez-vous faire à ce sujet ? »

C'était comme assister à un accident de la circulation : cela vous soulève le cœur mais vous n'arrivez pas à en détourner les yeux. Le spectacle d'un homme perdant contact avec la réalité provoquait le même genre de fascination horrible. Tanner attendit que Van Zandt dise quelque chose, qu'il cloue le bec à son jeune collègue de quelques bordées de logique. Mais Van ne dit rien, se contentant de fixer Olson d'un regard curieux et inquisiteur. *Personne ne connaît Olson mieux que Van Zandt*, se dit Tanner, *mais pour des raisons qui ne regardent que lui, Van laisse John creuser sa propre tombe sans essayer de l'en dissuader.*

Il suait. Il n'avait plus d'autre choix que d'entrer dans le jeu d'Olson. Il se tourna vers Marge. « Tu as une épingle ? »

Elle en dénicha une dans son sac et la lui tendit. Il posa un livre sur la tranche au bout de la table, la tête de l'épingle coincée entre les pages afin que la pointe en dépasse de deux ou trois centimètres. Il déchira ensuite un minuscule fragment de papier, qu'il plia en forme de parapluie et posa sur la pointe de l'épingle.

« Peut-être peut-on prouver quelque chose de cette manière, John. Je suppose que notre... surhomme... dispose de pouvoirs mentaux tels qu'il fera tourner ce papier sur l'épingle rien qu'en se concentrant dessus. Le papier est léger et je l'ai soigneusement équilibré, un rien suffit à le faire bouger. D'accord ? »

Il y eut une série de ricanements mais Olson hocha la tête, ce qui soulagea Tanner. C'était la seule chose qui lui était venue à l'esprit sur le moment. Un jeu d'enfant.

« Quelqu'un souhaite essayer ?

— Je veux bien, si tout le monde le fait », répondit Marge.

Les autres opinèrent du chef et elle fixa attentivement l'épingle. Le papier ne bougea pas le moins du monde. Au bout d'une minute, elle se rejeta en arrière dans son siège en levant les mains vers son visage. « Tout ce que j'obtiens, c'est une migraine.

— Van ? »

Van Zandt hocha la tête et fixa le parapluie de papier. *Si on peut agir sur ce papier par la seule force de la volonté*, pensa Tanner, *je parie sur celle de Van Zandt*. Mais le papier resta immobile. Van Zandt releva les yeux. « De toute évidence, mes talents supérieurs ne sont pas au mieux de leur forme, ce matin. »

Olson lui-même puis De Falco tentèrent leur chance sans plus de succès. Nordlund se concentra sur l'épingle et eut l'air ennuyé de voir que le papier ne frémissait même pas. Ce fut ensuite le tour du professeur Scott.

Le papier s'inclina très légèrement.

Il y eut un silence épais, effrayé. L'attitude condescendante avait disparu comme par magie et Tanner sentait la tension s'accumuler dans la pièce. Tous les yeux étaient rivés sur le vieil homme, qui tremblait soudain. « *Mon Dieu, je n'ai pas...*

— Il y a une explication très simple, se dépêcha d'intervenir Grossman. Une porte a claqué quelque part dans le couloir, vous étiez sans doute trop concentré pour l'entendre. Je ne doute pas qu'un léger courant d'air affecterait notre petit bout de papier. »

Le vieillard eut l'air extrêmement soulagé et une partie de la tension s'envola. Grossman fit alors un essai, sans succès.

Tanner haussa les épaules. « Eh bien, John ? »

Olson fut soudain debout, les doigts appuyés sur l'autre bout de la table, d'où il regardait Tanner. « *Il* refuse de l'admettre, il n'a pas assez de tripes pour ça ! S'il n'a pas voulu admettre qu'il avait rempli ce questionnaire, il ne se montrera pas pendant un test tel que celui-là ! » Son visage replet était rouge. « Il n'en a pas le courage, Tanner, il se cache ! »

Que diable faut-il faire dans un cas comme celui-là ? se demanda Tanner. Ils dorlotaient un névrosé mais au point où ils en étaient, autant continuer encore un peu. Il jouerait son jeu une dernière fois. *Cela me gêne pour ce pauvre Olson. C'est un peu ma faute : j'aurais dû faire quelque chose il y a une semaine.*

« On va réessayer, mais cette fois tous ensemble. » Le surhomme d'Olson pourrait rester caché tout en révélant ses pouvoirs... s'il voulait relever le défi d'Olson. Peut-être John serait-il convaincu s'il voyait qu'il ne se passait rien. Sauf qu'on ne pouvait dissuader un névrosé de croire en ce qu'il voulait croire...

Il adressa un signe de tête aux autres.

De la rue montaient les sons étouffés de la circulation automobile et les vibrations sourdes des conversations. Quelque part dans le lointain, des pneus crissèrent. De tout aussi loin leur parvinrent les récriminations indignées d'une ménagère à qui on avait mal rendu la monnaie à l'étal d'un marchand de fruits. Dans la pièce elle-même, pas le moindre bruit, pas même des respirations étouffées. Et pas le moindre mouvement, rien que les petites particules de poussière flottant dans les rayons de soleil qui traversaient la fenêtre.

Et le minuscule parapluie de papier qui frémit, s'inclina, et se mit à tourner à toute vitesse.

2.

Tanner s'agita nerveusement sous les draps puis tendit la main jusqu'au rideau afin de jeter un coup d'œil à l'extérieur. C'était une sale nuit, avec des nuages sombres qui glissaient devant la lune et s'apprêtaient sans doute à lâcher de la pluie dans les minutes à venir. Un peu, pour commencer, puis le déluge martèlerait le trottoir et déchiquetterait les arbres tandis que le vent ferait tomber toutes les branches mortes.

Les lampadaires bordaient le trottoir comme de grandes bougies, et à un kilomètre et demi de là, Tanner voyait une lueur rouge, celle du néon clignotant dans Howard Street. On trouvait dans cette rue de Chicago un bar qui n'attirait pas la clientèle étudiante, qui n'accueillait jamais aucun de ces bruyants groupes de jazz. Il y emmenait Marge quand il avait envie de bavarder. Et il aurait bien aimé s'y trouver...

Le vent, qui forcissait, secouait la vitre et sifflait dans l'interstice séparant la fenêtre de son cadre. L'air froid sur son ventre nu fit frissonner Tanner.

Ce n'est pas encore l'été, après tout, se dit-il. Mais frissonnait-il vraiment à cause de l'air glacé ? Ou parce qu'il songeait à quelqu'un d'autre sous la lune et les nuages noirs... quelqu'un à côté de qui il aurait ressemblé à l'idiot du village.

Il repensa aux événements de la matinée. Le parapluie de papier avait tourné comme un derviche, les laissant stupéfaits, figés de peur et de surprise. Sa confiance en lui l'avait abandonné à la vitesse d'un petit garçon glissant sur une rampe d'escalier et il avait eu dans le ventre la sensation de n'avoir mangé que de la glace pilée au petit-déjeuner. Un court instant, son monde avait tremblé, vacillé et failli s'écrouler.

Puis Grossman avait juré dans un allemand guttural et frappé le livre de sa main ouverte, écrasant chapeau de papier et épingle entre les pages. Ils étaient alors tous partis en bavardant entre eux et sans projets immédiats pour la suite à donner aux événements.

Au diable tout cela.

Il saisit sa pipe à tâtons sur la table de chevet et l'alluma. Le fourneau luisit faiblement dans l'obscurité et la fumée débarrassa sa poitrine d'une partie du froid. Il se rallongea sur l'oreiller, les yeux fixés sur le petit espace entre le rideau et la fenêtre, regardant sans vraiment les voir le scintillement des étoiles et le mouvement rapide des nuages.

Pourquoi seules certaines personnes survivaient-elles aux guerres ? Bien entendu, aucun facteur de survie n'entrait en ligne de compte lorsqu'on se faisait purement et simplement tuer. On pouvait difficilement arrêter une balle ou un éclat d'obus. Mais beaucoup mouraient de... disons des effets de bord. La stupidité, par exemple. Ou bien l'instabilité mentale.

Un type supérieur ne souffrirait pas d'aliénation, de névrose ou d'angoisse. Il résisterait à un lavage de cerveau. Il serait physiquement fort et doté de bons réflexes. Il ne craquerait pas très facilement.

Il existait un millier d'autres facteurs de survie. Un système digestif performant, comme en bénéficiaient la plupart des endormorphes. Retirer davantage de sa nourriture permettait le cas échéant de fonctionner avec peu... un facteur de survie important en période de disette. Tout comme la résistance à la maladie et au cancer. Ou la capacité à s'entendre avec son prochain.

Il arrangea son oreiller et se redressa en une position à demi assise.

Il existait d'autres facteurs de survie, d'autres talents difficiles à trouver parmi les humains et encore plus difficiles à étudier. Un large éventail de capacités dont la majorité des scientifiques n'avait même pas envie de parler... ou d'admettre l'existence. Certaines personnes savaient quelques instants à l'avant ce qui allait se passer ou ce que vous alliez dire.

Lui-même avait vécu cela un jour. Au cours d'une tombola à l'église. Il s'était levé et avancé vers la scène cinq bonnes secondes avant que le père Culligan, l'air abasourdi et quelque peu peiné, ne lise son nom à voix haute. Une situation embarrassante et difficile à justifier. Beaucoup croyaient encore qu'on avait truqué la tombola.

Et puis il y avait la capacité à déplacer de petits objets par le seul pouvoir de l'esprit. Il en avait vu une démonstration le matin même. Du moins, *quelque chose* avait fait tourbillonner le petit parapluie de papier.

Mais il y avait encore autre chose qui l'ennuyait.

Il connaissait tous les participants à la réunion, les appelait par leurs prénoms et savait quels squelettes recélaient leurs placards familiaux. Aucun d'eux ne lui semblait pouvoir être...

L'homo superior.

Le modèle de l'année prochaine.

L'homme à qui le monde appartenait.

Il bâilla et tapota sa pipe sur le rebord de la fenêtre. Une brise s'empara des rideaux et lui donna à nouveau la chair de poule. Une idée le frappa alors. *Mon Dieu, quelle étude scientifique ! L'Homme de Demain... aujourd'hui !*

Il se redressa d'un coup. Cela *pourrait* être l'événement le plus merveilleux dans l'histoire de l'espèce humaine depuis que le premier singe était descendu de son arbre. Un être humain aux capacités soudain accrues dont on pouvait se servir pour améliorer génétiquement l'ensemble de l'espèce. Un homme qu'on pouvait étudier et analyser pour appliquer aux problèmes comportementaux humains les résultats ainsi obtenus, un homme à même de prendre l'espèce humaine par la main pour la hisser au niveau supérieur. S'il le voulait bien.

Mais pourquoi ne le voudrait-il pas ?

Olson.

Olson avait affirmé que l'homme se cacherait. Il avait insisté pour qu'ils se livrent à une sorte de test. Et il mourait de peur, à tel point qu'il avait affronté la désapprobation collective, comportement a priori sans précédent de sa part.

Tanner regretta soudain de n'avoir jamais eu l'occasion de mieux le connaître ou pris la peine de se lier d'amitié avec lui. Olson était du genre à avoir désespérément besoin d'amis et de camaraderie, à s'appuyer sur les autres. Tout compte fait, à l'université, la faculté ne lui avait pas manifesté beaucoup de chaleur... Tanner pas plus que les autres.

Il regarda sa montre. Vingt-trois heures. Il n'était pas trop tard. Il était même très tôt, pour un samedi soir.

Il se leva et alla jusqu'au téléphone, frissonnant au contact de l'air froid sur son corps nu.

Le bourdonnement habituel, puis la voix de Susan Van Zandt. « Allô ?

— Bonsoir, Sue. John est là ?

— Bill ? Non, il n'est pas là. Je lui dis de vous rappeler ? »

Il hésita. Olson avait dû sortir, même s'il avait semblé aussi fatigué que lui et dépourvu de projets pour la soirée. Peut-être était-il allé au cinéma ou...

« Inutile, Sue. Je l'appellerai demain. »

Qu'Olson ne soit pas chez lui ne veut rien dire, sauf qu'on ne devrait pas gâcher un samedi soir à dormir, même par un temps pareil.

Il s'assit près du téléphone et composa le numéro de Marge.

« Tu n'as pas attendu trop longtemps ? demanda Tanner.

— Assez pour commander nos verres et me faire draguer par deux types. En plus, je suis certaine que la serveuse trouve un peu bizarre qu'on lui commande à la fois un scotch *on the rocks* et un verre de bière. »

Il se glissa dans le box à côté d'elle. « Tu aurais dû commander deux whiskys. La serveuse t'aurait prise pour une banale ivrogne au lieu de te trouver bizarre. »

Elle lui adressa une grimace. « Je te préfère quand tu ne fais pas le malin. »

Il but la moitié de sa bière et regarda Marge par-dessus son verre. Elle coiffait ses cheveux acajou en une coupe italienne qui s'accordait à la perfection avec son teint légèrement bronzé. Elle ne portait rien d'extravagant mais savait en tirer le meilleur parti. Une jupe en tissu écossais et un pull vert clair ainsi qu'un petit tour de cou. Un soupçon de parfum et une légère odeur de savon aromatisé.

Elle était la jolie enseignante, celle dont tous les étudiants de première année tombaient amoureux.

« Arrête de me regarder comme si j'étais un spécimen de papillon !

— Pas le plus magnifique des papillons, Marge... mais indubitablement joli. »

Elle fronça le nez. « Tu peux trouver mieux que ça, Bill. *Ça*, tu aurais pu me le dire au téléphone. »

Il termina sa bière. « Je sais. Mais ce n'est pas de cela dont je veux parler.

— Comme si je ne le savais pas. Moi qui pensais que tu m'invitais ici pour me couvrir de gentillesses ! »

Tanner n'était pas d'humeur à badiner. « J'ai repensé à ce matin. »

Le sourire de Marge disparut et elle redevint d'un coup l'intellectuelle universitaire. « Il reste des choses à en dire ? J'ai quasiment épuisé le sujet. »

Il compta sur ses doigts. « Primo, pourquoi notre ami a-t-il rempli sincèrement le questionnaire ?

— En discutant, cet après-midi, on est arrivés à la conclusion qu'il était impossible à des êtres inférieurs tels que nous de deviner ses motivations. Il aime peut-être jouer au chat et à la souris, va savoir.

— Secundo, est-ce une espèce de mutant ou simplement un être humain fonctionnant à cent pour cent ? »

Elle pencha la tête. « Comme diraient tes étudiants : je ne capte pas, professeur.

— Ce que je veux dire, c'est qu'un être humain pourrait bien disposer de capacités que nous n'imaginons même pas. Prends Kuda Bux...

— Kuda qui ?

— B-u-x. Un Hindou né au Cachemire il y a environ cinquante-cinq ans. Il faisait des démonstrations, et il continue, pour autant que je sache.

J'ai lu un jour dans le *British Medical Journal* un article consacré à une de ses démonstrations de marche sur le feu. La température dépassait quatre cents degrés et Bux y est resté quatre secondes et demie. Il s'en est sorti sans dommage mais l'étudiant en médecine qui a tenté de l'imiter s'est retrouvé les pieds brûlés jusqu'au sang. »

Marge voulut l'interrompre et Tanner posa son doigt sur ses lèvres. « Ce n'est pas tout. Il se baladait en moto en ville les yeux bandés. Il savait aussi lire comme ça. Et aussi en posant la main sur la page : il avait apparemment exercé certaines cellules de sa peau à servir de récepteurs visuels. Ce n'est peut-être pas impossible : les yeux et la peau se développent à partir du même ectoderme embryonnaire.

— Tout cela est attesté ?

— Oui. »

Elle frissonna. « Je ne suis pas sûre de préférer cela à ta mutation. »

Tanner baissa les yeux vers la table et promena ses doigts dans l'anneau d'humidité qu'y avait laissé sa chope. « Tertio, et plus important, quelle attitude adoptera notre ami vis-à-vis de l'espèce humaine, selon toi ? Elle pourrait avoir plus d'importance que la nôtre à son égard, tu sais.

— Aucune idée. Une attitude paternaliste, j'imagine. Il ressentira envers les humains tout l'amour et l'affection que nous portons aux chiens.

— Et donc, il s'entendra avec ceux d'entre nous qui l'adoreront comme nos animaux domestiques nous adorent, c'est ça ?

— Voilà. Et je suis prête à construire un petit reliquaire dans mon salon dès que je saurai quoi mettre dedans. Et quel genre d'encens brûler. » Elle finit son verre, ce que Tanner ne se rappelait pas l'avoir jamais vue faire. « On est peut-être injustes envers lui... on ne sait même pas ce qu'il veut. » Elle tripota son verre. « À ton avis ?

— Je n'en suis pas sûr. Ça me rappelle la première fois où j'ai joué à Pouvoir.

— Pouvoir ?

— Un jeu de gosses. Un joueur et son complice quittent la salle quelques instants et le groupe en profite pour choisir un objet. Quand ils reviennent, on met le complice au courant et celui-ci commence à poser des questions à son partenaire : "C'est le piano ? C'est la lampe ?" et cætera. Il ne regarde pas son partenaire et conserve une intonation neutre, mais quand il mentionne l'objet choisi par le groupe, son partenaire répond : "Oui, c'est le canapé"... enfin, l'objet choisi. Si un autre joueur arrive à deviner leur truc, il dit : "J'ai le Pouvoir !"

— Et le truc, c'est quoi ?

— Simple. Juste avant le bon objet, le complice demande à son partenaire si l'objet est de couleur noire. Il lui indique ainsi que le prochain objet qu'il citera sera le bon. Mais avant de comprendre ça, tu marches longtemps. » Il hésita. « Tu en viens à croire que c'est vrai, que le gamin lit réellement dans les esprits. Tu lui en veux, tu es jaloux à mort que quelqu'un ait le Pouvoir et pas toi. Je me suis un peu senti comme ça ce matin, en plus d'avoir une peur de tous les diables. » Il se tut quelques instants. « Ce soir, j'ai commencé à réaliser que ça ferait un sujet de recherche scientifique exceptionnel. »

La voix de Marge prit un ton sarcastique. « Je sais comment tu pourrais le financer. En demandant par exemple des témoignages publicitaires à notre ami. Genre : *Le surhomme mange des flocons d'avoine* ou *L'homme de demain conduit une berline Super-Six*. Mais comment le faire se tenir tranquille pendant que tu l'étudies ? »

Il se remit à barbouiller la table de son doigt humide. « Tu le considères comme une menace, non ?

— Pas toi ?

— Pas forcément. Pourquoi en serait-ce une ? Qu'est-ce qu'il voudrait ?

— Les trucs habituels. Le pouvoir, l'argent, l'amour. »

Il secoua la tête. « Ce sont des désirs humains. Il n'a pas forcément les mêmes, tu sais.

— Il n'en a pas *non plus* forcément d'autres. Tu le vois supérieur en tout. Je pense que tu te trompes. Qu'il est limité.

— Pourquoi ? »

Elle haussa les épaules. « Je vais peut-être trop loin. Mais pourquoi s'est-il révélé ? John lui a lancé un défi, et il l'a relevé. C'est une réaction très humaine. »

Il y réfléchit un instant. « Tu penses qu'il pourrait être une espèce de colosse aux pieds d'argile ? Quelques talents supérieurs et...

— ... et des défauts très humains. Je pense aussi que c'est un mélange dangereux, comme si tu mettais un moteur de trois cents chevaux dans une carrosserie de 1915.

— Quels talents pourrait-il avoir, à ton avis ?

— Je n'en ai vraiment pas la moindre idée. Et j'espère bien ne jamais le découvrir. »

Le silence s'installa entre eux et pour la première fois, il eut conscience du léger bourdonnement des conversations dans la salle. « Je lui accorde le bénéfice du doute, Marge, finit-il par dire. Je pense qu'il ne doit pas forcément nous inquiéter. Avoir peur de quelque chose qu'on ne comprend pas est une réaction très humaine et je pense qu'une fois sur deux, elle est suicidaire. En tout cas, j'aimerais découvrir de qui il s'agit. »

Elle baissa la voix. « Et le gouvernement, Bill ? Tu ne crois pas que tu devrais l'avertir ?

— Il risque de nous croire tous un peu dérangés.

— Ce n'est pas une raison.

— Je sais. C'est pour cela que j'ai essayé d'appeler depuis les laboratoires.

— Et ?

— Le téléphone ne marchait pas. » Elle eut l'air ébahi. « Ne te laisse pas emporter par ton imagination, fit-il d'un ton sec. Une branche d'arbre était tombée et avait coupé les câbles au niveau des isolateurs.

— Tu en es certain ? » Elle jeta un coup d'œil aux autres couples installés aux tables de bois poli. « Seigneur, je n'oublierai jamais la tête que le professeur Scott a faite !

— Lequel est-ce, selon toi ? demanda abruptement Tanner.

— Je préfèrerais presque ne pas le savoir.

— Nordlund ?

— J'en doute. Il n'est pas très sociable alors qu'à mon avis, ce serait absolument vital.

— Il fait peut-être semblant.

— Possible. »

Il se pencha sur la table. « Et si c'était Van Zandt ?

— Je trouve déjà cela plus plausible. » Elle fronça les sourcils. « Il est brillant, froid et ne cache pas tenir l'humanité en piètre estime.

— Que sais-tu de lui ?

— Pas grand-chose. Malheureux dans son couple, ce qui, j'imagine, n'a rien d'inhabituel. Susan et lui se sont rencontrés pendant la guerre. Il était capitaine dans une unité de guerre psychologique et elle chanteuse dans un *night-club* de Chicago. Il voulait épouser le glamour et elle un pantouflard. Déception d'un côté comme de l'autre.

— Grossman ?

— Le genre physicien. Il ne croit en rien qu'il ne puisse mesurer. Du moins, jusqu'à ce matin... et encore, quand on est partis, il marmonnait quelque chose sur les radiations à ondes courtes. Demain, il niera avoir vu quoi que ce soit. On le dit génial et il s'entend très bien avec le commun des mortels. » Elle s'interrompit. « La rumeur veut qu'il utilise un linguaphone pour entretenir son accent.

— Caractéristique d'un être supérieur, indubitablement. »

La serveuse vint les resservir et Tanner se consacra quelques instants à sa bière. *Cela pourrait être Grossman*, se dit-il. *C'est sans aucun doute un être supérieur. Mais à quel point ?*

« Et Eddy DeFalco, Bill ? Tu le connais mieux que moi.

— Sa réputation n'est pas exagérée, si c'est ce que tu veux dire.

— Je suis au courant pour Rosemary O'Connor... mais non, ce n'est pas ce que je voulais dire. »

Il haussa les épaules. « Désolé. Eddy est un drôle de mélange. Jouisseur, idéaliste et doué. Aucune conscience. Il sait ce qu'il veut et il fait ce qu'il faut pour l'avoir sans se soucier de la société.

— Ça correspondrait.

— Peut-être.

— J'imagine qu'on peut exclure le professeur Scott.

— Pourquoi ? Rien ne dit que notre surhomme soit jeune, si ? »

Elle eut l'air dubitatif. « Non, je ne pense pas. Ça ne me semble pas logique, voilà tout.

— Rien ne semble logique depuis ce matin, neuf heures. Et John Olson lui-même ?

— Ce type sans personnalité ? »

Il réagit avec agacement. « Bon, il y a un traumatisme dans son passé. Comme dans celui de pas mal de monde.

— Ça pourrait être une couverture. »

Dans ce cas, pensa-t-il, *elle est de tout premier*

ordre. Olson était un jeune homme pâle et nerveux qui se tordait sans cesse les mains et plaçait la prudence par-dessus tout. Le genre de types incapables de se montrer catégorique sur l'heure qu'il était. Sympathique, d'une certaine manière — il inspirait la pitié —, mais avec quelque chose de désagréable caché derrière ses yeux toujours emplis d'effroi. Quelque chose de si désagréable que vous aviez l'impression de ne jamais pouvoir deviner quoi : c'était toujours encore pire.

« J'aurais tendance à éliminer John tout de suite, dit Marge d'un ton songeur. Ce qui constitue probablement la raison la plus logique pour ne *pas* l'écarter.

— Il nous reste ensuite Petey et toi.

— *Moi !* »

Il eut un petit sourire. « Pourquoi pas ? Le surhomme n'est pas forcément un *homme*, tu sais.

— Et cela ne servirait à rien que je nie, j'imagine ?

— Ce serait justement la réaction attendue dans de telles circonstances.

— Très bien, répliqua-t-elle calmement. Dans ce cas, je ne nie pas. »

Il eut un instant l'impression qu'un glaçon descendait le long de sa colonne vertébrale. « Comment puis-je savoir que tu ne plaisantes pas ?

— Tu ne peux pas », dit-elle méchamment.

Il termina sa bière. « Parlons d'autre chose. »

Une heure plus tard, le barman fit clignoter à deux reprises les lumières. Tanner jeta un coup d'œil à sa montre. L'heure de la fermeture... il était déjà dimanche matin. Il aida Marge à enfiler sa veste et ils sortirent dans la nuit. À l'extérieur, un léger brouillard s'était déployé à partir du lac et il avait commencé à bruiner. Les nuages noirs descendaient si bas que Tanner fut pris d'un début de claustrophobie.

Alors qu'ils se mettaient en marche, sa main effleura celle de Marge. Leurs doigts se trouvèrent, s'entremêlèrent.

« Tu ne te sens jamais seule, Marge ? » Il laissa la question en suspens.

« Ça m'arrive.

— Tu n'y es pas obligée. »

Il la sentit esquisser un sourire dans le noir. « C'est une demande en mariage ou une avance ?

— Tu veux une réponse honnête ?

— Bien entendu. »

Il se tut un instant. « Très bien, je vais répondre sincèrement : les deux.

— Tu es gentil, Bill.

— Mais pas de la manière dont il faut ? »

Elle semblait distante. « Il fait froid, tu ne trouves pas ? »

Il la raccompagna jusque chez elle, lui déposa un petit baiser sur la joue et la laissa occupée à chercher ses clés devant la porte. Il avait redescendu les marches lorsqu'elle l'interpella : « Bill ? John Olson m'a appelée plus tôt dans soirée : il tient absolument à ce que tu passes le voir demain. Il m'a raconté qu'il t'avait cherché tout l'après-midi pour te dire quelque chose. »

Il aurait de tout son cœur voulu qu'elle l'en

informe plus tôt. « Je lui téléphonerai dans la matinée. »

Elle ouvrit la porte et s'arrêta sur le seuil. « Bill ? »

Il se retourna. « Oui ? »

Elle lui souriait du haut des marches, à moitié cachée par l'obscurité. « Bonne nuit. »

Il regarda la porte se refermer, puis fit demi-tour et se mit en marche. Son appartement n'était qu'à un kilomètre et demi de là et il n'aurait servi à rien d'attendre un bus qui n'arriverait peut-être jamais.

Des lampadaires dans les rues obscures, un halo autour des globes lumineux. Les vitrines sombres et hantées, le trottoir désert. La vie s'était retirée des rues pour se réfugier dans des appartements et des pavillons confortables, dans des chambres avec des roses sur le papier peint. Cela lui fit peur. On aurait pu croire la ville complètement vide, des kilomètres et des kilomètres de rues désolées, un no man's land dans lequel il n'y avait pas d'autre être vivant que lui...

Le bruit de ses pas résonnait entre les magasins... Bruit plein et régulier du cuir sur le béton. Un *tic-tic-tic* isolé, comme produit par une énorme montre.

Il avait parcouru trois pâtés de maisons lorsqu'il s'aperçut du minuscule intervalle séparant les sons, des infimes différences entre deux bruits de pas sur le trottoir : le sien et un autre à un pâté de maisons de distance. Il en conclut qu'il n'y avait pas que lui encore dehors dans la nuit à une heure si tardive. En un sens, cela gâchait l'illusion...

Il tourna à un coin de rue et parcourut un bloc de plus. Les pas qui faisaient écho aux siens tournèrent eux aussi à un coin de rue avant de parcourir un pâté de maisons.

Il modifia son pas, juste pour changer de rythme.

À un bloc de là, l'autre modifia son pas aussi.

La sueur suinta sur son front et le battement de son cœur lui emplit les oreilles. Il s'arrêta sous un auvent pour allumer une cigarette. La flamme vacilla, hésitante, entre ses mains. Ses paumes lui semblaient humides et grasses.

Si quelqu'un le suivait, Tanner allait l'attendre, il pouvait se débrouiller seul. Et s'il s'agissait juste d'un autre marcheur, il patienterait jusqu'à ce que le bruit s'éteigne.

Trente secondes.

Une minute.

Cinq minutes.

Pas d'autre bruit que le vent de plus en plus fort et le bruissement des feuilles. Il se força à sourire. Il avait été victime de son imagination. Il s'était comporté comme un gamin qui se mettait sur la pointe des pieds pour passer devant un cimetière.

Il se remit en marche.

Et il y eut des bruits de pas à un bloc de là. Un peu plus rapides. Il accéléra lui aussi.

Cela le frappa alors qu'il passait sous un lampadaire, l'obligeant à s'y appuyer. Il eut l'impression de prendre un grand coup et un instant, il faillit s'évanouir. Quelque chose s'attaquait à son esprit, le ballottait, forçait le moindre fragment essentiel de ce qui était *lui* à se réfugier dans les tréfonds les plus obscurs. Il fut brièvement pris du sentiment d'infériorité et d'impuissance d'un très petit homme dans une très grande pièce, comme s'il était saoul et qu'au fond de sa tête un minuscule noyau de sobriété se demandait pourquoi il agissait et parlait ainsi.

Cela passa rapidement et il se redressa sans plus avoir peur de la nuit et des pas.

Des pas. Étrange d'avoir cru en entendre. Il n'y avait que les siens. Il marchait dans la rue au milieu d'une ville déserte. Seul.

Seul.

Bizarrement, son esprit s'accrocha au mot et il prit soudain conscience de sa pertinence. Il avait toujours été seul. Seul dans cette maudite vallée de larmes que les gens appelaient la vie. Seul dans les dédales des villes.

La ville froide et inamicale. Les maisons, les immeubles, les magasins... Tous le regardaient d'un air désapprobateur, hostile. Comme le monde. Le monde tout entier.

Il tourna un autre coin de rue et avança lentement vers le parc. Celui-ci s'étendait devant lui, sombre, avec ses arbres, ses sentiers sinueux, ses petites collines courtaudes. Le chapelet des lampadaires ondulait entre les collines comme un gigantesque collier de perles. Sur la droite, il y avait... le lac.

Il transpirait. Ses mains tremblaient et une sueur salée descendait de son front pour aller perler au coin des paupières. Il avait mal à la tête, une migraine écrasante, et quelque part au fond de lui une voix criait : *pas le lac, pas le lac, pas le lac !*

Les gens s'en fichaient. Ils ne se souciaient pas les uns des autres. Ni de lui. Marge lui souriait et le taquinait mais au fond, il ne comptait pas pour elle. Ni pour tous ceux qu'il connaissait. Il n'avait pas un seul ami, absolument personne ne tenait à lui...

Qu'est-ce que cet homme disait, déjà ? L'épitaphe ? *Il a vécu, il a souffert, il est mort.*

Mais il y avait toujours le lac. Un lac magnifique. Frais, noir, ondulant, avec de longues jetées en béton qui s'étendaient comme des doigts dans l'eau amicale, dans les profondeurs où l'on n'avait pas du tout pied. Rien que quelques pas sur le sable en pente et sur le béton...

Pas le lac !

Il songea que William Tanner allait mourir et sentit quelque chose de salé descendre sur sa joue. Le petit Willie Tanner dont la mère était morte lorsqu'il avait huit ans, malgré tous les efforts du praticien de la Science chrétienne [1]. Et dont le père s'était tué dans un accident d'avion, l'une de ces catastrophes à propos desquelles on a une prémonition. « *Je ne devrais pas y aller, Willie. Je ne le sens pas bien...* »

Et maintenant maman, papa et mémé Santucci l'attendaient et il allait montrer aux gens qui s'en fichaient...

1. Religion et système de santé fondés à la fin du XIXe siècle et qui traitent la maladie uniquement par des moyens mentaux et spirituels (guérison par la prière). (*N.d.T.*)

Encore quelques pas vers la jetée. L'eau noire léchait tranquillement le béton en petites vagues qui forcissaient avec le vent. L'eau noir-vert, amicale. Qui l'attendait.

Il se retourna pour un dernier regard, les joues striées de larmes.

Un homme se tenait au bout de la jetée. Grand, avec un chapeau à larges bords tiré sur le visage et un imperméable à ceinture. L'homme attendait qu'il fasse ce grand et ultime plongeon et Willie ne voulait pas le décevoir, n'est-ce pas ?

Non, pensa Tanner. Il ne voulait pas décevoir son ami. L'ami qui appellerait la police afin qu'elle repêche son corps, qu'on retrouverait coincé sous l'eau contre les supports de la jetée.

Il se tourna vers l'eau. Si reposante, si paisible...

« *Hé, mec, fais pas ça ! Ne saute pas, pour l'amour du Ciel !* »

Il y eut un moment de confusion et de regret muet, puis quelque chose se glissa hors de son esprit comme de l'eau se retirant d'une cuvette. Dans un accès de faiblesse, Tanner tomba à genoux sur la jetée et manqua basculer par-dessus bord. Deux hommes couraient vers lui sur la bande de béton. Des soldats sortis de deux voitures garées sur la petite falaise surplombant le lac. Sur le rivage, leurs petites amies avaient la robe plaquée au corps par le vent humide.

L'homme en imperméable avait disparu.

« Mais qu'est-ce qui va pas, mon gars ? T'allais pas sauter, tout de même ? »

Ses dents claquaient et ils durent l'aider à se relever.

« Dis-nous où t'habites, mon gars, on va te raccompagner. La vie ne peut pas être si pourrie. Une bonne nuit de sommeil...

— Pas chez moi, marmonna-t-il. Un restaurant ouvert la nuit, avec beaucoup de clients... veux pas être seul. »

Ils l'aidèrent à remonter sur la berge. *Je suis tellement faible. Tellement perdu. Et j'ai tellement, tellement peur.*

Quelque chose avait joué avec lui, comme un chat très supérieur jouant avec une souris très stupide. Il avait été manipulé comme un gamin de deux ans. Quelqu'un avait tiré les ficelles et il s'était agité comme un pantin, il avait accompli les gestes qu'on voulait le voir accomplir, pensé ce qu'on voulait qu'il pense.

Tanner était un homme physiquement et mentalement solide, mais il n'avait pu résister. Une seconde de plus et il se serait suicidé. Un plongeon dans le lac et c'en aurait été fini de lui.

Exit le professeur Tanner. Exit le curieux professeur Tanner qui dirigeait un projet de recherche pour la Marine et avait découvert ce qu'il n'aurait pas dû découvrir. Exit le professeur Tanner qui risquait d'en apprendre trop.

Il se mit à pleuvoir plus fort, l'eau tombant en énormes gouttes qui s'écrasaient sur la jetée, produisant de petites explosions dans le lac et mouillant ses cheveux jusqu'à les lui plaquer sur le front comme une bande adhésive.

Les soldats avaient fait fuir son ami. Celui-ci aurait sans doute pu s'occuper d'eux mais ils étaient arrivés à l'improviste et il fallait apparemment un peu de temps pour prendre le contrôle d'un esprit humain. Il avait donc été sauvé. Mais au moins cela fournissait-il une réponse aux questions posées par Marge plus tôt dans la soirée. Leur ami était une menace et ses talents semblaient limités. Il n'en avait qu'un. Un don simple et terrible.

Il pouvait faire faire aux gens ce qu'il voulait qu'ils fassent.

Tanner frissonna et eut très mal au cœur. La nuit empestait encore le meurtre et quelque part dans la ville, un monstre se promenait en liberté.

3.

Les soldats le conduisirent dans un restaurant de nuit et burent un café en sa compagnie avant de partir. Une fois seul, Tanner se saisit des journaux du dimanche abandonnés par un client et les lut de la première à la dernière ligne, y compris les petites annonces. Puis il reprit du café et engagea résolument le combat contre ses nerfs, levant des yeux inquiets chaque fois que quelqu'un entrait. Lorsque le matin vint enfin, il se rendit dans une église catholique où il assista à toutes les messes sans rien entendre de l'office mais en s'imprégnant de la présence réconfortante des fidèles assis sur les bancs. Après le déjeuner, il alla voir un programme complet au cinéma. Deux fois.

Les gens lui donnaient un sentiment de sécurité, il craignait de n'avoir personne autour de lui. Il redoutait aussi l'arrivée du soir, lorsque les rues se videraient et qu'il lui faudrait rentrer seul chez lui. *Je pourrais retourner au cinéma*, se dit-il... *regarder des films toute la nuit, par exemple.* Mais la foule s'éclaircirait à minuit et l'intérieur d'un cinéma désert ne vaudrait pas mieux que les rues vides.

Il finit par retourner vers le nord chez un pharmacien de sa connaissance qu'il persuada de lui vendre une petite boîte de somnifères. Peut-être le danger n'était-il pas de s'endormir mais de rester éveillé...

Il erra dans les rues bondées jusqu'à dix-huit heures puis, sans y penser consciemment, se rendit dans un petit restaurant italien ouvert le dimanche soir et dont les universitaires célibataires avaient fait leur repaire. Il n'avait toujours pas appelé Olson. Le courage lui avait manqué.

Il n'était pas du genre à s'effrayer pour un rien, mais cette fois, la peur le rendait presque physiquement malade. Ne plus être son propre maître, se sentir *utilisé*, sentir que quelqu'un s'était glissé en soi avec autant de nonchalance qu'on enfile un gant...

Il aperçut Eddy DeFalco seul dans un box et voulut aussitôt reculer hors de vue. DeFalco était un choix trop facile, trop logique pour ce qui l'avait traqué la nuit précédente.

« Hé, Bill, montrons-nous un peu sociables... Approchez donc ! »

Le restaurant était relativement plein et Tanner avait le sentiment que la sécurité résidait dans le nombre. Il s'approcha d'un pas raide et s'assit.

DeFalco entreprit de beurrer une épaisse tranche de pain italien. « Vous changez de régime ? Je ne vous avais encore jamais vu manger de spaghettis le dimanche soir. »

Je ne sais pas jouer la comédie, pensa Tanner. *Je me demande si mes soupçons se lisent sur mon visage. Essayons d'avoir l'air détendu.*

« Ce soir non plus. Juste un café. »

DeFalco plissa des yeux. « Vous êtes blanc comme un linge, Bill. Tout va bien ? »

Non, Eddy, tout ne va pas bien. Et peut-être savez-vous très bien pourquoi... « Sans doute un peu de nervosité. »

L'expression de DeFalco se fit compatissante. « On est tous bouleversés. Personne ne sait vraiment s'il s'agit d'une coïncidence ou Dieu sait quoi. »

Tanner fut pris d'un curieux sentiment de désorientation, comme si DeFalco et lui ne parlaient pas de la même chose. « Je préfèrerais vraiment ne pas être allé à cette réunion, hier, dit-il sans s'avancer.

— Comme tout le monde. Moi-même, je ne suis pas ravi d'y avoir assisté. »

Il ne pouvait s'empêcher d'en parler, même à DeFalco qui connaissait peut-être toutes les réponses. C'était comme se répéter de ne pas utiliser un mot précis : la pression s'accroît au point de vous obliger à le prononcer. Et Eddy pourrait dire quelque chose qui lui donnerait un indice...

« Ed, quels sont vos sentiments à son égard ?

— Qu'est-ce que vous voulez dire ?

— Il vous déplaît, vous le détestez ?

— Vous savez très bien que les sentiments qu'il m'inspire sont exactement ceux qu'il veut m'inspirer. » DeFalco enroula avec précaution des spaghettis sur sa fourchette. « Si j'avais le choix, je suppose que je ne l'aimerais pas. En fait, si ça se trouve, je ne pourrais pas le blairer.

— Pourquoi ?

— À quel point me connaissez-vous ? »

Edward Marconi DeFalco, pensa Tanner. *Épais cheveux noirs, pommettes hautes, lèvres pleines et sensuelles. Bronzage et silhouette de garçon de plage. Commence juste à s'étoffer de cette manière dont les athlètes s'étoffent en avançant dans la vie. Le genre chanteur de charme en pantalon gris clair et veste de sport charbon. Déplait à beaucoup d'hommes au premier regard, ainsi qu'à ces femmes qui le trouvent trop « mignon » pour être complètement masculin et commettent ensuite l'erreur de lui donner une chance de leur prouver qu'elles se trompent.*

« Personne ne connaît vraiment son prochain, Ed.

— Alors je vais vous dire quelque chose. Tout ce que je suis, il a fallu que je travaille pour l'obtenir.

— Tout le monde... »

DeFalco leva la main. « Ce n'est pas ce que je veux dire. Par ce que je suis, j'entends : ma personnalité, et je sais à quel point il est difficile de définir le mot. Les tics d'une personne, sa manière de bouger, ses expressions faciales... les choses qui font le *vous* dont les gens se souviennent. Comme deux gamins qui vendent du pop-corn dans un stade de base-ball. Le premier fera fortune tandis que l'autre n'arrivera pas à placer plus d'une demi-douzaine de sachets. Qu'est-ce qui fait la différence ? La personnalité. »

Il repoussa son assiette de spaghettis et s'essuya avec une serviette. « J'ai construit ma propre personnalité. Vraiment. J'ai étudié ce que les gens appréciaient chez les autres et j'ai essayé de développer moi-même ces traits de personnalité. Pour tout vous dire, je me suis même entraîné devant un miroir. Et si ça fait de moi un hypocrite sans la moindre sincérité, tant pis. Mais mon crime se limite à avoir fait sciemment ce que tous les gamins font sans en avoir conscience.

« J'ai alors rencontré un type qui *était* une personnalité. La personne la plus vivante que j'ai jamais connue... Son petit doigt renfermait plus de vie que mon corps tout entier. » Il hésita. « Ne vous faites pas de fausses idées. Je n'avais pas dix ans que je courais déjà après les petites filles. Mais comme je vous le disais, j'étais toujours fourré avec lui, et savez-vous ce qu'il s'est passé un jour ? J'avais cessé d'être Eddy DeFalco. J'étais lui, jusqu'au moindre tic, jusqu'à sa manière d'accentuer les mots. Sa personnalité avait écrasé la mienne et j'étais sa copie carbone jusqu'au bout des ongles. »

Il mélangea soigneusement son café avant de continuer à voix basse. « Dès que je m'en suis aperçu, je l'ai haï. Mais on voit cela tous les jours. Avec les stars d'Hollywood ou les athlètes. Les gens les vénèrent, les copient. Les gens *veulent* être une extension de la personnalité d'un autre. Maintenant, imaginez un instant à quoi ressemblerait le monde avec ce surhomme dans les parages. »

Tanner sentit à nouveau la peur s'accumuler en lui. À un degré moindre, c'était exactement ce qu'il avait ressenti sur la jetée. Écrasé, renversé, simple extension d'une autre personnalité. DeFalco l'avait décrit à la perfection.

DeFalco vida son café et fit la grimace. « Il n'y aurait plus qu'un seul modèle d'êtres humains. Dieu sait que je ne suis pas un inconditionnel de l'humanité, mais je serais prêt à tuer quelqu'un pour éviter cela. »

Tanner le dévisagea avec attention. « Si je vous disais de qui il s'agit, vous seriez prêt à le tuer ? »

DeFalco le fixa et Tanner serra les dents pour les empêcher de claquer, en agrippant la table pour ne pas que ses mains tremblent face à ce regard d'un noir intense, à ce visage boudeur et renfrogné.

Et derrière... ?

« Vous le savez, je suppose.

— Je pense que John Olson le sait. Je pense que c'est la raison pour laquelle il était mort de peur, hier matin. »

Le visage de DeFalco n'exprima rien. « Et donc, il suffit de demander à John, c'est là où vous voulez en venir ?

— Voilà, il suffit de lui poser la question.

— Vous n'avez vu ni Marge, ni Petey, ni Karl ni aucun des autres, aujourd'hui, n'est-ce pas ?

— Je n'étais pas dans les parages.

— Eh bien, vous ne pourrez pas poser la question à John. Ni ce soir, ni demain, ni jamais. »

Il se douta de ce qui allait venir. « Et pourquoi donc ? »

DeFalco répondit d'une voix neutre.

« Parce que John est mort à trois heures ce matin. »

4.

Il demanda une chambre à l'YMCA du quartier en début de soirée, à un moment où il y avait encore du monde dans les rues.

Le réceptionniste de nuit était légèrement trop compassé et un tantinet trop peu coopératif. « Je ne sais pas si je peux, monsieur. Nous n'avons pas pour habitude de louer des chambres à des personnes sans bagages.

— Ce n'est que pour la nuit. Je... Je ne sais pas où la passer, sinon. »

Les sourcils de l'employé se cambrèrent quelque peu et Tanner devina ce qui lui traversait l'esprit. *Je peux essayer de le soudoyer*, se dit-il, *mais cela reviendra cher et il semble du genre à alerter la police.*

« C'est ma femme, dit Tanner d'un air penaud. On s'est disputés, vous savez ce que c'est. Elle m'a mis dehors et je ne veux pas appeler les flics, tout le quartier serait au courant. Elle se sera sans doute calmée demain matin, mais d'ici là... »

L'employé le dévisagea encore un instant avant

de se laisser fléchir. Il lui tendit une fiche à remplir et prit une clé sur le tableau derrière lui.

« C'est au sixième. Vous trouverez la salle de bains au bout du couloir et un téléphone près de l'escalier. »

Tanner monta en ascenseur et parcourut le couloir désert jusqu'à sa chambre. Il entra, verrouilla la porte et coinça une chaise sous la poignée. Il éteignit ensuite la lumière et regarda par la fenêtre sans s'y montrer. Quelques couples dérivaient sur le trottoir et il y avait deux ou trois clients chez le traiteur au coin de la rue. Mais personne en surveillance dans les ombres de l'autre côté de la rue. Personne ne levant les yeux vers sa fenêtre depuis une automobile garée contre le trottoir.

Il ouvrit la boîte de somnifères et fit tomber un cachet au creux de sa main en se demandant s'il devait l'avaler. Il mourait de fatigue mais s'angoissait tellement qu'il n'arriverait pas à dormir sans somnifère. Il lui vint alors à l'esprit qu'une fois endormi, il constituerait une proie facile pour ce qui avait failli le faire sauter de la jetée.

Mais a priori, personne ne savait qu'il dormait là.

C'est un coup de poker, pensa-t-il. Retrouver Tanner ne présenterait pas trop de difficultés une fois qu'on aurait constaté qu'il n'était pas chez lui. D'un autre côté, il venait déjà de passer une nuit blanche et l'épuisement nerveux le guettait. Il ne tiendrait pas le coup une nuit de plus sans dormir.

Il avala la pilule.

Il se réveilla le lendemain matin avec une

migraine épouvantable et le vague souvenir d'un cauchemar dans lequel figurait le lac.

Mais l'important était qu'il soit encore en vie.

Tanner se sentait nerveux ; retourner au campus ne l'enchantait guère. Mais il avait des cours à assurer et un salaire à justifier. De plus, en plein jour, son courage remontait de plusieurs crans et il refusait de laisser le champ libre à sa peur.

Il retrouva sur le campus les bâtiments gothiques gris recouverts de lierre fatigué qu'il connaissait bien. Quelque chose avait pourtant changé et Tanner n'eut pas trop de mal à mettre le doigt dessus : les étudiants. Ils discutaient tranquillement en petits groupes mais se taisaient pour le regarder passer avec des yeux brillant de curiosité. Une fois Tanner éloigné de quelques mètres, les chuchotements reprenaient ; il savait qu'ils passaient en revue toutes les fois où il avait parlé de ou à John Olson.

Que cela lui plaise ou non, il traînerait Olson comme un boulet. Olson faisant partie de son comité et ayant à peu près le même âge que lui, on supposerait tout naturellement qu'il l'avait bien connu.

Le problème, justement, était qu'il l'avait à peine connu.

Il trouva Petey assise dans le cagibi du deuxième étage qui lui tenait lieu de bureau. Elle regardait froidement par la fenêtre, les mains jointes sur les genoux et le visage comme taillé dans le granit. Elle avait ramené ses cheveux sur sa nuque en un chignon encore plus strict qu'à l'ordinaire et portait une robe noire à manches longues avec un haut col amidonné. Seule touche de couleur : les deux peignes en plastique rose qu'elle avait glissés dans ses cheveux et qui, par contraste, lui donnaient un air encore plus austère.

Le deuil la vieillit de dix ans, songea Tanner.

« Vous n'aviez pas besoin de venir, Petey.

— Qu'aurais-je pu faire d'autre ? répondit-elle d'une voix mécanique et précise dépourvue de toute modulation. Il n'y avait rien que je pouvais faire chez moi ou chez les Van Zandt. La police me l'a dit. Alors je suis venue. »

Il se demanda ce qu'elle voyait par la fenêtre. Sûrement pas le paysage, à son avis.

« J'aimerais trouver quelque chose d'intelligent et de compatissant à vous dire, Petey. Mais tout ce à quoi je pense, c'est : je suis désolé.

— Tout le monde est désolé, répliqua-t-elle lentement. Dommage que les gens ne se sentent pas plus désolés les uns pour les autres de leur vivant. »

Cela mit Tanner mal à l'aise. « Je ne connaissais pas très bien John.

— Personne ne le connaissait très bien.

— Qu'est-ce qu'il s'est passé ? La police a des pistes ? »

Elle se détourna de la fenêtre. « Des pistes ?

— Pour identifier le meurtrier de votre frère », précisa-t-il en l'observant avec attention.

L'apparence de granit s'effrita un peu. « Qui a dit que John avait été assassiné ? »

Il eut l'impression d'avoir une de ces conversations au cours desquelles on s'aperçoit au bout de dix minutes qu'on ne parle pas de la même chose que son interlocuteur. *Mais cela ne devrait pas être le cas ici. Elle et moi devrions parler de la même chose.*

De l'assassin de John Olson.

« Racontez-moi tout, Petey. »

Elle s'humecta les lèvres. « Je ne sais pas grand-chose. Susan Van Zandt a trouvé John — ou plutôt son corps — à sept heures du matin. Le réveil qu'il avait mis pour pouvoir aller à la messe a sonné et sonné. En entendant que personne ne l'arrêtait, Susan est montée frapper à la porte. Elle n'a obtenu aucune réponse, alors elle s'est servie de sa clé pour entrer. »

En parlant, Petey crispait les doigts autour d'un morceau de mouchoir froissé, tordant le tissu à tel point que Tanner crut qu'il allait se déchirer. Elle avait des doigts fins, durs et décharnés.

« John était assis à sa table de travail, il écrivait une lettre qu'il n'a jamais terminée. Il était affaissé dans son fauteuil, à moitié allongé sur le bureau. La police a dit ensuite qu'il était mort depuis quatre heures, que son décès remontait à trois heures du matin.

— Arrêtez, Petey. Excusez-moi d'avoir posé la question.

— D'après l'inspecteur, il n'y a pas eu lutte, continua-t-elle avec un sang-froid et une absence d'émotion extrêmes. On ne lui a pas tiré dessus, on ne l'a ni poignardé, ni étranglé, ni assommé, il a juste...

— Petey, avez-vous des amis qui seraient chez eux aujourd'hui ? »

Le visage raide s'inclina en silence.

« Alors prenez votre journée et allez les voir. Revenez quand vous irez mieux. Dans une semaine, deux si vous voulez... »

Après son départ, il s'approcha de la fenêtre et regarda dehors en essayant de retrouver son sens des proportions. Il vit l'herbe verte deux étages plus bas, le lierre qui grimpait sur la brique rugueuse pour venir encadrer sa fenêtre et la petite araignée travailleuse qui y avait construit sa toile dans le coin supérieur gauche. Deux mouches bourdonnaient vainement de l'autre côté de la vitre : les premiers signes de l'été. Dans un arbre proche, un écureuil le réprimanda avec colère ; sur la pelouse, un étudiant s'allongeait pour faire une sieste et oublier tant Chaucer que Shakespeare.

Personne ne surveillait le bâtiment, absolument personne.

Il se prépara une tasse de café noir et brûlant, puis alla donner un cours à des étudiants soudain très attentifs et bien davantage intéressés par la mort de John Olson que par l'anthropologie. Il éluda sans ménagement les questions sur ce sujet, libéra les étudiants et alla déjeuner.

En début d'après-midi, il passa chez Susan Van Zandt.

La demeure dans laquelle John Olson avait trouvé la mort était une imposante maison surannée à bardeaux blancs construite au tournant du siècle, que l'université avait convertie en résidence dès qu'elle l'avait reçue en héritage. Elle était posée au fond d'un immense terrain d'angle. Deux chênes se tenaient en sentinelle près de la façade et une petite rangée de buissons bordait chaque flanc. Les buissons étaient d'un vert passé et moucheté, saupoudré de petits flocons de peinture blanche tombés des bardeaux durant la saison pluvieuse.

L'intérieur donnait une impression d'inachevé. L'abattage d'une paroi entre le salon et la salle à manger avait permis de créer une pièce unique bien trop vaste pour les meubles qu'elle contenait. Un revêtement en chêne fatigué apparaissait autour d'un grand tapis à motif floral qui n'avait pu le recouvrir en totalité. Ce tapis atteignait difficilement un canapé affaissé près de la fenêtre et se terminait au ras du tablier de brique d'un âtre peint en blanc pour essayer d'avoir l'air moderne. Une table à thé en chêne noir était posée devant le canapé, à moitié recouverte de magazines aux pages cornées et d'un cendrier carré en verre qui, vidé mais non lavé, gardait une fine croûte de cendres grises collée au fond.

Un bureau installé près du quatrième mur se trouvait sous la garde d'une chaise en bois à dossier droit pourvu d'un coussin en laine crocheté à la main représentant des roses sur fond bleu. À côté du bureau, le long du mur, on trouvait un radiateur dont la peinture verte s'écaillait. Une petite cafetière en aluminium remplie d'une eau stagnante était posée sur sa tablette en fer-blanc.

Une pièce habitée et en désordre qui, aux yeux de Tanner, reflétait assez bien la personnalité de Susan Van Zandt.

Elle l'avait laissé entrer avec un sourire dévoué avant de retourner, soulagée, s'affaler sur le canapé. Elle était toujours en robe de chambre et Tanner savait qu'il y avait de la poussière sur le manteau de la cheminée, de la vaisselle sale dans l'évier et des restes en train de moisir lentement dans le réfrigérateur. Ses épais cheveux bruns n'avaient pas été coiffés ; de très légers cernes apparaissaient sous ses yeux. *Une femme mince et attirante dans sa jeunesse,* pensa-t-il, *mais qui avait vite pris de l'âge après le mariage et laissé la maternité l'épaissir. Sans regretter ni l'un, ni l'autre.*

« Je ne pense pas que John ait jamais habité ailleurs, dit-elle avec nervosité. Le service du logement l'a envoyé ici dès son arrivée sur le campus. Je crois qu'il s'y est toujours plu. » Elle désigna la pièce d'un geste vague. « C'est confortable, et comme il avait sa propre clé, il pouvait aller et venir à sa guise.

— Il sortait beaucoup ? Est-ce que de temps en temps il allait boire un verre avec des amis, par exemple ?

— Non, il n'a jamais eu beaucoup d'amis. »

Il alluma sa pipe et tritura un moment l'allumette avant de la laisser tomber dans le cendrier. « Le soir de sa mort... Il a eu des visiteurs ? Quelqu'un qui serait resté une bonne partie de la nuit ?

— Non, pas que je m'en souvienne. Il est allé

marcher un peu et en revenant, il nous a dit à Harold et moi qu'il était fatigué, qu'il allait lire et écrire une ou deux lettres.

— Sue. » Il hésita un peu sur la manière de formuler sa question. « Savez-vous si quelqu'un du campus le détestait assez pour le tuer ? »

Les lourdes paupières s'écarquillèrent. « Oh, non. On ne l'a pas tué. La police a dit n'avoir trouvé aucun signe de lutte ou de bagarre. Il écrivait une lettre lorsque... lorsque c'est arrivé.

— Je peux voir les lieux ? »

Elle lissa sa robe de chambre défraîchie sur son ventre et le conduisit à l'étage. La chambre d'Olson jouxtait la salle de bains. Elle introduisit une clé dans la serrure. « Je ne sais pas pourquoi je la garde comme ça fermée à clé, mais vu que la police m'a demandé de tout laisser en l'état, ça doit être le meilleur moyen. » Le doute emplit soudain sa voix. « Je ne devrais peut-être pas vous laisser entrer.

— Ne vous inquiétez pas, Sue, je ne toucherai à rien. »

Elle ouvrit la porte et il entra. Les fenêtres étaient fermées alors que la pièce aurait eu besoin qu'on l'aère. Les rayons du soleil traversaient en oblique les rideaux fatigués, mettant en valeur une petite reproduction du tapis du rez-de-chaussée et une petite carpette bleue près du lit. Le lit, fait avec soin, était recouvert d'un tissu chenille touffeté rose sans le moindre pli.

« Vous avez fait le lit ?

— Non, je suppose qu'il n'y a pas dormi.

— Vers quelle heure est-ce qu'il est rentré ?

— Environ une heure après votre appel. Vers minuit, je dirais. Van et moi regardions la télé. »

John Olson est rentré à minuit pour mourir à trois heures, calcula Tanner. *Il est resté là trois heures... à faire quoi ? Ensuite, il a enfilé sa robe de chambre et s'est assis pour écrire une lettre. À qui ? Et à quel propos ?*

Il y avait néanmoins une quasi-certitude : il pouvait éliminer Van. Olson n'aurait très probablement pas habité là si Van...

À moins que ?... Van Zandt observait attentivement Olson, pendant la réunion. Attendait-il qu'Olson dise quelque chose ? Qu'il le dénonce ?

Il jeta un coup d'œil à sa montre et respira un peu plus librement. Van Zandt avait cours tout l'après-midi : il ne serait pas chez lui.

« La lettre est toujours là, Sue ?

— Non, l'inspecteur l'a prise. Je... Je n'ai pas pu la voir. »

Il explora à nouveau la pièce du regard. Une petite commode en chêne couverte d'un napperon poussiéreux. Un bureau à côté de la fenêtre, un placard dont la porte entrouverte laissait voir, accrochés sur des cintres, un costume gris terne, un pardessus gris et un ensemble de petites cravates quelconques.

Sur le mur au-dessus du bureau, on avait punaisé une couverture bleue ornée en son centre d'un grand B en feutre doré, avec la mention « Basketball » brodée dessus en petite écriture script bleue.

Cela ne collait pas.

« J'ignorais que John était porté sur le sport. Cela ne m'avait pas l'air d'être son genre.

— Je l'ignorais aussi. Il n'en parlait jamais et cela ne semblait pas l'intéresser.

— N'empêche qu'il a gagné une lettre au basket-ball. »

Elle se tenait près de la fenêtre, d'où elle regardait le jardin derrière la maison. *Ses deux fils y jouent*, devina-t-il. Déjà John Olson disparaissait, éclipsé par les choses vraiment importantes de sa vie.

« Cela ne rime à rien, n'est-ce pas ? » demanda-t-elle d'un ton absent.

Tanner s'approcha du bureau. C'était un meuble tout simple recouvert d'un vernis sombre, presque noir. Une photographie posée dessus attira son regard. Elle représentait Olson et Petey à un pique-nique universitaire du début du printemps. Comme à son habitude, Petey était un peu trop habillée. Mais au moins souriait-elle au photographe, et d'un sourire qui semblait sincère.

Son frère, en revanche, ne souriait pas. Mais d'aussi loin qu'il s'en souvienne, Tanner n'avait jamais vu John Olson sourire. Un visage replet et grave, avec des mèches blondes qui pendaient mollement sur son front haut. Un soupçon d'affaissement dans les épaules et Tanner pouvait même affirmer, au vu de cette photographie, qu'Olson était pâle et mou sous sa chemise de sport. Il devina que John avait craint d'attraper un coup de soleil et s'apprêtait à passer un savon à Petey pour l'avoir entraîné là.

« Vous en saviez beaucoup sur lui, Sue ? Sur son passé ? »

Elle s'arracha à la fenêtre et alla s'asseoir sur la chaise, la robe de chambre oscillant sur ses flancs tandis que ses pantoufles claquaient un peu sur le tapis.

« Donnez-moi une cigarette, Bill. » Elle alluma celle qu'il lui tendit. « Il venait d'une petite ville dans le Dakota du Sud. Brockton, je crois. D'une famille de fermiers. Il est parti à dix-huit ans pour aller à la fac.

— Ça ne m'apprend pas grand-chose sur lui. »

Elle écarta les mains. « C'est tout ce que je sais. Il n'a jamais vraiment parlé de lui.

— Ce n'était pas quelqu'un de très chaleureux, loin de là. Il y avait une raison ? »

Elle ferma les yeux et fronça les sourcils, comme si essayer de se souvenir était une tâche difficile tout juste au-delà de ses capacités. « Qui sait ? À mon avis, quelqu'un l'a blessé dans sa jeunesse. Il me donnait toujours l'impression de ne guère ressentir de véritable émotion envers quiconque, à part de la haine à l'égard d'un habitant de sa ville natale.

— Il en a déjà parlé ?

— Je vous ai dit qu'il ne parlait jamais de lui.

— Autre chose ?

— Rien ne l'émouvait vraiment, finit-elle par dire. Les problèmes d'autrui ne l'intéressaient pas le moins du monde, sans doute parce qu'il restait englué dans les siens. Il était... froid... et sans aucun humour. Je pense aussi qu'il avait peur.

— Vous avez une idée de quoi ?

— Non, mais c'était de quelqu'un. Peut-être de cette personne qu'il haïssait dans sa ville natale. Mais là encore, je peux me tromper. »

Il parcourut à nouveau la chambre du regard. Une petite pièce poussiéreuse. Le lit, le bureau, la bibliothèque, des étagères bondées de manuels. Si vous la quittiez une journée en laissant la poussière s'installer, vous n'auriez jamais cru qu'on y avait habité pendant des années.

« Il était plutôt genre intello ?

— Oui et non. Il s'intéressait à la psychologie, mais bon, c'était son domaine. Sauf qu'il s'intéressait plutôt au côté excentrique. L'hypnotisme, des choses comme ça. » Elle gagna à nouveau la fenêtre et fit lentement courir ses doigts sur les rideaux. « Je suis désolée qu'il soit mort. »

C'était la chose à dire, s'aperçut Tanner. En espérant toutefois qu'après sa propre mort, quelqu'un la dirait avec plus d'émotion.

On sonna en bas et Susan se détourna de la fenêtre pour se diriger vers les escaliers.

« Le policier... il avait dit qu'il reviendrait aujourd'hui. »

L'inspecteur Crawford était d'âge moyen, avec des yeux bleus pâles, un visage amical et des cheveux qui commençaient à grisonner autour des tempes et au-dessus des oreilles. Il portait un chapeau mou et un costume bleu un rien lustré qui semblait confortable et présentait des signes de fatigue au niveau de la taille. Il ressemblait beaucoup à un homme d'affaires inquiet que guetterait la faillite.

Tanner se présenta ; Crawford grogna, trouva à poser son chapeau sur la commode et s'installa sur la chaise à dossier droit proche du bureau avec l'air de s'immerger dans un bain bouillant.

« Mme Van Zandt m'a parlé de vous en bas, Tanner. Une femme sympathique, vous ne trouvez pas ?

— Très, répondit Tanner d'un ton sec.

— Pas très bonne ménagère, mais je suppose qu'elle n'a pas le bagage pour ça. » Il inclina la chaise sur ses deux pieds arrière et observa la pièce avant de poser à nouveau son regard sur Tanner. « Vous connaissiez bien John Olson, non ?

— Pas vraiment. John était le frère de ma secrétaire. Et il faisait partie de mon comité. En dehors de cela, je ne le connaissais pas bien du tout.

— Ce qui signifie sans doute que vous ne l'aimiez pas beaucoup. Comme tout le monde, j'imagine.

— Ce n'est pas ce que j'ai dit, inspecteur.

— Vous n'avez pas besoin de le dire. Parlez à autant de personnes que je l'ai fait et vous devinerez sans qu'on vous le dise. Olson était un moins que rien. Personne ne l'aimait vraiment, personne n'avait très bonne opinion de lui ni ne se désole véritablement de sa disparition. » Il prit dans la poche de son manteau un cigare qu'il circoncit proprement. « On voit ça tous les jours. En général en ville et en général dans un meublé. La famille vit au diable, ils n'ont pas d'amis et le comté doit payer les funérailles. » Il semblait amer. « Vous seriez surpris de voir à quel point les gens se soucient peu les uns des autres, professeur. »

Il se pencha en avant. « Bon, ce comité auquel il appartenait... De quoi s'agit-il ?

— C'est un comité de recherche pour la Marine... Un travail confidentiel, mais je peux vous en parler un peu. Nous testons des êtres humains pour déterminer leur résistance en situation de combat. Pour trouver le point de rupture. Ce genre de choses. »

Crawford y réfléchit un instant puis lui glissa un regard perspicace. « Vous voulez savoir de quelle manière il est mort, n'est-ce pas ? C'est pour cela que vous avez attendu ? »

Tanner s'efforça de ne pas laisser la tension transparaître dans sa voix. « Exact. Je veux savoir comment il est mort.

— Sa sœur vous a probablement dit tout ce que nous savions. Aucune blessure externe, que ce soit par balle ou par arme blanche. Pas une goutte de sang. Aucun signe de bagarre, aucune marque sur la gorge, pas le moindre signe de piqûre sur les bras. Sa logeuse dit qu'il n'a eu aucune visite et que les fenêtres n'ont pas été forcées.

— Vous avez une théorie ?

— Une théorie ? C'est ce que j'aime dans ce boulot, on en a toujours plein. Pour ma part, je pense qu'il a pris le raccourci vers la sortie. On n'en saura rien avant d'avoir les résultats du labo, mais cela ressemble à du poison. » Il sortit son cigare de sa bouche et en contempla l'extrémité mâchouillée d'un air songeur. « Vous avez déjà vu l'expression d'une personne empoisonnée ? Ça ne s'oublie pas. La mort vient assez lentement et ils sentent la vie les quitter seconde après seconde. Tout ceci se reflète sur leurs visages. » Il haussa les épaules. « La seule faille dans ma théorie est qu'on n'a trouvé aucune bouteille, flacon ou autre récipient avec du poison.

— Je ne pense pas qu'il se serait empoisonné, dit Tanner.

— Pourquoi pas ? Personne ne l'aimait beaucoup, il n'avait ni amis ni relation amoureuse, et pour autant que je puisse en juger, il n'appréciait pas particulièrement la vie. On rencontre tout le temps des types de ce genre. » Il regarda Tanner du coin de l'œil. « Vous devez avoir vos propres théories... Les gens en ont, en général.

— Je pense qu'on l'a assassiné », dit lentement Tanner.

Crawford dressa le sourcil. « Pour quel motif ? Crime crapuleux ? Passionnel ? Vengeance ? En général, il faut une raison pour tuer quelqu'un. »

Les raisons ne manquaient pas, pensa Tanner. *Dois-je tout vous dire, inspecteur ?*

« Je pense néanmoins qu'il a été assassiné.

— Vous êtes libre de vos opinions, professeur. Mais à votre place, je ne me montrerai pas aussi catégorique. À ce stade de l'enquête, la seule personne pouvant affirmer qu'Olson a été assassiné serait son meurtrier.

— Tout le monde pourrait penser à un meurtre,

inspecteur. C'est une opinion très répandue, de nos jours.

— Oui, j'imagine. » Crawford prit son portefeuille et commença à feuilleter méthodiquement les notes et les cartes. Il s'humecta le pouce et sortit une petite carte blanche. « J'ai trouvé ça scotché sur le bureau, je l'ai détaché et emporté. Je ne savais pas quoi en faire. »

Il tendit la carte. Elle était de la main d'Olson et disait :

« L'homme est une corde, entre bête et surhomme tendue, — une corde sur un abîme. Ce qui chez l'homme est grand, c'est d'être un pont et de n'être pas un but... »

Venait ensuite la signature : *Adam Hart.*

Tanner la lut et la rendit. « Je ne comprends pas. C'est une citation de Nietzsche. »

Crawford eut un petit sourire. « C'est ce que m'a appris la bibliothécaire. Cet Adam Hart... vous en avez déjà entendu parler, professeur ?

— Non, c'est la première fois que je tombe sur ce nom.

— Tiens donc. » Crawford regarda par la fenêtre d'un air songeur et Tanner comprit avec surprise que l'homme ne le croyait pas. « Cela me surprend un peu, professeur, vraiment. » Il fouilla à nouveau dans son portefeuille. « Vous savez, j'étais plutôt content de vous trouver ici. J'avais prévu de vous envoyer chercher plus tard dans la journée. Pour l'enquête. Vous voyez, professeur, Olson écrivait une lettre quand il est mort... et il est mort avant de l'avoir terminée. » Il fit une pause. « C'est à vous qu'il écrivait, professeur. »

Il lui tendit un papier à lettres bleu, plié. Tanner le déplia. Le coin inférieur droit en était froissé, comme si une main l'avait soudain agrippé. Sur le papier lui-même ne figuraient que la date, son nom, et une ligne qui s'interrompait brutalement.

Professeur Tanner,

Je voudrais vous parler d'Adam Hart...

5.

Lorsqu'il rentra chez lui, en fin d'après-midi, Tanner découvrit qu'on avait fouillé son appartement de fond en comble. Personne n'aurait pu rentrer sans l'aide du gardien de l'immeuble, qui ne se rappelait pourtant de rien. *Et pas parce qu'on l'a soudoyé*, pensa Tanner. L'homme avait vraiment oublié.

Tanner dormit mal les trois nuits suivantes. Il enferma l'essentiel de ses possessions dans une valise qu'il trimballa avec lui, changeant d'hôtel tous les soirs sans jamais révéler à quiconque où il logerait. Il ne pouvait se fier à personne.

Il verrouillait les portes et enfonçait de l'argile dans les serrures, bloquant les ressorts pour les rendre impossibles à forcer. Puis il baissait les stores et s'asseyait dans le noir en observant rues ou cours par l'interstice entre la fenêtre et les stores. Il attendait l'apparition de l'Ennemi en espérant avoir l'occasion de se servir de son pistolet d'ordonnance, qu'il gardait sur les genoux.

David contre Goliath, pensait-il sombrement,

sauf que je n'ai aucune chance. Il guettait ainsi pendant une heure, puis avalait un somnifère et s'écroulait sur le lit sans même prendre la peine de rabattre le drap. Avant de sombrer dans le sommeil, il passait en général quelques minutes atroces à se demander quel serait le prochain mouvement de l'Ennemi. Il n'eut pas longtemps à attendre.

Son monde commença à tomber en morceaux le jeudi matin.

Installé à son bureau, il révisait ses cours de la journée lorsque l'inspecteur Crawford entra et prit place sur la chaise pivotante de Petey. Le policier semblait usé, avec sa chemise que la sueur collait par plaques au corps et les petites gouttes de transpiration sur les ailes du nez.

« Vous auriez pu frapper.

— Désolé, professeur... la porte était ouverte. » Crawford pivota sur la chaise pour regarder les étudiants traverser la cour sous la fenêtre. « Le semestre touche à sa fin, je crois ?

— Les examens ont lieu la semaine prochaine. Ensuite, les étudiants sont libres de toute obligation.

— J'ai un fils, révéla Crawford d'un ton songeur. Il va revenir à la maison. Vivre aux crochets de son paternel ou se faire garçon de plage pour l'été. Les gosses... n'aiment plus travailler, de nos jours. On doit pas les élever comme il faut, on doit trop les gâter. » Il s'épongea le visage avec un mouchoir kaki trop petit pour cette tâche. « Comment allez-vous occuper votre été, professeur ? »

Il a quelque chose à dire, mais il ne le fera que lorsqu'il en aura envie.

« Je pensais me mettre temporairement en congé du projet pour profiter d'une bourse de recherche dans le Colorado, où je participerai aux fouilles d'un ancien village indien. » Avec les événements des derniers jours, il savait qu'il ne partirait pas. Mais Crawford le découvrirait en temps utile.

« Vous savez, je me doutais de quelque chose de ce genre. Vraiment. Mais j'imagine qu'on se trompait, vous et moi. »

Tanner le dévisagea quelques instants. Le policier se montrait un peu trop désinvolte, il attendait une quelconque réaction. « Je ne vous suis pas.

— Comme on me paye pour être curieux, j'ai vérifié. Sans raison particulière, je comprendrais que vous vous vexiez de mon indiscrétion. Bref, quand j'ai vérifié, la direction m'a dit avoir enlevé votre nom de la liste. Et ce, pas plus tard que l'autre jour. Ils font venir un professeur d'une autre université pour s'en occuper. Ils pensaient à lui et il a dû décrocher le boulot à la dernière minute. » Il dénicha au fond de sa poche un cure-dents avec lequel il se tritura distraitement une molaire. « Je m'étonne que vous ne soyez pas au courant.

— Je suis sous contrat », dit Tanner d'un ton tendu.

Crawford prit un air compatissant. « J'ai connu d'autres personnes sous contrat, professeur. Et vous savez quoi ? Ces contrats ne valaient rien...

rien du tout. Vous devriez pouvoir les poursuivre en justice, mais je ne parierais pas sur votre succès.

— Vous êtes sûr de ce que vous racontez ?

— Je ne mène pas les gens en bateau sur ce genre de choses, professeur. »

J'allais me rétracter, de toute façon, pensa Tanner. Mais il ne comprenait pas pourquoi son nom aurait arbitrairement été retiré de la liste.

Crawford changea de sujet. « Revenons à John Olson... Quand je vous ai parlé, l'autre jour, vous m'avez dit penser qu'on l'avait assassiné. Vous avez quelque chose pour étayer votre opinion personnelle ? Je vous le demande officiellement... et je ne vous conseille pas de cacher quoi que ce soit. »

Tanner choisit ses mots avec soin. « Disons que c'était juste une idée comme ça. Sans aucune base concrète.

— Vous n'étiez donc pas convaincu au point d'essayer de jouer au détective ?

— Qu'est-ce que vous voulez dire ?

— Je vais reformuler ma question. Parfois, quand quelqu'un décède, ses parents ou amis croient à un meurtre. Et quand la police clôt l'affaire parce qu'elle se rend compte que ce n'est pas le cas, ils sont bouleversés et commencent leur propre enquête. Ils n'arrivent en général pas à grand-chose, sinon à se créer un paquet d'ennuis et à en créer tout autant à la police. Vous me suivez ?

— Je n'en suis pas certain. »

Crawford prit un air peiné. « M'est avis qu'ils lisent trop. Trop de ces livres dans lesquels la police est toujours stupide et néglige des indices sautant aux yeux de n'importe quel simple d'esprit. Ou bien ne veut pas résoudre l'affaire. Ça ne se passe pas comme ça dans la réalité, professeur. Dans quatre-vingt-dix pour cent des cas, la police clôt l'affaire parce qu'on ne peut rien faire de plus ou qu'il est inutile d'en faire davantage. »

Tanner se sentit soudain fatigué. « Ne tournons pas autour du pot, inspecteur. Où voulez-vous en venir ? »

Crawford se tamponna à nouveau le visage avec son mouchoir. « Il n'est plus nécessaire de faire quoi que ce soit dans l'affaire Olson. Nous allons la clore.

— Vous pensiez à un empoisonnement, il me semble ?

— Eh bien, je me trompais. On a eu les résultats de l'autopsie hier. Pas de poison, professeur. Pas la moindre trace. » Il lissa son mouchoir humide et le rangea avec soin dans une de ses poches. « Je reconnais que l'expression de son visage était presque à coup sûr un signe d'empoisonnement, même si cela n'explique pas pourquoi il se serait assis pour vous écrire à vous plutôt qu'à sa sœur, par exemple.

— Ni qui est Adam Hart. »

Crawford trancha l'extrémité d'un nouveau cigare. « Adam Hart. J'admets que j'aimerais en savoir plus sur lui, professeur. Mais je suis curieux de beaucoup de choses et la vie est trop courte pour que j'enquête sur toutes. » Il changea de sujet. « Revenons une nouvelle fois à Olson... Était-il en bonne santé ? Ou bien avez-vous entendu parler de quelque chose ? D'un quelque chose qui pourrait échapper à une visite médicale de routine ?

— À ma connaissance, il n'avait aucun problème de santé. Il ne ratait jamais un cours et ne semblait jamais souffrir de migraines chroniques ni de rhumes. Pourquoi ? »

Crawford se leva en tripotant son chapeau. « Eh bien, j'imagine que c'est comme ça, alors. J'ai déjà vu ce genre de choses arriver à un jeune homme, ça ne devrait pas trop me surprendre. »

Tanner sentit ses poils se hérisser. « Quoi donc ?

— Professeur, on n'a pas tué Olson et il ne s'est pas suicidé. Désolé de vous décevoir, mais il est rentré chez lui à minuit samedi soir, il a lu un moment et à trois heures du matin, il s'est assis à son bureau et il est mort. » Il claqua des doigts. « Comme ça. Sans douleur ni rien. Il est mort, tout simplement. »

Comme ça, pensa Tanner après le départ de Crawford. *Un jeune homme plutôt en bonne santé s'est assis à son bureau et y est mort. Sans raison.*

Il frissonna. Ce serait tellement facile de trembler et de laisser la terreur prendre le dessus à l'idée de ce qui le pourchassait. Et non de *qui* le pourchassait. Ce n'était pas une personne, quelqu'un qu'il pourrait combattre, qu'il pourrait forcer à se montrer au grand jour.

Mais *quelque chose*.

Et que lui voulait au juste ce quelque chose ? Qu'il quitte le comité ? Ou bien avait-il déjà dépassé le point de non-retour, en savait-il déjà trop ? Et dans ce cas, pourquoi n'avait-on pas à nouveau essayé de le tuer ? Cela ne serait pas difficile. Dimanche matin, il avait failli sauter de la jetée. Peut-être qu'un jour, il traverserait juste devant une automobile ou se pencherait un peu trop par une fenêtre ouverte. Et tout le monde dirait que le professeur Tanner avait fait preuve d'imprudence. Ou que la vie lui était devenue insupportable.

Et pourquoi moi ? Pourquoi moi plutôt qu'un autre membre du comité ? Qu'est-ce que je sais de si spécial ? Ou bien est-ce juste qu'il ne s'est pas encore occupé des autres ?

Il entreprit de passer en revue la pile de courrier qui encombrait son bureau. C'était la même pile que mercredi matin. La même déjà que lundi et mardi. Personne ne lui avait rien expédié depuis. Aucune compagnie de la ville ne lui avait envoyé de prospectus, personne ne lui avait adressé de factures.

Il parcourut la liasse d'enveloppes en attente de classement et s'arrêta sur l'une d'entre elles. Un prospectus en couleurs lui vantant les merveilles naturelles du Colorado.

Sauf qu'il n'irait pas. À cause, entre autres, de ce que lui avait dit Crawford : la fac l'avait laissé tomber. Pourquoi, il n'en savait rien. Le professeur Scott n'était sûrement en rien responsable. Il avait eu des prises de bec avec le vieil homme, mais celui-ci l'avait toujours soutenu en externe. Ses ennuis devaient venir du doyen, Harry Connell.

Il jeta un coup d'œil à sa montre. Il devrait pouvoir trouver Harry dans son bureau, à cette heure-ci. Et peut-être Harry aurait-il une explication.

La secrétaire de Connell refusa de le laisser entrer.

« Je suis désolée, Bill. M. Connell est très occupé en ce moment. Si vous repassiez plus tard ?

— Et vous pensez qu'il sera là ? »

Elle se mordit la lèvre. « Honnêtement, Bill, je ne sais que vous répondre. Il m'a averti que vous pourriez venir le voir et de vous répondre qu'il était occupé.

— Et qu'il le serait toute la semaine, c'est ça ? »

Elle haussa les épaules. « Bien sûr, si vous passiez outre... Je pourrais toujours dire que j'ai essayé. »

Il passa à côté d'elle. « Merci. »

L'occupant du bureau parlait au téléphone. Lorsque Tanner fit irruption, il raccrocha avec de l'irritation sur son visage replet.

« N'avais-je pas ordonné à ma secrétaire de vous dire que j'étais occupé ?

— Elle l'a fait, mais je dois commencer à avoir le cuir épais. » Il baissa le ton. « Qu'est-ce qui se passe, Harry ? S'il y a un problème, pourquoi ne pas m'en avoir averti ? »

Connell s'empourpra. « Je devrais appeler la police et vous faire jeter dehors, mais je m'efforce de ne rien ébruiter. La publicité ne ferait aucun bien à l'université et j'espère toujours pouvoir vous pousser doucement vers la sortie sans esclandre. Nous allions vous laisser finir le semestre avant de faire tomber le couperet. Mais vous voulez qu'il tombe tout de suite.

— Mais enfin, de quoi diable parlez-vous ? »

Connell se leva et prit appui sur son bureau. « Nous vous avons écarté du voyages d'études au Colorado, Tanner, parce que nous n'envoyons jamais de groupes d'étudiants effectuer des recherches sur le terrain sans les faire encadrer par un enseignant compétent.

— Et je n'en suis pas un ?

— Où avez-vous obtenu votre diplôme ?

— À l'université du Wisconsin.

— Vous pouvez le prouver ? »

Extrêmement las, Tanner se laissa tomber sur une chaise. « Crachez le morceau, Harry. »

La bouche de Connell était si pincée de colère qu'on n'en voyait presque plus les lèvres. « *Monsieur* Connell, Tanner. Et si je ne vous appelle pas "professeur", c'est parce que vous n'en êtes pas un. » Il passa une main tremblante dans ses cheveux de plus en plus rares. « C'était une vérification de routine... je ne sais pas ce qui m'a poussé à la faire. Vous vous étiez porté candidat pour le Colorado et nous avons écrit à l'université du Wisconsin pour leur demander quelle expérience vous aviez des recherches sur le terrain. » Il se tut quelques instants. « Ils n'ont jamais entendu parler de vous. Vous n'apparaissez dans aucun de leurs registres. J'ai déjà entendu parler d'impostures, mais jamais je n'aurais cru... »

Le désespoir envahit Tanner. « Vous ne pouvez avoir vérifié partout !

— On a même regardé dans l'annuaire des...

— Je ne me suis jamais fait photographier pour l'annuaire.

— Plutôt inhabituel, non ? Et vous n'avez jamais non plus participé à aucune des activités extérieures de l'université, pas vrai ? Nous les avons toutes vérifiées.

— Je n'ai jamais été très amateur de ce genre de choses. Mais si vous aviez demandé au professeur Palmer, à la faculté d'anthropologie, il vous aurait parlé de moi. »

Connell brandit une lettre posée sur son bureau. « Il nous a répondu n'avoir jamais entendu parler de vous. Lisez vous-même.

— Ma thèse est archivée ici, dit lentement Tanner. Vous avez sûrement vérifié.

— Oui. Du moins, nous avons essayé. Rien. Rien du tout.

— Je l'ai déposée quand j'ai postulé ici ! Elle devrait y être !

— Alors pourquoi n'allez-vous pas la chercher ? Trouvez-la, rapportez-la moi et je vous présenterai mes excuses. » Il prit une bande de papier qu'il lui tendit. « Voici un chèque pour ce que nous vous devions jusqu'à aujourd'hui. Nous dénonçons votre contrat à dater de ce jour. Vous êtes viré, d'ici et du Projet. Estimez-vous heureux que l'université renonce à vous poursuivre en justice, de peur de sembler ridicule en vous ayant engagé. »

Tanner prit le chèque et observa d'un air ébahi le petit homme regagner son bureau en se dandinant. *Toutes mes références ont été vérifiées à l'époque*, pensa-t-il confusément. Sans cela, jamais ils ne l'auraient engagé. Connell devait s'en rendre compte. Ou bien était-ce juste que... que...

Que Connell ne s'en souvenait pas.

Sa thèse n'était pas listée dans le fichier et lorsqu'il vérifia dans les rayonnages, il ne l'y trouva pas non plus. Il ne vit, dans la rangée de thèses soigneusement dactylographiées et reliées que recouvrait une épaisse couche de poussière, nulle brèche révélant qu'une des thèses avait été enlevée. Pour autant qu'il puisse l'établir, la sienne n'avait jamais été archivée.

Il resta une demi-heure assis entre les rayons avant de se relever pour sortir. Il n'avait d'autre choix que de préparer son départ, de fermer son compte en banque et de quitter la ville. Que ferait-il ensuite, il l'ignorait et ne s'en souciait pas. Mais peut-être l'attente, le suspense étaient-ils terminés. L'Ennemi avait gagné, Tanner, en disgrâce, ne faisait plus partie du comité. Et se retrouvait sans emploi ni revenus.

À terre, mais pas tout à fait vaincu. Au moins, il ne mourrait pas de faim.

Il se rendit à la banque, où le guichetier prit son carnet avant de revenir quelques instants plus tard, perplexe.

« Je suis désolé, M. Tanner, mais il semble y avoir un petit malentendu. Nous n'avons pas trace d'un compte à votre nom. »

Malgré le soleil et le ciel bleu, pensa Tanner, *ce sera une journée pourrie.* « Où pensez-vous que j'ai eu ce carnet ? Qui d'après vous y a noté ces mouvements ? »

Le guichetier agita les mains d'un air impuissant. « Nous n'avons rien sur vous dans nos livres ni de carte d'identification à votre nom, alors que nous demandons à tous nos déposants d'en signer une. Je ne sais pas ce qu'il se passe. Vraiment, je...

— Allez donc chercher le directeur », coupa Tanner d'une voix pâteuse.

Le directeur était un homme mince, à la calvitie naissante et aux yeux à la fois perçants et soupçonneux derrière ses lunettes à monture d'acier. Il examina le carnet de banque, fronça les sourcils et gagna une étagère derrière le guichet. Il revint avec un carnet semblable à celui délivré à Tanner.

« Ce carnet que vous avez... Il vous appartient ?

— Il porte mon nom. »

Le directeur lui décocha un regard mauvais et lui montra le carnet qu'il tenait à la main. « Il se trouve que nous en avons un autre avec le même numéro. L'homme à qui nous l'avons délivré le détient depuis dix ans. J'ignore comment vous avez obtenu ce carnet et ce numéro, j'ignore aussi comment vous l'avez fait remplir, mais je sais que la contrefaçon est un crime puni par la loi. »

Il se tut soudain avec l'air de regretter de ne pas avoir appelé la police tout de suite.

Tanner le planta là et sortit de la banque.

Il avait détenu près de mille dollars sur son compte et voilà qu'il se retrouvait sans un sou. Quelqu'un était passé avant lui. Avait subtilisé sa carte pour la remplacer par une autre. Ou, plus précisément, avait persuadé le guichetier de remplacer sa carte.

On ne peut aller bien loin sans argent.

Il se souvint alors de son chèque et le tâta à travers la poche de son manteau. Il n'arriverait jamais à le faire encaisser à la banque. Mais il connaissait au moins une demi-douzaine de bureaux de change.

Le premier qu'il essaya l'accepta sans problème et Tanner se ravit quelques instants de cette petite victoire, avant de se rendre compte qu'il n'était parvenu, au mieux, qu'à repousser l'échéance.

Il s'arrêta dans un petit restaurant et y commanda du café. Il se sentait épuisé, comme au sortir d'un mille cinq cents mètres ou d'une longue maladie. Le nœud se resserrait autour de sa gorge. D'un jour à l'autre, d'une heure à l'autre, quelqu'un pouvait tirer sur la corde et il se retrouverait pendu. De toute évidence, l'Ennemi ne voulait pas simplement l'éjecter du comité.

Pourquoi moi ?

Il jeta un coup d'œil à l'horloge du restaurant. Midi. Encore une heure avant son rendez-vous chez le dentiste.

Il chercha une pièce dans ses poches. Ce n'était qu'une visite d'entretien qu'il pouvait repousser. Et qu'il ferait probablement effectuer dans une autre ville, puisqu'il n'allait plus rester longtemps dans celle-là.

Il composa le numéro, donna son nom à la réceptionniste et demanda à annuler son rendez-vous. Il y eut quelques instants de silence.

« Pourriez-vous me répéter votre nom, monsieur ? »

Il obtempéra.

« Je suis désolée, monsieur, mais je n'ai pas de rendez-vous au nom de Tanner.

— Je l'ai pris il y a une semaine, dit-il lentement. Pour treize heures. »

Une autre pause.

« Le docteur Landgraf ne se souvient pas de vous, M. Tanner. Mais si vous souhaitez prendre rendez-vous... »

Il raccrocha.

Pas de courrier depuis lundi. Parce que son nom, d'une manière ou d'une autre, avait disparu de toutes les listes ? Parce que tous les fichiers dans lesquels il figurait avaient été purgés ? Il y avait aussi eu le problème des archives de l'université du Wisconsin et la disparition de sa thèse dans la bibliothèque universitaire. Puis le carnet de banque et son rendez-vous chez le dentiste...

On est en train de m'isoler, comprit-il. Toute mention de son nom disparaissait. On conditionnait les gens à oublier qu'il avait jamais existé. Une par une, on coupait ses relations avec le reste du monde. Comme un chirurgien-dentiste endort vos nerfs avec une piqûre de novocaïne.

Juste avant de vous arracher une dent.

6.

On enterra John Olson le vendredi matin.

L'inhumation eut lieu dans un petit cimetière juste en dehors de la ville, par une matinée sombre et couverte balayée d'un vent froid qui faisait clapoter le lac.

Le prêtre, à la tête de la tombe, dit quelques mots que le vent emporta et engloutit sans cesser de secouer ses vêtements sacerdotaux. Puis les deux fossoyeurs détachèrent les bandes de toile supportant le cercueil. Celui-ci tangua et disparut lentement à l'intérieur de la grossière entaille pratiquée dans le sol.

Tanner observa le processus avec une fascination morbide avant de jeter un coup d'œil au petit groupe rassemblé de l'autre côté de la tombe. Il y avait là Petey, en longue robe noire et lourde voilette, appuyée sur le bras de Marge. Karl Grossman, gras et songeur, pour une fois bien habillé. Harold Van Zandt près de sa femme Susan et d'Eddy DeFalco. Le professeur Scott, emmitouflé dans un cache-nez et un pardessus, l'air lui-même tout proche des derniers sacrements. Ainsi que le commandant Nordlund, avec l'expression affligée adéquate mais plus probablement due à une partie de golf ratée qu'à la mort d'Olson. Et enfin Harry Connell, accompagné de quelques membres de la faculté.

Petey était la seule famille d'Olson présente.

Le prêtre s'avança pour échanger quelques mots avec elle et tous deux se dirigèrent vers la file de voitures en attente à une centaine de mètres de là sur la route. Les autres suivirent, Tanner aussi. Il entendit dans son dos le léger bruit des pelles mordant la terre.

Il pensa aux neuf personnes ayant participé à la réunion du samedi matin. L'une, psychologiquement perturbée et morte de peur, avait essayé de les convaincre que l'espèce humaine se trouvait en sursis. Il n'en restait plus que huit, dont l'une très effrayée qu'il était prévu d'éliminer.

Lui-même.

Les autres n'avaient pas eu grand-chose à lui dire mais il décelait en eux un malaise, un soupçon réciproque. Ils semblaient anormalement calmes et réservés.

Il rattrapa DeFalco.

« Ed, je voudrais vous parler une minute. »

DeFalco s'arrêta et sortit d'un étui très décoré une cigarette qu'il tapota sur le dos de sa main. Il évita de croiser le regard de Tanner.

« Qu'est-ce qui ne va pas ?

— Connell a dit quelque chose ? »

DeFalco alluma sa cigarette et ses narines

déployèrent un flux de fumée que déchiqueta le vent froid. « Bien entendu. Vous saviez qu'il le ferait.

— Vous le croyez ?

— Non. »

La voix de Tanner trembla. « Je ne peux rien prouver. Pour la même raison que je ne peux pas prouver que je dispose ici d'un compte bancaire, que j'avais rendez-vous hier après-midi chez le dentiste ou que toutes les compagnies de la ville avec lesquelles j'étais en relation n'ont plus trace de mon existence. Ed, on est en train de m'isoler ! »

Le visage de DeFalco se vida de toute expression. « Qu'est-ce que vous voulez que j'y fasse ? » Tanner le dévisagea. DeFalco semblait froid, dépourvu de toute émotion, et le vent agitait quelques mèches de son épaisse chevelure noire luisant d'humidité. Un visage beau, puissant, tendu... avec les yeux d'un homme déjà mort de peur. « Bien sûr que je vous crois, Bill. Quelqu'un a supprimé vos références. Mais qu'est-ce que *moi*, je peux y faire ? » Il désigna du pouce la colline dans leur dos, d'où leur parvenait le bruit sourd de la terre tombant sur le cercueil. Sa voix manquait d'assurance. « Olson était curieux, il en savait trop. Et regardez ce qu'il y a gagné. Je ne crois pas qu'un homme meure comme cela sur sa chaise. Quelque chose l'a eu. Et ce quelque chose est à vos trousses. Je ne veux pas être impliqué. »

Il lâcha son mégot sur le sol et l'écrasa du talon dans la terre meuble. Les ombres vagues des arbres jouaient sur son visage altéré par la lumière chiche de ce matin froid et nuageux.

« Cette vie me plaît. Même quand il fait froid et humide, même quand il pleut. Je veux vivre très vieux, pouvoir m'asseoir à côté du feu, m'y réchauffer les pieds en lisant les livres de ma bibliothèque. J'ai beau exécrer votre ami, je refuse de m'opposer à lui. Je sais que je ne peux pas gagner. » Il laissa son regard errer sur les chemins dans l'ombre. « Je vous souhaite beaucoup de chance, Bill. J'aimerais avoir plus de cran, mais ce n'est pas le cas. Et je ne veux tromper ni vous, ni moi.

— Vous avez beaucoup changé depuis dimanche soir, je trouve. »

Quelque chose luisit un instant dans les yeux sombres. « Je me vantais. Je parlais pour m'écouter parler. Comme tout le monde. » Il se tut et inspira profondément, à la manière d'un plongeur sur le point de s'enfoncer dans l'eau. « Je ne veux pas en savoir trop sur Olson. Je ne veux pas en savoir trop sur vous. Je ne veux pas vous parler, je ne veux même pas qu'on nous voie ensemble. Vous êtes un homme mort, Tanner... et il n'y a rien que vous puissiez y faire, ni vous, ni personne d'autre. »

Tanner le regarda monter dans sa voiture et partir en trombe, les roues creusant le gravier. DeFalco n'était pas un lâche. Le dimanche soir, il débordait de haine et brûlait d'en découdre.

Mais quelque chose l'avait atteint.

Il rentrait du cimetière dans sa voiture de location lorsqu'il prit graduellement conscience de la présence de quelqu'un sous un auvent au bord du trottoir. Il faillit reconnaître la silhouette, sans se rappeler où il l'avait déjà vue. À un endroit quelconque...

Il vit à peine la petite fille. Il eut un bref aperçu qui figea un instant toute la scène. L'homme sous l'auvent du fleuriste, les quelques personnes debout devant les magasins, le drapeau qui pendait mollement dans l'humidité à la façade du bureau de poste, la voiture de police garée en double file au milieu du pâté de maisons.

Et la fillette de cinq ans en robe jaune vif qui surgissait devant sa voiture.

Il écrasa les freins et braqua frénétiquement le volant. Il y eut soudain un silence, une odeur de caoutchouc brûlé et la sensation glacée de la sueur lui dégoulinant sur la nuque. Une seconde plus tard, il avait jailli de sa voiture pour s'agenouiller près de la petite fille, miraculeusement indemne et à qui les larmes de la peur commençaient à peine à sourdre aux paupières. Une foule s'assembla rapidement puis s'ouvrit sur deux agents de police.

« Je n'allais pas très vite, je... »

Ils le dévisagèrent froidement.

« On entend ça tout le temps, mec. Ça déboule dans la rue comme si ça avait le diable aux trousses et quand quelqu'un se fait blesser, non, ça roulait pas vite ! Moi, je vous le dis, je commence vraiment à en avoir plein les bottes. »

L'autre agent de police se tourna vers la fillette et s'agenouilla à côté d'elle. « Tu es blessée, Mary Anne ? La voiture t'a touchée ? »

Elle secoua la tête et se mit à pleurer. « *Je veux m-ma balle ! Je j-jouais et elle a roulé sur la route et...* »

Le policier fit la grimace puis rangea son carnet de contraventions. « Vous avez une sacrée veine. S'il lui était arrivé quoi que ce soit, on vous aurait arraché la peau pour l'accrocher au feu. Maintenant, dégagez, et allez-y mollo. »

Tanner remonta en voiture et alla se garer après le prochain carrefour. Il appuya sa tête sur le volant. Il tremblait encore, il n'avait pas encore assimilé ce qui venait de se passer. Il descendait la rue et la petite fille avait surgi devant sa voiture. Avec un peu moins de chance, avec des réflexes un peu moins bons...

Mais il n'y avait pas que cela.

L'homme sous l'auvent du fleuriste. Un imperméable à ceinture et un chapeau bien enfoncé sur les yeux afin d'avoir le visage dans l'ombre. Le même homme qui se trouvait sur la jetée lorsqu'il avait failli en sauter ?

Sans doute.

Et la petite fille du fleuriste jouait devant la boutique. Dehors, par une journée froide et venteuse. Et elle avait soudain ressenti le désir de se précipiter au beau milieu de la rue parce qu'elle pensait que sa balle y avait roulé. Et s'il avait réagi une fraction de seconde plus tard, il l'aurait tuée.

Et se serait presque certainement retrouvé en prison, où il aurait pourri jusqu'à la fin de ses jours parce que ses papiers de remise en liberté se perdraient et que plus personne ne se souviendrait de William Tanner. Tout le monde oublierait qu'il avait existé un jour.

Une chose était sûre. Les petites filles jouent rarement dehors par des journées froides et venteuses. Et celle-ci ne s'était pas précipitée dans la rue parce que sa balle y avait roulé. Mais poussée par la volonté de... quelque chose... qui les observait sous l'auvent, la rue et elle, en attendant le bon moment.

Mais qu'importe la rue, pensa-t-il. Cela pourrait être une autre rue, un autre jour. Peut-être une vieille dame s'égarerait-elle devant son capot, ou bien un garçon à bicyclette. Le résultat serait le même. Le tribunal ferait le sale boulot et tirerait les marrons du feu pour l'Ennemi.

On le chassait, et jusqu'à présent, il s'était comporté comme une cible facile. Il ne s'était pas défendu, pas vraiment. Il avait accepté l'idée, comme DeFalco, qu'on ne pouvait pas s'opposer à cet Ennemi et qu'il n'avait aucune chance.

Il n'était pourtant pas entièrement désarmé. Il savait que l'homme qui le traquait et celui qui s'était débrouillé pour tuer John Olson ne faisaient qu'un. Et qu'il avait participé à la réunion de ce funeste samedi matin.

Lequel ?

Il l'ignorait. Olson, lui, l'avait su. Il avait reconnu l'Ennemi pour l'avoir déjà vu dans le passé. Il n'avait pas pu parler franchement, mais il avait fait son possible pour le désigner.

C'est dans le passé d'Olson, fut-il soudain

convaincu, qu'on trouverait la réponse à la question *Qui est l'Ennemi ?*

Et pour cela, il fallait commencer par la ville natale d'Olson.

7.

Il était six heures, en ce samedi matin, lorsque le train entra poussivement à Brockton, toujours endormie. Il s'arrêta le temps de déposer les journaux et de charger à grand bruit une douzaine de bidons de lait.

William Tanner en descendit et resta un instant sur le quai à regarder le train s'éloigner dans un bruit de ferraille. Il se tourna ensuite vers la gare, une structure en bois à un seul niveau munie d'un panneau BROCKTON dont les lettres gothiques s'écaillaient. Une note punaisée sur la porte de la salle d'attente spécifiait que la gare n'ouvrait qu'à sept heures.

Tanner se dit que quiconque voulait quitter la ville devait apparemment le faire par le train du soir. Il se mit en marche vers le village.

Brockton. Un petit bourg qui ne devait pas compter plus de deux mille âmes. Avec des rues se croisant à angles droits et allant, au bout de quelques pâtés de maisons, se perdre dans la prairie. Un quartier commerçant de plusieurs pâtés de maisons, un *pub* dont l'enseigne au néon déglinguée se balançait dans la brise matinale, et une église à clocher blanchie à la chaux. Un drugstore/quincaillier avec des cannes à pêche en bambou appuyées contre la vitrine. Une mairie dans laquelle on projetait des films tous les samedis et dimanches soirs.

Une petite ville.

Un bourg de campagne.

Un de ces villages de l'épine dorsale de l'Amérique dans lesquels les politiciens aimeraient avoir vu le jour. Et John Olson y était né.

Tanner alla s'installer dans un petit hôtel biscornu. Une épaisse couche de poussière y recouvrait les meubles tapissés de cuir du hall et il fallait passer quatre portes dans le couloir pour trouver les toilettes. Sa chambre donnait sur la rue principale. Elle était grande, équipée d'un châlit en cuivre et d'une gigantesque commode en chêne avec une cuvette en porcelaine et une cruche posées dessus. Il vit un verre enveloppé de cellophane poussiéreuse à côté de la cruche.

Il rangea son manteau dans la penderie et redescendit les escaliers jusqu'à la cafétéria qui, ô miracle, était ouverte. Il commanda du café et des *pancakes*, puis observa la serveuse retourner dans la cuisine préparer sa commande. C'était une jeune fille désireuse de plaire — même à six heures et demie du matin —, qui ressemblait vaguement au vieil homme de la réception. Probablement sa fille, voire sa petite-fille, qu'il mettait à contribution.

Les *pancakes*, trop minces, n'absorbèrent pas le

sirop. Quant au café, fort et brûlant, il était remarquablement bon.

À trois tabourets de lui, la serveuse derrière son comptoir en polissait négligemment la surface de marbre et l'observait du coin de l'œil. *Elle doit se demander qui je suis et ce que je viens faire. D'ici midi, tout le monde saura qu'il y a un étranger en ville.*

« Très bon, votre café. »

Elle s'avança un peu trop vite vers lui et il ne put s'empêcher de sourire. Son empressement s'accordait au petit ruban rose qu'elle portait dans les cheveux. Comment on appelait ce genre de filles ? Simple et sans chichi ?

« P'pa le commande spécialement... le train nous le livre une fois par semaine.

— Votre père, c'est l'homme à la réception ? »

Elle hocha la tête. « L'hôtel lui appartient.

— C'est joli. »

Elle polit encore un peu le comptoir et alla jusqu'à essuyer le goulot d'un flacon de ketchup.

« Vous êtes représentant de commerce ? »

Il leva les sourcils et elle rougit. « Je voulais pas être indiscrète. C'est juste qu'on n'a pas spécialement beaucoup de visiteurs, dans le coin.

— Non, je ne suis pas représentant de commerce. Je viens voir la famille Olson. »

Elle fronça les sourcils et il comprit qu'elle essayait de trouver un moyen d'obtenir davantage d'informations sans avoir l'air trop curieuse.

« J'ai connu leur fils à l'université. Il est mort la semaine dernière et je rapporte ses affaires. » En un sens, c'était exactement ce qu'il faisait. Et que l'information circule rendrait peut-être les gens plus bavards.

« John Olson ?

— C'est cela. »

Elle retourna au flacon de ketchup. « Je ne l'ai pas très bien connu. Je devais avoir dix ans quand il est parti. » Elle replia son chiffon afin d'en obtenir une surface propre. « J'imagine qu'Adam Hart sera très ennuyé d'apprendre sa mort. »

Il se crut un instant sur le point de vomir le café et les *pancakes*. Il mobilisa toute sa volonté pour contrôler le tremblement de ses mains.

« Qui est Adam Hart ?

— Un très bon copain de Johnny... Ils étaient toujours fourrés ensemble. Vous savez ce que c'est, quand les gamins idolâtrent quelqu'un de plus vieux qu'eux. » Elle reposa son chiffon et fit glisser le flacon de ketchup en place entre le sucre, le poivre et le sel. « Je ne connaissais pas très bien Adam, dit-elle lentement sans lever les yeux, mais ce n'est pas le genre de type qu'on oublie. Vous pourriez regrouper toutes les stars de ciné en une seule personne qu'elle ne lui arriverait pas à la cheville. Toutes les filles étaient dingues de lui, à mon avis.

— Il est en ville en ce moment ? »

Elle secoua la tête. « Oh, non. Tôt ou tard, presque tout le monde quitte Brockton. Adam est parti il y a environ huit ans. »

Son petit-déjeuner allait rester dans son estomac,

après tout. Mais pendant une seconde, elle lui avait vraiment fait peur.

« Ce Hart... À quoi ressemble-t-il ? »

Elle rosit. « Jeune, mais pas trop. Peut-être vingt-cinq ans. Blond, grand, plutôt mince, comme s'il avait tout le temps un peu faim. Des yeux bleus, et un sourire qui met le monde à ses pieds... »

Elle ne plaisante pas, pensa-t-il abasourdi. *Elle n'a pas très bien connu Hart mais elle en est tombée amoureuse à dix ans. Qui plus est, elle ne s'en est pas encore remise.*

Elle eut l'air mélancolique. « On ne l'oublie jamais, monsieur. Une fois qu'on l'a vu. »

Il termina son café en contemplant les robinets en nickel, les verres brillants et les boîtes de nourriture pour petit-déjeuner empilées derrière le comptoir.

On peut éliminer Petey et Marge : Adam Hart est un homme. Olson, mort, ne peut guère me pourchasser. Adam Hart est donc forcément un des cinq autres hommes qui ont assisté à la réunion du samedi matin. Et même en tenant compte des huit ans écoulés depuis...

Mais l'homme décrit par la serveuse ne ressemblait à aucun d'eux.

La maison des Olson, la deuxième après la fin du revêtement sur la rue et la troisième depuis les pâturages envahissants, était une petite maison blanche à un seul niveau — trop petite et trop récente pour une ferme. Tanner devina que les Olson n'y habitaient pas depuis longtemps.

Il monta sur le trottoir et hésita un instant avant

de frapper. Il était encore assez tôt dans la matinée. Peut-être trop tôt.

« Vous cherchez quelqu'un, monsieur ? »

L'homme avait tourné le coin de la maison, un demi-sac de semence à gazon sous le bras. Grand, le visage buriné, les cheveux argentés à moitié dissimulés par une casquette en bleu de travail, il rappela à Tanner les fermiers venant aux parcs à bestiaux avec du fumier encore collé aux bottes.

« Oui, les Olson, mais il est peut-être trop tôt. »

L'homme cracha par terre. « Oh non, ça fait deux heures que je suis debout. Je me levais à cinq heures quand j'avais la ferme. Il me reste un jardin et je ne vois pas pourquoi maintenant, je ferais la grasse matinée. » Il regarda Tanner avec attention. « Je suis Mark Olson. Qu'est-ce qu'il se passe ? »

Tanner désigna sa petite valise du menton. « Je suis de l'université. Je vous rapporte quelques affaires de John. »

L'homme ouvrit la contre-porte. « Entrez donc, fils. M'man est au salon. »

Une légère pénombre régnait à l'intérieur, accompagnée de la fraîche odeur de renfermé caractéristique des demeures closes. Ses jambes décharnées serrées dans une couverture en lainage, Mme Olson occupait un fauteuil à bascule près de la fenêtre du salon. Elle avait un visage plissé recouvert de fines rides, des yeux creux et secs.

Tanner devina que les deux époux étaient à peu près du même âge. Mais alors que l'homme regorgeait encore de vitalité, elle approchait de la fin, horloge usée et délabrée qui n'attendait plus que l'ultime et fatal relâchement du ressort principal. Elle n'avait plus d'autre intérêt dans la vie que s'asseoir dans son fauteuil devant la fenêtre pour regarder les vents filer dans la prairie et, parfois, un visiteur s'aventurer dans la rue.

« Je viens de l'université, répéta-t-il doucement. J'ai rapporté quelques affaires de John. »

Elle lui jeta un coup d'œil puis se tourna à nouveau vers la fenêtre, comme si elle ne pouvait pas s'empêcher de regarder dehors.

« Patricia nous a télégraphié qu'il était mort, marmonna-t-elle. Elle a dit qu'il était trop tard pour qu'on aille assister à la cérémonie. Qu'ils l'avaient enterré le jour même. »

Ce qui est complètement faux. Il regarda à nouveau la vieille dame et comprit qu'elle n'aurait pas survécu au voyage.

« Johnny était un bon petit, reprit-elle faiblement. Il aurait dû vivre plus longtemps... » Sa voix s'effilocha et son mari tira Tanner par la manche. Ce dernier le suivit dans la petite cuisine et s'assit près de la table.

Le vieux se montra bourru. « Évitez de parler trop longtemps à M'man. Elle est souffrante, depuis quelques jours. La mort de Johnny lui a fichu un sacré coup.

— M. Olson, c'est ici, à Brockton, que John est né, n'est-ce pas ? Et qu'il a grandi ?

— Il a vécu toute sa vie ici, jusqu'à son départ pour l'université. Il n'aurait peut-être pas dû y aller, d'ailleurs. Il est revenu une fois ou deux l'été, mais il n'était plus le même. Comme malheureux, amer. »

Il posa une cafetière en aluminium bosselée sur la cuisinière, dont il alluma le brûleur avec une allumette. Sa main tremblait. « J'ai toujours dit à M'man que c'était un fermier, qu'il n'était pas fait pour les études dans la grande ville. » Il parlait d'une voix basse, au bord de la rupture. « Ce garçon va me manquer, monsieur. Ça ne m'a jamais plu qu'il parte faire des études, mais il comptait quand même beaucoup pour moi. »

Tanner regretta de devoir faire souffrir le vieil homme.

« C'est ici qu'était toute sa vie, non ? Je veux dire : ses amis, sa famille ?

— Il avait beaucoup de bons amis. » Le vieillard alla prendre d'épaisses tasses en porcelaine dans le cellier. « Y en a un que j'oublierai jamais. Il s'appelait Hart. Adam Hart. Plus vieux que Johnny, mais j'ai toujours pensé que cette amitié était bonne pour lui. Un jeune qui se lie d'amitié avec un homme plus âgé, ça lui permet de mieux voir la vie. »

Le café bouillait mais il ne fit rien pour l'ôter du feu.

« Cet Adam Hart... Johnny en parlait souvent, mentit Tanner. Quel genre de type c'était ?

— Un vrai homme, fils. D'une famille de romanichels installée à l'ouest de la ville. Une de ces familles avec deux douzaines de gosses dans la maison et un ours apprivoisé dans la cour. Les gosses ne pouvaient pas ne pas en approcher. Ni herbe ni fleurs sur leur terrain, mais quelques cerisiers auxquels les gamins pouvaient monter. Johnny traînait beaucoup là-bas. Adam était un des fils romanichels, beaucoup plus vieux que Johnny. Ils se sont bien entendu. Adam aidait Johnny à faire ses devoirs et lui apprenait la pratique des sports. »

Il se leva et servit un épais café noir qui dégageait une grossière odeur de brûlé. « Adam sera vraiment désolé d'apprendre que Johnny est... mort. » Il eut du mal à prononcer le mot et la cafetière trembla un peu, répandant du liquide brûlant sur la toile cirée.

Mais Adam Hart n'est pas désolé. Ou alors juste un peu d'avoir dû tuer Olson.

« Quelqu'un sait où trouver Adam ?

— Non. Personne n'a eu de ses nouvelles depuis qu'il a quitté la ville.

— À quoi est-ce qu'il ressemble ? » La fille de l'hôtel-restaurant était plutôt jeune quand elle avait vu Hart. Elle devait moins bien s'en rappeler que le vieil homme.

« Vingt ans et quelques. Peut-être juste vingt. Des cheveux châtain clair. À peu près aussi grand que moi, moyen. Bien bâti. Il aurait été bon derrière un attelage. »

Tanner sirota son café.

L'Adam Hart décrit par la fille et celui dont se souvenait le vieillard ne se ressemblaient pas du tout.

Le lycée de Brockton semblait un peu surdimensionné pour la ville. Tanner supposa qu'il desservait la moitié du comté : la ville de Brockton et les kilomètres de pâturages qui l'entouraient. Il trouva les salles de classes désertes et crut un instant jouer de malchance.

Mais l'entraîneur de l'équipe de base-ball, qui s'occupait aussi de celles de football et de basket-ball et enseignait à ses heures perdues la natation, le fond et l'algèbre, était encore là. Tanner tomba sur M. Freudenthal, homme joufflu d'environ quarante-cinq ans à l'expression ouverte et amicale, dans le gymnase où il apprenait à deux garçons de douze ans comment *shooter* au basket. Les panneaux étaient vieux et le plancher voilé, mais Tanner aurait parié qu'ils produisaient encore des équipes de championnat.

Il informa l'entraîneur des raisons de sa présence et le sourire de bienvenue disparut.

« Bien sûr que je me souviens de Johnny. C'était la star de l'équipe lorsqu'il jouait ici. Sauf que vous ne l'auriez jamais deviné en le regardant. » Il se tourna vers les garçons et administra une claque sur l'arrière-train du plus proche. « OK, les gars, passez à la douche et rentrez chez vous. » Il se dirigea vers son bureau. « Comment c'est arrivé, professeur ?

— Son cœur a lâché. Surmenage, j'imagine.

— Bizarre, je ne l'aurais jamais cru fragile du cœur. » Freudenthal ôta son sweat-shirt et entreprit de se frotter la panse avec une serviette. « Vous ne l'auriez jamais pris pour un athlète, vous savez. Il n'en avait pas l'air, même si je peux vous dire qu'ils sont beaucoup dans son cas. Il n'avait tout simplement pas la carrure, mais question réflexes et coup d'œil, personne ne lui arrivait à la cheville. Il a gagné une lettre en basket. » Il enfila une chemise qu'il boutonna. « Ça peut sembler bizarre, mais je ne pense pas qu'il ait jamais vraiment aimé le sport. On aurait dit qu'il se forçait à en faire.

— C'était un bon élève ?

— Un des meilleurs. Aussi fiable dans ses devoirs que sur un terrain de basket. » Un sourire flotta sur son visage. « Peut-être même plus. Johnny s'est payé ma tête un soir... il était vraiment pas dans son état normal. Je ne comprenais rien, il n'arrivait même plus à faire un simple lancer en foulée.

— C'était quand ?

— Je ne me souviens pas au juste, pendant l'hiver de sa première année... Le soir où les romanichels ont donné une de leurs grandes fêtes. »

Un signal d'alarme se déclencha dans l'esprit de Tanner. « Est-ce qu'un certain Adam Hart a été scolarisé ici à un moment ou à un autre ? »

Freudenthal eut l'air surpris. « Hart ? Ça non, aucun des gamins des romanichels n'est jamais allé à l'école. Et juste entre vous et moi, je ne pense pas qu'ils en avaient besoin. Adam Hart ne s'approchait d'ici que pour venir voir Johnny jouer au basket. » Il gagna le lavabo dans le coin et se trempa les cheveux. « C'était un très bon ami de Johnny, toujours à l'encourager du bord du terrain. »

Sauf qu'un soir, il n'a pas pu le faire. Celui où Olson a joué de manière si lamentable.

« Johnny vous a-t-il jamais paru amer ?

— Pas au début. C'était un gamin du genre décontracté. Vous savez comment sont les gars un peu dodus... rien ne les ennuie jamais. Il a commencé à s'assombrir vers la fin de sa première année, il est devenu plutôt lugubre. Je me souviens que je discutais avec lui pour essayer de le dérider. Sans grand succès. Quelque chose le rongeait, mais je n'ai jamais eu la moindre idée de ce que c'était.

— Ses parents disent qu'il ne s'est aigri qu'après son départ à l'université.

— Vous connaissez les parents, professeur. Ce sont toujours les derniers à savoir quand quelque chose ne va pas chez leurs gamins. »

Tanner se leva pour prendre congé. « Vous ne sauriez pas où je pourrais trouver des photos d'Adam Hart, par hasard ? Genre un cliché des tribunes avec Hart dans le fond...

— Demandez à l'*Eagle*. Si quelqu'un a des photos, c'est eux.

— Et sinon... » Il hésita. « Quel genre de type c'était, selon vous ? »

Freudenthal se pencha sur sa chaise, le visage luisant. « Si ça se trouve, j'avais un autre joueur génial à portée de main, professeur. Vraiment ! À portée de main. Vous auriez dû voir ce Hart. Une jeune pousse, mais une de ces rares personnes qui vous donnent toute de suite l'impression qu'elles feront vraiment quelque chose de grand un jour. Il aurait pu être un grand athlète. Merde, il aurait pu être un grand n'importe quoi !

— Il ressemblait à quoi ?

— Dix-huit ou dix-neuf ans... pile au sommet. Assez petit, cheveux bruns, relativement massif. Le profil idéal de l'athlète. Calme. En général, il n'avait pas grand-chose à dire, mais les fois où il parlait, ça valait le coup de l'écouter. Il ne se donnait jamais de grands airs, ne s'habillait jamais trop chic. Un des rares jeunes avec qui on pouvait se détendre et parler. Bonne tête. Rudement bonne tête. »

L'entraîneur m'a décrit un troisième homme. Différent de celui dépeint par la fille de la cafétéria ou le père d'Olson. La fille du restaurant a vu le genre d'hommes que toutes les jeunes filles rêvent de voir. Souriant, poli, bien habillé, un peu mince et émacié. Mark Olson a vu un vaillant fils de la terre. L'entraîneur, l'athlète parfait.

Et chacun en ville avait probablement vu Hart sous un jour légèrement différent. Hart avait été comme un miroir qui renvoyait le reflet de ce que vous *désiriez* voir.

Ce qui voulait dire qu'un des membres du comité avait laissé sept impressions distinctes aux autres. L'un des membres semblait très différent à chacun des sept autres. Tout ce qu'il avait à faire...

N'importe quoi ! Jamais Hart ne laisserait une ouverture aussi évidente. Il se fait passer pour un autre et il le fait bien, ce n'est pas un amateur. Je parierai mon dernier dollar qu'il n'a pas l'air différent pour chacun de nous.

Mais il serait intéressant de voir à quoi Hart ressemblait *vraiment*. Et la seule manière de le découvrir était de mettre la main sur une photographie.

Il n'y en avait aucune.

Le *Brockton Eagle* ne possédait pas de clichés d'Adam Hart, même si le rédacteur en chef s'en souvenait assez bien et lui attribuait les qualités du parfait rédacteur en chef d'une publication de campagne. Tanner parcourut les archives jaunissantes du journal et tomba sur une ou deux photographies dont la légende mentionnait la présence d'Adam Hart à l'arrière-plan. Mais les photos étaient confuses, floues, comme si la main du photographe avait bougé au moment où il pressait le déclencheur.

Adam Hart, apparemment la personne la plus connue et la plus appréciée de la ville, n'avait pas vraiment impressionné les photographies.

Tanner rentra déjeuner à l'hôtel, où la serveuse lui apprit que la demeure des Hart avait complètement brûlé plusieurs années auparavant. Plus tard, dans l'après-midi, il alla dans l'ouest de la ville y jeter un coup d'œil.

Il ne restait plus rien de la maison qu'un terrain vague envahi d'herbe à pâturage, d'ambroisie et de grands buissons. Il vit quelques cerisiers au fond du terrain et quelques pommiers sauvages plutôt chétifs sur le côté.

Il traversa la rue et aborda un voisin occupé à réparer son porche.

« La maison des Hart a brûlé il y a huit ans, monsieur. Juste quelques semaines après le départ d'Adam. Et heureusement qu'il est parti, sinon il serait mort dans l'incendie avec le reste de sa famille. La pire tragédie que cette ville ait connue. Le vieux Hart, sa femme et tous leurs enfants et parents. Devaient être pas loin de quinze, il a fallu utiliser tous les cercueils disponibles. »

L'homme planta un nouveau clou dans une marche de son porche. « Une foutue honte. La meilleure famille que j'ai jamais connue. Certains disent que l'ours s'est libéré et qu'il a arraché les branchements de la citerne de gaz devant la cuisine. On l'a abattu cette nuit-là, il était salement brûlé aussi.

— À quelle heure c'est arrivé ?

— Tard dans la nuit, un peu après le passage du train. Dans la maison, les gens ont paniqué et n'ont pas réussi à ouvrir la porte d'entrée, déjà ça, je comprends pas, c'était pas le genre à fermer quoi que ce soit à clef. Pourtant on a trouvé un paquet de corps entassés derrière. Ils n'ont pas eu la moindre chance. Vous savez, une de ces grandes maisons en bois. Ça a flambé comme une pile de cartes en celluloïd... comme une torche. »

Il se redressa et chercha d'autres clous au fond de ses poches. « Ça a été un sacré enterrement. Toute la ville était là et même Adam est revenu, il avait eu vent de l'histoire d'une manière ou d'une autre. Je n'ai jamais vu quelqu'un d'aussi affecté, ça lui a vraiment fichu un coup. » Il se tripota le lobe. « J'imagine que ça m'en aurait fichu un aussi de perdre ma famille de cette manière. Je me suis jamais senti aussi désolé pour quelqu'un de ma vie.

Croyez-moi, Adam ne méritait pas ça. Il n'y a jamais eu sur Terre personne de plus droit et de plus généreux, c'est moi qui vous le dis... »

Tanner l'interrompit avec un « merci » cassant et repartit vers son hôtel. Le crépuscule approchait et le soleil plongeait lentement derrière l'horizon plat, tout au bout des plaines infinies.

Brockton. Une petite ville tranquille sans trop de maisons ni d'habitants.

Une petite ville qui n'avait pas conscience d'avoir engendré un monstre.

Après le dîner, il lut un peu avant de se coucher. Il ne pensait pas qu'il lui restait grand-chose à découvrir. Il savait déjà tout ce qu'il y avait à savoir sur Adam Hart, même s'il ignorait qui il était.

Il s'allongea, les mains derrière la tête. Venu à Brockton pour en apprendre davantage sur John Olson, il en avait en fin de compte découvert bien plus sur Adam. Et bien entendu, ce qui comptait vraiment, ce n'était pas le passé de John Olson mais celui d'Adam Hart.

Il pouvait imaginer comment tout avait commencé. Adam Hart, charmant petit romanichel, vivait avec une douzaine d'autres gamins dans une famille qui gardait un ours apprivoisé dans sa cour et disposait de cerisiers sur son terrain. Des arbres sur lesquels on pouvait grimper, qui donnaient des cerises que l'on pouvait manger sans que personne ne vous coure après.

Un paradis pour tous les gamins de la ville. Y compris pour John Olson, petit garçon replet, décontracté et plein d'entrain, qui traînait avec les enfants Hart et avait fini par idolâtrer Adam Hart. La réaction de Hart ? Il avait probablement trouvé cela flatteur, et plutôt amusant. Et peut-être un jour qu'Adam et John étaient partis pêcher ensemble, Adam avait fait sa grande découverte. Peut-être y avait-il un arbre qui surplombait la rivière...

Hart, avec sa force d'athlète et ses réflexes surhumains, avait sans doute sauté pour s'y accrocher et franchir ainsi le cours d'eau, ou simplement pour grimper dans l'arbre. Il avait ensuite mis au défi son jeune compagnon de l'imiter. John, de lui-même, n'aurait pu y arriver. Il n'avait pas l'habileté ni même la force musculaire nécessaire. Après sans doute quelques moqueries, John avait essayé tandis qu'Adam Hart, consciemment ou non, se concentrait sur le garçon en souhaitant qu'il réussisse.

Et John avait réussi. Peut-être que la fois suivante, par excès de confiance et parce que Hart ne se concentrait pas, il avait échoué et était tombé dans la rivière. Donnant à penser à Hart.

Hart pouvait alors avoir subitement réalisé que John n'avait *pas* réussi à franchir la rivière, la première fois. Que c'était *lui*, Adam Hart, qui y était parvenu. Avec le corps de John, mais avec son esprit et son système nerveux à lui. Il avait pris le contrôle de l'esprit de John et tiré les ficelles qui actionnaient les muscles et les réflexes de sa jeune marionnette.

Cela a dû lui procurer un merveilleux sentiment

de puissance. Adam Hart a dû alors comprendre ce qu'il était. Un surhomme.

Au début, cela avait sans doute été très agréable. John lui-même devait probablement en avoir bénéficié. Il pouvait jouer dans les équipes sportives de son lycée et stupéfier tout le monde par son habileté. Et Adam Hart devait aimer s'installer au bord du terrain pour guider l'esprit de John afin qu'il épate les spectateurs par ses tirs et la sophistication de son jeu.

Mais un jour, une rupture avait dû se produire. John Olson s'était rendu compte qu'il ne maîtrisait pas son propre esprit, qu'il ne vivait pas sa vie à lui. Il en avait sans doute eu assez, avait voulu arrêter.

Sauf qu'Adam Hart, lui, n'en avait pas assez. John Olson était sa création, sa marionnette... le chien savant à qui il avait enseigné de nombreux tours. Et quand son maître voulait qu'il fasse son numéro, John n'avait d'autre choix que d'obtempérer.

Voilà ce qui avait dû briser Olson. Savoir que sa vie ne lui appartenait pas. Qu'il n'avait pas voix au chapitre concernant ses actes. Que Hart était son maître et que lui-même était moins qu'un esclave.

Il ressentit un soudain élan de sympathie envers Olson. Une telle connaissance avait dû se révéler extrêmement lourde à porter...

Mais John Olson avait fini par s'échapper. Hart l'avait finalement laissé s'enfuir à l'université. Puis, des années plus tard, Hart était réapparu. À la grande terreur d'Olson, qui savait ce qui pourrait se produire. Qui savait qu'à tout moment, Hart tirerait les ficelles et referait de lui une marionnette.

Tanner se redressa dans son lit et prit sa pipe sur la commode. Olson avait été admis dans le Projet trois mois avant sa mort. Sa nervosité remontait-elle à ce moment-là ? Sans doute. Et s'il avait reconnu Hart, pourquoi n'était-il pas tout simplement parti ? Mais peut-être Hart avait-il décidé qu'Olson en savait trop et qu'il ne pouvait pas le laisser partir.

Olson avait essayé de désigner Hart, de montrer que l'Ennemi existait et qu'il fallait agir. Ne pouvant parler franchement, il avait...

Rempli le questionnaire lui-même. En donnant des réponses délibérément exagérées afin d'éveiller les soupçons du comité. Et devant l'échec de sa démarche, désespéré de voir son unique chance menacer de tomber à l'eau, il avait tenté d'en discuter. Il avait défié Hart. Et Hart avait pris le contrôle d'Olson.

Non, ça ne colle pas. C'était une réaction stupide et Hart n'est pas un imbécile.

Hart savait qu'il fallait surveiller et contrôler Olson en permanence. Il avait probablement attendu dans la nuit devant chez les Van Zandt en observant Olson se déplacer dans sa chambre, conscient qu'il allait devoir le tuer. Rentré à minuit, John avait lutté durant trois heures et fini par vaincre ce qui l'empêchait de mentionner Hart, même par écrit. Il s'était assis pour entamer une lettre et Hart, devinant ses intentions, l'avait tué.

Cela n'avait pas dû présenter de difficultés. Hart connaissait aussi bien le système nerveux autonome d'Olson que le sien. Il n'avait eu aucun mal à le bâillonner, à l'étrangler afin que le cœur d'Olson cesse tout simplement de battre.

Et ce n'était pas sa seule victime. Des années plus tôt, Hart avait tué les gens qui le connaissaient le mieux, qui avaient probablement deviné ce qu'il était.

Sa propre famille.

Il était donc revenu un soir. Par le train de nuit. Cela avait été un jeu d'enfant de libérer l'ours apprivoisé et de se cacher derrière un arbre, de l'autre côté de la rue, pour diriger l'animal vers la citerne de gaz sous la fenêtre de la cuisine.

Adam Hart, pensa froidement Tanner.

L'Ennemi.

Adam Hart.

Un monstre !

Conscience subtile d'une autre présence dans la chambre. Conscience d'une chaleur, d'un mouvement.

Tanner sursauta et roula d'un côté du lit. Un instant plus tard, une silhouette se penchait sur le lit, tirant sur quelque chose qu'elle avait brutalement enfoncé à travers draps et matelas jusqu'à l'enchevêtrer dans les ressorts. Il y eut quelques secondes de lutte intense, puis la silhouette, le couteau en main, l'attendait accroupie.

Il attrapa l'oreiller dont il se servit comme bouclier lorsque la silhouette frappa. Le couteau traversa l'oreiller dans un nuage de plumes et Tanner sentit une brûlure sur sa joue. Empoignant le poignet de son adversaire, il le tordit pour l'obliger à lâcher son arme.

Du talon, la silhouette le frappa sur le cou-de-pied et il tomba, toujours fermement agrippé au poignet armé du couteau. Ils roulèrent contre la commode et il tordit davantage encore le poignet. Un peu plus de pression, puis soudain un craquement et un petit cri étranglé de douleur. Ils roulèrent une fois de plus tandis que la silhouette essayait de mettre ses genoux sous la poitrine de Tanner.

Celui-ci réussit alors à s'emparer de l'arme, qu'il envoya glisser sur le sol à l'autre bout de la pièce. Lorsque la silhouette voulut la récupérer, Tanner lui envoya violemment son pied dans l'entrejambe. La silhouette se plia en deux en gémissant. Tanner alluma la lumière.

Un jeune homme, pensa-t-il. *Presque un gamin...* Dix-neuf ou vingt ans. Un jeune paysan aux traits nets, la silhouette carrée et musclée, de la terre sous les ongles et au creux des mains. Un simple garçon de ferme.

Mais fanatisé. Tanner, moite de sueur, se sentait malade de douleur et d'excitation. « Qu'est-ce que tu cherchais, mon garçon ? Je n'ai pas d'argent ! »

L'autre souffrait trop pour se réfugier dans un silence boudeur.

« ... voulais pas votre argent.

— Alors quoi ? »

Les lèvres du garçon se serrèrent en une petite ligne dure. *Il ne parlera pas. Il ne dira pas un mot.*

Sa propre colère le prit par surprise. Il attrapa son agresseur par le col de sa veste et le souleva jusqu'à ce que ses orteils décollent du sol.

« Tu vas parler, petit ? »

Le garçon commença à secouer la tête et Tanner lui expédia brutalement sa main libre au creux de l'estomac. L'autre se plia, soudain malade. Tanner attendit la fin de ses spasmes avant de le relever.

« Pourquoi voulais-tu me tuer ? »

Le garçon ne répondit pas et Tanner le frappa à nouveau, fort. Assez fort pour l'envoyer tituber contre le lit. *Il* me *rend malade aussi. Mais un instant de plus et il m'aurait coupé en tranches comme une pomme.*

« Tu vas me le dire ? » L'autre secoua la tête. Tanner se mordit la lèvre et cogna une nouvelle fois. Le garçon se plia en deux avant de s'effondrer.

Tanner s'essuya le visage du dos de la main et se pencha sur le garçon à terre. Du pied, il le retourna sur le dos avant de détailler le visage ensanglanté. Il parla d'une voix plate, lasse. « Ça fait une semaine que je cours, fiston, je suis fatigué. Soit tu me dis pourquoi tu m'as attaqué, soit je te tue et je plaide la légitime défense. T'as compris ? »

Le garçon leva vers lui des yeux ahuris. « Vous posiez trop de questions, bafouilla-t-il. Vous n'auriez pas dû poser de questions sur Adam Hart !

— C'est lui qui t'envoie ? »

Hochement de tête.

Tanner le regarda avec mépris. « Tu me prends pour qui ? Adam Hart n'a pas remis les pieds ici depuis huit ans !

— Il ne m'a pas envoyé m'occuper de *vous !* chuchota le garçon. Et il n'a pas besoin d'être en ville... il m'avait prévenu il y a huit ans ! »

Tanner le dévisagea, incrédule, puis comprit. Adam Hart était prudent. Il avait prévu qu'à un moment ou à un autre, quelqu'un pourrait venir dans sa ville natale chercher des informations.

Il avait donc posé ses pièges, procédé à la délicate chirurgie mentale transformant des garçons de ferme en tueurs impitoyables.

Transformation que déclencherait quelqu'un posant des questions sur Adam Hart.

8.

Le médecin s'appelait Schwartz. Il avait accouru à l'édifice à bardeaux servant à la fois de mairie et de poste de police, jeté un coup d'œil surpris à Tanner et à son jeune agresseur, puis poussé Tanner dans une pièce latérale. Il le fit asseoir sur une table, fourragea un instant dans sa sacoche et tamponna avec un coton imbibé d'alcool le sang séché maculant la joue de Tanner.

« Ça fait mal ?

— À votre avis ? »

Le médecin eut un petit sourire. « Les docteurs ont leur litanie, comme les prêtres : tout cela fait partie du rituel. » Il alla piocher une petite seringue hypodermique et un flacon dans sa sacoche. « Mieux vaut vous anesthésier ça. Comme vous faites la grimace, je vais avoir du mal à recoudre. »

Quelques instants plus tard, un côté du visage de Tanner s'engourdissait agréablement. « Merci de votre considération.

— Pas de quoi. Vous ressemblez à un client solvable.

— Vous en avez peu, si je comprends bien.

— J'aimerais en avoir plus. Trop de gens me payent avec un jambon ou des conserves maison, dans la région. » Il se penchait tout près de Tanner, maintenant, ses doigts pratiquant des passes expertes avec une aiguille et du fil chirurgical. « Un coup de couteau, non ? Je ne pense pas que les rasoirs soient très populaires, par ici. »

Tanner désigna la porte du pouce. « Je dois ça au gamin assis là-bas, si vous voulez tout savoir.

— J'avais compris. Il s'appelle Jim Hendricks... Il passe en général pour un très bon garçon, dans le coin.

— Il est très bon. Surtout avec un couteau. »

Le docteur pratiqua deux autres points de suture, puis étala de la pommade sur la blessure avant d'y appliquer un morceau de gaze qu'il fit tenir avec un peu de sparadrap.

« Attention à ne pas sourire ni froncer les sourcils... du moins pas avant quelques jours. J'aimerais pouvoir vous garantir l'absence de cicatrice, mais il y en aura sans doute une. L'entaille est assez profonde. »

Tanner sentait déjà la douleur se faufiler à nouveau dans sa joue. Le médecin alla se laver les mains à un lavabo dans le coin de la pièce. « Vous allez porter plainte ?

— Je ne devrais pas ?

— Les gosses font parfois des choses étranges. Je ne pense pas que la plupart des gens d'ici voudraient qu'un gamin paye le reste de sa vie une bêtise inconsidérée. »

Tanner le dévisagea froidement. « C'est votre manière de voir les choses, docteur ?

— Non. Mais ce sera celle d'un jury local, j'en ai bien peur. Le fils Hendricks est bien vu en ville, son père est un membre respecté de la communauté... C'est lui qui tient le magasin d'aliments pour animaux à deux rues d'ici. » Il tira quelques serviettes en papier du distributeur mural. « Comprenez bien que vous êtes un étranger. Les petites villes de campagne se soucient peu des étrangers, surtout ceux de la grande ville. Arrivés au milieu du procès, les habitants de Brockton se seront déjà persuadés que tout était de votre faute. Et se débrouilleront sans doute même pour vous extorquer de l'argent pour les frais. »

Il fit une boule des serviettes en papier qu'il expédia sans trop de conviction en direction d'une corbeille en fil de fer. « Pourquoi Hendricks essayait-il de vous tuer ? »

Les élancement avaient repris dans la joue de Tanner, qui se sentait faiblir. Il voulait rentrer à son hôtel et dormir vingt-quatre heures, puis filer dans une ville qui n'avait jamais entendu parler ni d'Adam Hart ni de John Olson. Mais il comprit qu'on ne le laisserait pas faire. Il était bel et bien de la partie, et il n'y avait pas de porte de sortie.

« Cela vous regarde ?

— Non, mais je ne peux m'empêcher de me montrer curieux. Ce genre de choses n'est pas très courant dans les environs. »

Il pourrait jouer la comédie. Le docteur Schwartz est peut-être un autre piège laissé par Adam Hart.

« Depuis quand exercez-vous dans cette ville, docteur ? »

Schwartz le regarda attentivement. « Depuis cinq ans. Mais je parie que cela changerait quelque chose si j'étais arrivé ici... oh, disons, il y a plus de huit ans... Non ?

— Que savez-vous de lui ? »

Les doigts de Schwartz tambourinèrent sur la table. « Je suis le seul médecin de la région, le seul qu'ils aient eu depuis cinq ans. Je sais presque tout ce qu'il y a à savoir sur tout le monde. Je connais toutes leurs vertus et tous leurs péchés. Et croyez-moi, il y a de quoi remplir un livre avec les unes comme avec les autres. »

Il essuya la sueur dans sa fine moustache. « Cela m'étonne moi-même d'en savoir autant sur Adam Hart sans jamais l'avoir rencontré. Ce devait être un sacré type. Il a emprunté de l'argent à tout le monde, mais pour autant que je le sache, n'a jamais remboursé personne et personne ne le lui a jamais réclamé. Ils annulent sa dette et considèrent cela comme un honneur. Pour s'amuser, il provoquait des bagarres entre les petits durs de la ville, juste histoire de voir ce que ça allait donner. Jamais aucune plainte. Quelqu'un d'autre se serait fait pincer. Mais de la part d'Adam Hart, c'était juste parce qu'il était fougueux.

« Ce n'est pas tout. Il y a eu ici à un moment donné une demi-douzaine d'enfants naturels qui auraient pu se prétendre engendrés par lui. »

Imaginer six Adam Hart dans la nature dans un délai de vingt ans donna mal au cœur à Tanner. « Vous parlez au passé... Que leur est-il arrivé ?

— C'était des enfants maladifs, tous. Rien d'évident ou pour lequel j'aurais pu les traiter. Peut-être quelque chose dans les gènes, je n'en sais rien, mais ils attrapaient toutes les maladies infantiles possibles et n'avaient aucune résistance. Ils sont tous morts. »

Une variété anormale et infructueuse. Des mutations qui n'ont rien donné.

« Les filles qui les ont eues se fichaient bien qu'ils soient nés hors mariage, poursuivit le médecin. Leurs parents aussi. Plus jeune, le sexuellement précoce Hart a eu des expériences dans toute la ville... avec n'importe qui et n'importe quoi. Si j'en crois ce qu'on raconte, je ne vois rien qu'il ait laissé de côté. Dans un livre de médecine, il aurait occupé toute une page en latin. Personne n'a jamais pensé que ce n'était pas bien. Pour *lui*. »

Adam Hart a incontestablement et ouvertement violé les tabous de la société, songea Tanner. *Et les membres de cette société lui ont allègrement pardonné.*

« Pour tout le monde ici, dit Schwartz à voix basse, Adam Hart est la seule personne de Brockton digne d'être citée. Depuis son départ, la ville reste en suspens. Elle n'est ni vivante, ni morte. Elle attend. Il y a quelques autres villes dans le même état, dans la région. Hart s'est promené.

— Et qu'est-ce qu'elles attendent ?

— Le retour de Hart, bien entendu. Et il reviendra un jour. » Schwartz se tut quelques instants. « Je me demande parfois si Hart a parcouru le pays. »

Ainsi, beaucoup d'autres villes ont pu faire sa connaissance. Il n'y avait jamais pensé jusqu'ici. Tout le pays en attente du retour d'Adam Hart...

« Cela donnerait un dictateur, n'est-ce pas ?

— Exactement. »

Tanner enfila son manteau et se dirigea vers la porte.

« Que ferez-vous lorsque vous trouverez Hart, professeur ? » demanda Schwartz.

Tanner produisit un petit sourire et la douleur lui piqua la joue. « Je le tuerai. »

À la porte, le médecin reprit la parole. « Le docteur Pierce — j'ai racheté son cabinet juste avant qu'il prenne sa retraite — disait toujours qu'il allait tout me raconter sur la famille Hart.

— Il ne l'a jamais fait, j'imagine ?

— Non. Six mois après avoir pris sa retraite, il a eu un accident. Il est tombé un soir dans les escaliers de sa cave et s'est rompu le cou.

— Vous êtes vraiment sûr que c'était un accident ? »

Schwartz hésita. « J'imagine que non. Mais ce que j'ai découvert et dont je suis sûr, c'est que ma vie ne vaudrait pas grand-chose s'il ne s'agissait pas d'un accident. Pas vrai ? »

Tanner hocha la tête. « Pas grand-chose, en effet, docteur. »

9.

Tôt le dimanche matin, il monta dans le train en partance de Brockton. Inutile de rester pour présenter son affaire au tribunal. Le garçon avait grandi dans cette ville à laquelle lui-même était étranger. Inutile d'attendre un quelconque soutien du juge local, en place depuis vingt ans.

Adam Hart prend soin des siens.

Les plaines infinies ainsi que la tache dessinée bas sur l'horizon par Brockton disparurent petit à petit, évacuant une partie de sa tension. De bien des manières, cela avait été une riche idée d'aller à Brockton. Il y avait beaucoup appris sur Hart.

Et il avait beaucoup de chance de ne pas y avoir trouvé la mort.

Cette pensée le mettait mal à l'aise. Hart avait jusqu'à présent anticipé le moindre de ses mouvements. Tanner continuait à participer à un jeu du chat et de la souris... dans lequel il tenait le rôle de la souris. Tôt ou tard, Hart se lasserait de ce jeu, sortirait ses griffes et ce serait la fin.

Le train était chaud et inconfortable, et il

esquissa presque sans s'en rendre compte un geste vers son col de chemise. En fin de compte, ce serait la jetée, ou une vie de mort-vivant, comme celle d'Olson. Une vie de marionnette.

Hart en a-t-il après un autre membre du comité ? Sinon, pourquoi ? Qu'ai-je donc de si spécial ?

« Belle journée, n'est-ce pas ? »

Il jeta un coup d'œil à sa compagne de voyage. Une femme entre quarante-cinq et cinquante ans, les cheveux grisonnants, le visage portant ses ennuis comme d'autres portent du rouge à lèvres. Il grogna. Elle continua à parler d'une voix douce et déterminée.

« Vous êtes monté à Brockton ? Une bien jolie ville. Jess y fait ses opérations bancaires. Nous possédons une petite ferme pas très loin. Ça marche plutôt bien, même si nous n'avons que peu de besoins, étant de la campagne. » Elle lui jeta un coup d'œil acéré. « Vous avez été dans l'armée ?

— Pendant quelques années, oui. »

Elle ouvrit son sac à main et fouilla entre les mouchoirs en boule, les clés et le poudrier qui fuyait. Elle en sortit une photographie exactement du genre auquel il s'attendait : un visage de garçon sous une casquette étrangère, un demi-sourire, une lueur retouchée avec soin dans le regard.

« Mon Ralph. Il a été blessé au Vietnam. »

Il ne sut pas quoi dire et elle rangea le cliché, son visage pâteux se figeant en une expression qui signifiait « quelqu'un va devoir payer ».

« On a fait cette guerre pour rien. On n'a jamais eu les bons chefs... » Elle marqua un temps d'arrêt et il se demanda jusqu'où elle irait dans les considérations politiques. Dieu, comme il détestait ce genre de personnes. Elle fit claquer le fermoir de son sac comme s'il s'agissait d'une guillotine et la peau se tendit sur ses pommettes. « Ce qu'il nous faut, c'est un chef, un bon chef bien fort... »

Un chef, pensa-t-il.

Quelqu'un dans le genre d'Adam Hart ?

On avait quasiment accepté comme axiome que l'humanité détesterait tout ce qui lui serait supérieur. Qu'elle ferait de son mieux pour le détruire.

Mais le ferait-elle vraiment ?

Il n'était pas impossible que le peuple accueille Adam Hart à bras ouverts. Pourquoi pas ? Depuis trente ans, les gens se contentaient de suivre le chef. Ils étaient matés, à point. Les gens avaient une nature d'adorateurs. Ils adoraient les stars de cinéma, les athlètes, les dictateurs.

Ils ne résisteraient pas à Adam Hart. Ils le porteraient en triomphe sur Broadway Avenue, lui jetteraient des confettis du haut des immeubles, publieraient sa biographie dont ils achèteraient des millions d'exemplaires, accrocheraient son portrait dans chaque demeure.

Qu'est-ce que Marge avait dit, déjà ?

Je suis prête à construire un petit reliquaire dans mon salon dès que je saurais quoi mettre dedans.

« Toute ma vie, j'ai voté sans panachage... » disait la femme.

Il soupira, acheta un journal au vendeur ambulant et essaya de s'y plonger. *Toujours les mêmes nouvelles*, pensa-t-il en clignant des yeux pour rester éveillé. Les mêmes conflits mineurs, les mêmes tensions, les mêmes meurtres, viols et extorsions... seuls les noms changeaient, mais pas pour protéger les innocents.

Pourquoi Adam Hart trouverait-il le moindre intérêt à s'en occuper ?

Il pensa alors à la seule personne qui pouvait savoir, le passant innocent qui en savait sans doute autant qu'Olson sur Adam Hart. La seule personne qui saurait, parce qu'elle était sur place...

La sœur d'Olson.

Petey.

Il somnola durant l'après-midi, en partie par fatigue mais aussi pour échapper à la conversation de sa voisine. Il soupa dans le wagon-restaurant bondé et lut quelques articles optimistes d'un magazine professionnellement optimiste. Il était parfaitement éveillé lorsque le train arriva à Chicago. En ce début de soirée, un léger brouillard s'était déroulé depuis le lac, donnant à la ville l'apparence d'une masse de coton gris foncé traversée d'ombres noires, avec en son sein la lueur d'un million de lumières jaunies et diffuses à cause du brouillard humide.

Le train ralentit et soudain l'éclat de la gare se substitua à la nuit grise. Les couloirs se remplirent de gens qui se débattaient avec leurs manteaux et se dressaient pour prendre leurs valises dans le porte-bagages. Il descendit celle en aluminium cabossé de sa voisine avant de saisir son propre bagage et de se rasseoir en attendant que l'allée se vide.

Dehors, des porteurs pilotaient leurs petits chariots le long du train qui avançait encore tout doucement, des employés s'apprêtaient à monter aider les vieilles dames à descendre et une centaine de personnes alignées sur le quai en béton attendaient qui sa maman, qui son papa, qui son oncle Harry ou sa sœur Ellen.

La file commença à avancer dans l'allée et Tanner observa ceux qui accueillaient les voyageurs. Le wagon était à moitié vide lorsqu'il remarqua deux hommes debout sur le quai, un peu en retrait. Deux hommes en costumes marron, cravates conventionnelles et chaussures bien cirées qui dévisageaient attentivement tous ceux qui descendaient mais sans jamais accueillir quiconque. *Ils attendent quelqu'un.*

Mais qui ?

Il n'y avait maintenant presque plus personne dans l'allée. Dehors, les deux hommes s'étaient rapprochés du flux de voyageurs dégorgé par le train. Au bout du wagon, une femme de couleur entreprit de descendre sur le quai.

Il sentit la paume de ses mains s'humecter de sueur sur le rembourrage des accoudoirs. Il ignorait qui ils étaient ou ce qu'ils voulaient, mais il ne doutait pas que cela avait un rapport avec lui.

Il prit une décision et courut à l'extrémité du wagon opposée à la porte de sortie.

« Hé, m'sié, vous vous t'ompez de sens ! »

Il la frôla en se précipitant dans le wagon suivant, vide. Il le traversa à toutes jambes pour actionner frénétiquement la poignée de la porte donnant sur la voie. La portière s'ouvrit et il sauta les quelques dizaines de centimètres le séparant de l'assiette en béton des rails, les jambes un peu fléchies pour absorber le choc.

La gare était foutrement trop éclairée...

L'indécision le tarauda quelques instants. Sa valise... ses vêtements et son pistolet d'ordonnance... tout ce qu'il possédait... abandonnés.

Il se mit à courir le long des rails.

« *Arrêtez-le !* »

Un coup de sifflet déchira l'air. *La police*, pensa-t-il confusément. Elle était à ses trousses, pour une raison ou une autre. Il essaya désespérément de courir en zigzag le long des rails.

Pan !

Du ciment s'écailla sur un pilier proche. Tanner redoubla de vitesse, l'air frais de la nuit lui brûlant les poumons. Le béton sous les rails projeta d'autres éclats, et soudain Tanner courait sur du mâchefer, hors de la gare dont l'éclairage brillant découpa un instant sa silhouette sur le brouillard. Quelque chose déchira la partie charnue de sa cuisse et il faillit tomber à genoux. Il tituba, puis les fines tentacules du brouillard flottèrent entre lui et la gare et il se retrouva en train de tomber d'un remblai de mâchefer.

Les scories lui lacérèrent les paumes et s'enfoncèrent dans le côté de son pantalon sur lequel il glissa. Il termina sa chute au pied de la pente dans un mélange de chiendent, d'herbe coupante et d'eau huileuse. Il resta allongé là un moment, tremblant, tandis que l'eau graisseuse traversait son manteau et sa chemise pour lui dégouliner sur la poitrine.

Je peux courir, se dit-il. Mais derrière le remblai, il n'y avait qu'une large avenue bien éclairée, sur laquelle il constituerait une cible facile.

Il s'aplatit dans le fossé. Il y eut des bruits en haut et le léger crissement de scories lorsque les hommes longèrent les rails, dix mètres au-dessus de lui. Une lampe torche trancha dans le brouillard et découpa un massif de buissons irréguliers à cinquante centimètres de sa tête. La lumière s'arrêta une seconde, puis continua le long des rails.

« Il me semble l'avoir vu courir par là...

— Cherchez du sang... Je crois que je l'ai blessé.

— Rien ici. Foutu brouillard... Il a dû s'éloigner des rails à un moment ou à un autre. »

La nuit et le brouillard s'épaississaient. Les voix l'avaient maintenant dépassé d'une centaine de mètres, mais Tanner savait qu'ils allaient bientôt revenir sur leurs pas en inspectant les côtés du remblai. S'il voulait partir, c'était le moment ou jamais.

Il se mit à genoux, grimaçant à cause de la douleur dans sa jambe, et profitant de la couverture fournie par les buissons, rampa en silence sur les quelques mètres qui le séparaient du trottoir. L'avenue était à sens unique, avec des voitures garées de l'autre côté.

Douze mètres de boulevard à traverser, sans autre cachette que le brouillard mouvant.

Il ôta ses chaussures et tâta le sol à la recherche d'une pierre de bonne taille. Il la lança en diagonale par-dessus le remblai afin qu'elle s'écrase de l'autre côté, à plus de quinze mètres de sa position.

« Vous avez entendu ? Par ici !

— Où ?

— Par là, de ce côté ! »

La lumière oscilla vers lui puis disparut de l'autre côté du remblai. Il se leva, plia les coudes pour tenir ses chaussures devant sa poitrine et se précipita dans la rue.

Aucun bruit sinon le vague *tap-tap* de ses pieds sur l'asphalte.

Les voitures, et la bénédiction des ombres... Il se tourna vers le sud, vers une ruelle, s'immobilisant dans l'obscurité le temps de s'essuyer les mains sur son pantalon et de sonder sa blessure à la jambe. Elle était superficielle mais très douloureuse. Malgré le rappel de tétanos pratiqué en prévision des fouilles dans le Colorado, il faudrait la nettoyer et la bander.

Il remit ses chaussures et coupa par la ruelle sur deux pâtés de maisons avant de rejoindre Madison Street. Skid Row, un quartier dans lequel personne ne posait de questions ou n'appelait la police à la vue d'un homme couvert de sang et de cendres. Il entra dans un bar sur le déclin et se faufila jusqu'aux toilettes puantes, où il se nettoya et se repeigna du mieux possible. Sa blessure devrait attendre. La laver rouvrirait la plaie et il ne pouvait traverser la ville en semant des gouttes de sang.

Il fouilla dans ses poches. Plus qu'une demi-douzaine de pièces et quelques billets avant de se retrouver réduit à la mendicité.

Il ressortit de l'arrière du bar, gagna le téléphone. Il y avait une personne qu'il devait pouvoir appeler sans risques, même s'il n'en attendait pas beaucoup d'aide. Il inséra une pièce et composa le numéro.

« Allô ? »

Il approcha ses lèvres du microphone. « Eddy ? Bill Tanner.

— Bill ! » Un profond silence qui dura un instant. Un silence trop complet, comme si quelqu'un avait couvert le combiné de sa main. Puis des mots nerveux, presque hystériques : « Ça fait un bail ! Où diable êtes-vous ?

— Pourquoi est-ce que j'ai la police aux trousses, Eddy ?

— La police ? Vous plaisantez. » Encore le silence complet, mais qui ne put tout à fait masquer le bruit d'une porte qui claquait. La contre-porte, comme si quelqu'un se précipitait chez les voisins pour téléphoner ? « Qu'est-ce que vous voulez dire par *j'ai la police aux trousses* ? » Une pause. « Où êtes-vous ? »

DeFalco m'a laissé tomber à l'enterrement. Maintenant, il me dénonce.

« Bill ? Quelque chose ne va pas ? Pourquoi vous ne répondez pas ? Bill ? Où êtes-vous ? »

Il avait peut-être cinq minutes avant qu'ils ne localisent son appel et que la police arrive. Peut-être un peu plus.

Il raccrocha calmement et composa un autre numéro.

« Marge ? »

Elle reconnut sa voix mais ne raccrocha pas et ne se mit pas à crier à l'assassin. « Je veux que tu saches que je vais appeler la police dès que tu auras fini de parler.

— Pourquoi est-ce qu'on me recherche, Marge ?

— Pour meurtre, répondit-elle d'une voix sourde.

— Le meurtre de qui ?

— De John Olson.

— Tu crois que je l'ai tué, toi ?

— J'essaye de ne pas y croire. J'essaye de toutes mes forces. »

Il y eut un déclic à l'autre bout de la ligne.

Hart m'a mis la police aux trousses, pensa-t-il, secoué. Cela n'avait pas dû être trop difficile pour lui de contrefaire des preuves, d'implanter la conviction qu'il avait tué Olson. Cela ne serait pas aussi facile avec les autres membres du comité, mais ceux-ci, comme DeFalco, avaient vu l'écriture sur le mur et mouraient de peur. Ils ne demandaient qu'à s'incliner, qu'à le jeter aux loups...

Il quitta la taverne dix secondes avant les premières sirènes.

Chicago après minuit.

Un million de lumières et un millier de voix sur Randolph et sur State. Théâtres, boîtes de nuit, drugstores, bijouteries ouvertes toute la nuit et spécialisées dans les zircons impossibles à distinguer des vrais diamants. Des couples qui rentraient du spectacle et des voyous de seize ans au coin des rues, leurs cheveux gominés ramenés en arrière, leurs blousons de sport trop longs de manches et trop larges d'épaules. La vie, les lumières, les bruits d'une ville après la tombée de la nuit...

Sur trois pâtés de maisons, LaSalle Street et sa falaise d'immeubles de béton et de marbre, silencieuse et sombre, où seule la pâle lueur des réverbères traversait le brouillard. Les grottes de verre qui regardaient, les yeux vides, les solides étages déserts de la métropole.

Les lumières se déployaient depuis le Loop le long des rues vides, les marquant de liens fins et luminescents qui divisaient la nuit en gigantesques carrés, cases d'un échiquier sur lequel Tanner s'opposait au grand maître.

Quelque part dans l'obscurité, il y a Adam Hart. Dort-il ? Rôde-t-il dans la ville ? Il aurait aimé le savoir.

Il descendit du trottoir et héla un taxi.

Petey n'était pas chez elle.

Il pressa une nouvelle fois la sonnette puis alla essayer la porte conduisant aux appartements. Elle n'était pas verrouillée. L'humidité et la chaleur estivale ayant fait gonfler le bois, elle ne fermait plus correctement. Il grimpa à son appartement mais n'eut pas autant de chance la deuxième fois.

Je peux attendre de la voir demain matin, pensa-t-il... avant de se rendre compte qu'il n'avait peut-être pas jusqu'au matin. Et l'appartement vide pouvait lui apprendre des choses que Petey ne lui dirait pas.

En essayant le truc classique de la lame de couteau dans l'interstice, il découvrit qu'il y avait deux verrous, dont seul le premier fonctionnait à ressort. Il jeta un coup d'œil dans le couloir. L'immeuble n'était pas neuf, avec son papier peint décoloré et sa moquette décorée de roses passée par endroits, sans compter cette indéfinissable odeur d'âge. Avec de la chance, sa construction remontait à l'époque des salles de bains partagées.

Il essaya la porte voisine et parvint à en ouvrir le verrou. Il attendit un moment, tendu, pour voir si des sons lui parvenaient de l'intérieur... par exemple une voix sourde et ensommeillée marmonnant « Qui est là ? »

Mais pas un bruit ne s'éleva et il se glissa doucement dans la pièce obscure.

C'était un appartement de fille célibataire, faiblement éclairé par la lumière venue de la kitchenette. Le canapé-lit avait été déployé, le rabat des couvertures retourné, un pyjama froissé en soie étalé dessus. Un vague bruit sortait de la cuisine, un bruit qui lui avait échappé jusque-là. Il se figea une seconde pour l'identifier. Une radio, diffusant à faible volume l'émission de minuit d'un disc-jockey.

Rien d'autre. Aucun mouvement dans la cuisine, aucun tintement de vaisselle dans l'évier.

Il s'avança en silence. La porte du réfrigérateur était restée entrebâillée et on avait posé sur la table de quoi préparer un sandwich : pain, beurre, laitue et tranches de pâté de foie. Ainsi qu'un verre de lait à moitié rempli, dont il but une gorgée.

Aigre. La fille devait être descendue en racheter à l'épicerie... et allait rentrer d'une minute à l'autre.

Il revint dans le salon, avisa l'autre porte, l'essaya. La salle de bains commune aux deux logements.

Il alluma la lumière puis se retourna pour verrouiller la porte qu'il venait de franchir. Il fit couler de l'eau dans le lavabo, baissa son pantalon et lava précautionneusement sa blessure. Le sang coagulé se liquéfia et la blessure se remit à saigner. Il trouva de la gaze et du sparadrap dans l'armoire à pharmacie et se banda la jambe serré.

Ce n'est qu'en rangeant le sparadrap qu'il remarqua ce que la salle de bains avait d'anormal.

De la poudre de riz, du talc, des sels de bain, des parfums, et des bas en nylon pendus au porte-serviettes. Rien d'inhabituel là-dedans, pas même le fait que les parfums n'étaient pas de la même marque ni les bas de la même taille : les filles partageaient la même salle de bains, pas les mêmes goûts.

Sauf que Petey n'était pas du genre à se poudrer ou à se parfumer, et qu'elle préférait le fil d'Écosse au nylon pour ses bas.

Il éteignit la lumière et se glissa dans l'autre appartement. Il lui fallut un moment pour s'accoutumer à l'obscurité, puis il repéra un lampadaire dont il alluma la veilleuse sertie dans la base, obtenant une lumière suffisante pour voir dans la pièce, mais indétectable de la rue.

L'appartement ressemblait beaucoup au précédent. Ce qui n'était pas normal, de trop nombreux détails ne correspondant pas au caractère de Petey. Le couvre-lit rose en tissu chenille tufté, par exemple : un peu trop de fanfreluches, un peu trop féminin pour la machine efficace et austère qui lui servait de secrétaire. Idem pour les rideaux et les tentures.

Un quart de seconde, il pensa s'être trompé d'appartement, puis vit une photographie de Petey sur la commode. Une Petey qui souriait, qui riait, même, les cheveux défaits, les dents découvertes, et dont l'image tenait compagnie à toute une armée de parfums, de lotions et de rouges à lèvres.

Cela ne tenait pas debout. Ce n'était pas le genre de Petey.

Il ouvrit le tiroir de la commode et passa les mains dans les vêtements. Ils correspondaient aux flacons sur le meuble. Très féminins. *Et zut, de toute façon Petey n'a pas pour habitude de montrer ses sous-vêtements*. Une secrétaire efficace qui aimait sans doute se montrer féminine sous sa mise austère.

Le placard lui apprit qu'il se berçait d'illusions. Les costumes, les robes de coton et les ensembles ternes en laine étaient là, certes, mais il découvrit aussi des robes à motif floral, des robes du soir en taffetas et une création en dentelle noire avec de multiples basques, aucun dos et un minimum de devant.

Petey menait une double vie et personne ne s'en était douté. Puis il se demanda : *Pourquoi ?*

Il entendit un bruit de pas feutrés dans le couloir et le tintement métallique d'une clef dans la serrure.

Il éteignit la veilleuse et recula dans l'ombre du placard.

Elle alluma le lustre, ferma la porte derrière elle, jeta sa pèlerine sur le lit et s'étira, secouant son épaisse chevelure châtain en cambrant le cou. *Stupéfiant ce que des vêtements tristes peuvent faire*, pensa Tanner avec une froide objectivité. Elle avait une sacrée silhouette et savait comment la vêtir. Et cette manière de bouger... Ce n'était plus ces petits mouvements gauches qui lui donnaient l'air de sortir d'une peinture cubiste, tout en angles et en carrés... Elle était déliée, agile, animale.

Elle avait commencé à défaire ses escarpins à talons hauts lorsqu'il dit doucement : « Bonsoir Petey. »

Elle se figea une seconde, en équilibre sur un pied. « Qu'est-ce que vous faites ici ?

— Simple visite. » Il sortit sa blague à tabac et sa pipe. « Vous êtes jolie quand vous êtes bien habillée. Vous allez souvent danser ? »

D'un coup de pied, elle enleva sa chaussure et se redressa, une main lissant ses longs cheveux qu'elle portait habituellement en chignon sur la nuque. « Cela ne vous regarde pas.

— Et si peu de temps après le décès de votre frère.

— On ne porte pas le deuil éternellement.

— Même pas une semaine ? »

Elle répondit d'une voix glaciale. « J'étais votre secrétaire à l'université, mais vous n'y travaillez plus. Et vous n'avez aucun droit de vous mêler de ma vie privée. »

Il s'assit sur le lit et promena la main sur les draps. En soie. Un salaire de secrétaire ne permettait pas de s'acheter de draps en soie.

« Qui m'a remplacé, Petey ?

— Van Zandt, qui d'autre ? » Elle lui tourna délibérément le dos et s'avança vers le placard. Elle se mit les mains dans le dos, dégrafa les boutons et se défit de sa robe. « On se rince l'œil, professeur ? Vous n'avez plus l'air aussi péquenot qu'avant. »

Les secrétaires, pensa-t-il lentement, *ne s'achètent pas non plus des combinaisons noires en nylon et en dentelle.*

« Pourquoi n'avez-vous pas averti vos parents de la mort de John, qu'ils puissent venir ?

— Je les ai avertis plus tard. De toute façon, ils n'auraient pas pu être là pour l'enterrement.

— Votre père aurait pu. »

Elle lui lança un coup d'œil. « Vous êtes allé là-bas ?

— J'ai visité toute la ville. J'ai parlé à tout le monde, de la petite fille qui attend derrière le comptoir de l'hôtel au prof de maths qui enseigne les *shoots* de basket aux petits paysans joufflus. Ils connaissaient très bien John. Et aussi Adam Hart.

— Je ne sais pas de quoi vous parlez. »

Il esquissa un sourire. « Allons, Petey. Vous vous êtes trahie dès que vous êtes entrée. »

Elle prit un air d'ennui et entreprit d'ôter ses bas. « Comment ?

— J'ai appelé DeFalco et Marge en revenant. Ils savaient que la police me cherchait, convaincue que j'avais assassiné John. Je ne pense pas qu'ils y croyaient eux-mêmes, mais... Quelque chose les avait effrayés au point qu'ils étaient prêts à me jeter aux loups. Vous n'avez pas peur, Petey. Vous n'avez pas peur du tout. Peut-être parce que vous êtes en sacrés bons termes avec ce quelque chose ? Non seulement vous savez que je n'ai pas tué votre frère, Petey, mais à mon avis, vous connaissez l'assassin. »

Froidement : « Et alors ? »

Elle a raison. Et alors ? Alors son frère est mort et je risque fort de me faire tuer d'un moment à l'autre. Ce qui ne lui ferait ni chaud ni froid. Elle se fiche complètement que je vive ou que je meure. De même qu'elle se fichait totalement qu'on tue son frère.

Au bureau et au cimetière, elle avait joué la comédie.

Il se leva et agrippa les draps du lit, les doigts serrés sur le tissu rose et lisse. Il tira et un bruit de déchirement retentit.

« Des draps de soie... plutôt chers pour une secrétaire, non ? » Il gagna le placard et arracha de leurs cintres une demi-douzaine de robes, qu'il jeta par terre. « Vous étiez une bonne petite comédienne, n'est-ce pas, Petey ? La jolie fille qui avait réussi à le cacher à tous les garçons, hein ? » Il passa le bras sur la commode et une douzaine de flacons cascadèrent jusqu'au sol. « Mais il y avait quelqu'un de qui vous ne vous cachiez pas, je me trompe ? Quelqu'un pour qui vous soigniez votre apparence !

— *Sortez de chez moi !* »

Il l'attrapa par les épaules, les doigts enfoncés dans sa chair, et la secoua jusqu'à ce que son cou manque de se briser. « Qui vous entretient, Petey ?

— Personne ! répondit-elle d'une voix cassante. Personne ne m'entretient. »

Il la frappa si fort qu'il crut un instant lui avoir brisé la pommette.

« Vous êtes une sale petite menteuse, Petey. Quelqu'un subvient à vos besoins, et ce quelqu'un est le meurtrier de votre frère... Vous couchez avec Adam Hart ! »

Le visage de Petey était de marbre terne, à l'exception d'un endroit sur la joue où la marque de la main de Tanner ressortait en rouge vif.

« Qu'est-ce que vous voulez ?

— Qui est Adam Hart ? »

Toute force avait abandonné sa voix, qui tremblait. « Je ne vous le dirai pas ! Je ne pourrais pas, même si je le voulais.

— Je pourrais vous y forcer. Je n'hésiterais pas.

— Quel homme ! se moqua-t-elle. Allez-y, si vous pensez y arriver, essayez ! »

Il retourna au lit et s'assit sur les draps en lambeaux. Il prit une bande de tissu entre ses mains et tira jusqu'à ce qu'elle casse. Adam Hart ne serait pas resté ainsi à découvert. Petey disait probablement la vérité : elle ne pourrait pas parler même si elle le voulait.

« Pourquoi vivez-vous avec lui, Petey ?

— Parce que j'en ai envie... Quelle autre réponse attendiez-vous ? » Sa voix se fit stridente, horrible. « Vous ne me comprendriez pas si je vous traitais de petit, de faible ! Vous ne me comprendriez pas si je vous disais que vous êtes *humain*... et pourtant, ça explique tout ! »

Il leva les yeux vers elle et se sentit sale, comme s'il était toujours allongé en bas du remblai et que l'eau graisseuse se répandait à nouveau sur sa peau.

« Pouvez-vous me dire à quoi il ressemble, Petey ? »

Elle secoua la tête. « À quoi bon ? Personne ne le voit de la même manière.

— Pourriez-vous décrire tous ceux qui étaient à la réunion ce samedi matin ? »

Elle se renfrogna. « Vous voulez que je me suicide, c'est ça ? »

Il changea de sujet. « Vous pensez qu'il vous aime ? »

Elle ne répondit pas.

« Bien entendu, vous savez qu'il se fiche pas mal de vous. C'est sa version à lui de la bestialité, seulement il n'a aucun sens moral pour s'en indigner. Vous n'êtes pas la seule... il est sorti avec d'autres. Six filles là-bas à Brockton ont eu des enfants de lui. Bon, vous êtes jolie et charmante. Mais surtout, il vous a sous la main.

— Cela ne fait aucune différence pour moi. »

Il la dévisagea en essayant de déterminer si elle était sincère. Il finit par décider que oui.

« Qu'est-ce qu'il veut, Petey ?

— Comment diable est-ce que je pourrais savoir ce qu'il veut ? Il ne se confie pas à moi ! Il veut peut-être s'occuper de certaines choses, ou diriger le monde. Est-ce que ce serait si mal ? *Nous*, on ne s'en sort pas si bien que ça.

— Adam s'est déjà occupé de certaines choses. De la vie de votre frère, par exemple. Et pourquoi ? Rien que pour s'amuser. » Il se mit à marcher de long en large devant le lit saccagé. « Pourquoi est-ce que j'ai la police sur le dos ?

— Vous avez essayé d'appeler John la nuit de sa mort. La police a retracé l'appel. Et elle a trouvé chez vous une note ainsi que des lettres. Elle pense que John avait découvert que vous étiez un imposteur. »

Les archives qui ont disparu. Le parfait coup monté. D'autant que cacher notes et lettres chez moi n'a pas dû présenter de difficultés majeures.

« Votre Adam Hart est fortiche, hein ? »

Elle reprit son déshabillage. « Plutôt, oui, professeur ! »

Elle le rappela avant qu'il sorte, toute de brun, d'ivoire et de cuivre. Quelque chose se coinça dans la gorge de Tanner. Il regarda alors le visage de la femme, son petit sourire, ses dents blanches, ses yeux verts luisants, et cela lui donna un peu mal au cœur.

Le sourire de Petey s'élargit, malveillant. « Vous savez que vous ne verrez pas le soleil se lever, n'est-ce pas ? »

10.

Il se glissa dans le couloir et referma doucement la porte derrière lui. Il ne détestait pas Petey, il ne pouvait pas la détester. Elle n'était qu'une autre marionnette qui dansait au son du pipeau. Mais à la différence de John, elle ne le regrettait pas.

Il alluma sa pipe, jeta l'allumette sur la moquette usée et se dirigea vers le vestibule. Il s'immobilisa au milieu du couloir. La porte d'entrée de l'immeuble s'était ouverte et des pas retentissaient dans l'escalier.

Quelqu'un en train de rentrer chez lui, pensa-t-il avec une pointe d'angoisse. Il écouta. Les pas franchirent le premier étage et continuèrent vers le second. Puis vers le troisième. Une femme aurait pris l'ascenseur, aussi s'agissait-il a priori d'un homme. Un homme pressé...

Il sut alors qui arrivait. Il pouvait le *sentir* monter les escaliers, de même qu'un nageur sent les vagues du lac.

Adam Hart avait sans doute commencé à s'ennuyer après avoir déposé Petey. Il était allé boire un café et avait brusquement décidé de lui rendre une visite surprise. Histoire de folâtrer un peu avant le matin.

Saisi d'une indécision presque fatale, Tanner resta debout dans le couloir à écouter les pas calmes, à sentir se moitir ses mains et son visage. S'il voulait découvrir qui était Hart, il n'avait jamais eu l'intention de se retrouver face à lui dans un corridor. Une rencontre de ce genre ne pouvait avoir qu'une issue.

Les pas approchaient maintenant du quatrième étage. Calmes, assurés, juste un peu rapides.

Adam Hart ignorait sa présence.

Il hésita une seconde de plus puis fit volte-face et se précipita à l'autre bout du couloir. Derrière lui, sur les escaliers, les pas marquèrent un temps d'arrêt avant de bondir.

qui êtes-vous...

qui êtes-vous...

qui êtes-vous...

Au bout du couloir, une porte surmontée d'une veilleuse rouge. La sortie de secours, qui ouvrait sur une soirée fraîche et transparente avec dix mille étoiles éparpillées au fond du ciel. Une brise tira sur son col et joua dans ses cheveux, glaçant la sueur sur son visage.

Il pensa qu'il pouvait descendre par là pour retrouver quatre étages plus bas la douceur et la sécurité bénies du béton. Pas de problème, pas de quoi avoir peur...

Pris d'une panique soudaine, il agrippa la balustrade métallique et voilà qu'il courait sur le métal à claire-voie, dévalant les marches en acier. Quatre volées descendues à deux ou trois marches à la fois. Il trébucha, tomba et leva une seconde les yeux vers l'immeuble, vers une silhouette en chapeau de feutre et imperméable à ceinture qui se découpait sur le ciel.

Il se releva et se dirigea vers l'entrée de la ruelle, les jambes tremblant si fort qu'il avait du mal à tenir debout.

ne cours pas...

ne cours pas...

ne cours pas...

Il eut subitement la tête douloureuse et sentit de subtils sondages, de brusques pressions et piqûres sources d'une douleur aiguë dans ses orbites et d'une intolérable démangeaison sur sa peau. Il ouvrit la bouche pour hurler et un rire en sortit. Ses poumons refusèrent d'un coup de fonctionner tandis que sa jambe gauche se mettait involontairement à boiter.

Une vague pensée filtra dans son esprit. Ça y était. Le maître apprenait à tirer les ficelles, à la manière d'un violoniste accordant son instrument.

Il y eut alors une brusque pression sur son cœur, la sensation d'une main qui le pressait doucement, étranglant les artères et les veines, étouffant les valvules. John Olson avait dû connaître la même sensation, quoique pas aussi vite, malheureusement.

Il n'était plus qu'à dix mètres du bout de la ruelle...

Il se défendit, essaya de vider son esprit, agrippa

mentalement les doigts en tentant de leur faire lâcher prise, en s'efforçant désespérément d'infliger lui aussi de la douleur. Il y eut une brève hésitation et il réussit à reprendre rapidement sa respiration avant que la pression revienne.

Les étoiles et la nuit dans l'air frais... un rire idiot, des jurons et ses propres mains qui lui déchiraient la poitrine tandis que ses yeux le picotaient et enflaient.

Puis il déboucha, momentanément hors de vue, sur une rue résidentielle. Il y eut soudain délivrance, confusion, et tâtonnement frénétique dans l'air alentour. Ses talons martelèrent à grand bruit le trottoir tandis qu'il gagnait en hâte les pelouses couvertes de rosée. Loin derrière lui, dans la ruelle, il entendit le cliquetis de pas descendant à toute allure l'escalier de secours.

Il fallait qu'il se cache, et vite. Il ne pouvait semer Hart, et dès que celui-ci l'aurait à nouveau dans son champ de vision...

Il obliqua vers une des maisons dont les fenêtres obscures reflétaient la lueur terne du lampadaire. Une maison en bois, ce qui signifiait un porche à l'arrière et...

L'espace sous le porche sentait le moisi et regorgeait de toiles d'araignée. On y avait entreposé des planches, des échelles, une tondeuse à gazon et divers autres outils de jardin. Il se glissa entre deux piles de planches et frissonna. Il avait eu peur et cette peur avait tiré sur les ficelles tout autant que le reste. Une peur immense, absolument incontrôlable. Il se força à se détendre, à penser à quelque chose d'autre.

L'odeur de moisi du bois en train de pourrir sous le porche, et dehors, une nuit tiède aux étoiles comme du cristal, glace inanimée dans un ciel d'un noir d'ébène.

Il attendit.

Les petites choses de la nuit. Légers bruits venus des arbres et des buissons, ceux de petits animaux s'installant pour dormir ou fouillant à la recherche de nourriture. Créatures rampant à l'intérieur du tas de bois et, à deux pâtés de maisons de là, brouhaha lointain de la circulation automobile.

Il y eut un grattement à la clôture au fond du jardin et le portail s'ouvrit en grinçant. Un boxer s'encadra une minute dans l'ouverture, puis s'avança en un trot tranquille. Après une rapide inspection des lieux, il revint vers la poubelle juste à l'intérieur de la cour. Un petit coup de museau précéda un fracas métallique qui emplit la nuit.

Si ce chien s'approchait... Mais il se contentait de farfouiller dans les restes d'un dîner sans s'aventurer en direction du porche.

Tanner sentit alors une ombre dans la cour et sut qu'Adam Hart avait entendu le bruit et accouru pour en déterminer la cause. Il sentit le regard froid explorer les lieux à la lueur de la lune, hésiter dans les ombres des bosquets de roses et de primeroses, s'attarder dans les renfoncements sombres sous le porche...

Ne sois rien ni personne...

Il s'efforça de se vider l'esprit, de ne penser ni

à Adam Hart, ni à se faire prendre, ni à se cacher sous le porche, sous le porche, sous le porche.

Vide.

Rien.

Un coup de sonde sous le porche.

Rien.

Un petit coup de sonde dans les fourrés et les ombres des buissons.

Rien.

Il n'y avait dans la cour qu'un boxer qui furetait dans un sac poubelle en papier et levait maintenant les yeux en remuant son moignon de queue. Le chien oublia un instant les poubelles et trotta vers la silhouette sombre debout près du portail d'entrée, de l'autre côté de la cour.

Et ce fut le *déchaînement de fureur*.

Les petits bruits dans les buissons et sous le porche se turent d'un coup. Il y eut un gazouillement inattendu dans le chêne, puis le silence. Quelque chose passa à travers les branches pour venir s'écraser avec un bruit sourd sur le sol. Le boxer grogna et les poils de son cou se hérissèrent. Il s'avança avec raideur avant de se figer subitement dans une nappe de lueur lunaire. Il se mit à gémir.

Tanner observa, fasciné.

Un muscle de la patte arrière gauche du chien se contracta, tressaillit et il y eut un bruit sec de rupture. Tanner vit les muscles du gosier essayer de pousser un hurlement, mais sans qu'un bruit n'en sorte.

Fureur !

La fin ne tarda pas. Une ondulation parcourut la peau de l'animal, qui se mit à convulser, courant autour de sa patte inutile avec de l'écume aux babines. Il y eut soudain un bruit de fracture plus net et l'anima s'affaissa, brisé, sur le sol. Il tressaillit une fois, comme si quelqu'un lui avait administré un coup de pied, puis une dépression de plus en plus profonde apparut vaguement dans son flanc. Du sang jaillit tout à coup de sa gueule, puis la cour fut vide et tranquille.

Des pas résonnèrent faiblement sur le trottoir et le silence revint.

Tanner rampa hors de sa cachette. Il jeta un coup d'œil au boxer étendu broyé au milieu de la cour en s'imaginant à sa place. Il sortit ensuite par le portail de derrière et descendit la ruelle.

Les nuages arrivaient de l'ouest et l'air nocturne commençait à se refroidir.

Dans le centre, l'horloge devant Marshall Field's indiquait une heure du matin. La foule des théâtres remplissait les rues, se dirigeant vers les stations de métro, attendant les bus aux carrefours ou s'entassant dans les restaurants ouverts jusqu'à l'aube.

Les gens, bénis soient-ils. Il se sentait en sécurité avec eux, lorsqu'ils étaient nombreux.

« Sioupié m'sieur, pour un café ? »

Chemise bleue sale et ample pantalon de treillis, moustache de poils blancs raides et jaunis, yeux tout en pupilles et en blanc gorgé de sang. La main tendue tremblait, incrustée de saleté dans la paume et sous les ongles.

Tanner entreprit de fouiller dans ses poches.

« Je n'ai besoin que de cinq dollars et trente-six cents », fit la voix avec désespoir.

Tanner retira la main de sa poche comme s'il s'était brûlé. Il n'y avait rien derrière ces yeux injectés de sang, rien pouvant indiquer que l'homme n'était pas qu'un simple ivrogne sans domicile fixe.

Cinq dollars et trente-six cents représentaient pourtant tout l'argent qu'il restait à Tanner.

Il regarda un instant le clochard, puis fit volte-face et s'éloigna.

Je ne peux pas aller trouver un policier pour lui dire : « Monsieur l'agent, je suis suivi par quelqu'un qui n'est pas humain. » Je ne peux pas disparaître, je ne peux pas me cacher. C'est là, dehors. Je suis la souris et Hart le chat. Et que Dieu prenne pitié de moi, car comme l'a dit Petey, je ne verrai pas le soleil se lever...

Des couples marchaient lentement dans la rue en riant et en se serrant l'un contre l'autre. Sous l'auvent d'un cinéma agonisant, deux marins à l'air professionnellement seuls observaient les nombreux passants. Une matrone, les talons claquant sur le trottoir, se hâtait vers le garage souterrain de Grant Park. Dans l'embrasure d'une porte, des soldats parlaient avec animation à une fille aux cheveux trop blonds dont l'éclat confus noyait la lueur du lampadaire.

La rue se vidait pour les quelques heures de nuit restant avant l'aube.

Il ne cessait de jeter un coup d'œil aux vitrines devant lesquelles il passait pour essayer de déterminer si on le suivait. Apparemment, personne... et peut-être tout le monde. Il s'arrêta un peu plus longtemps pour observer les reflets dans la vitrine d'un drugstore Walgreen...

Là, ne venait-il pas d'entrapercevoir un homme en chapeau de feutre et trench-coat ? Comment en être sûr...

« Je trouve cet oiseau vraiment mignon, nasilla une voix. Vous le voyez ? »

Racolage.

Il jeta un coup d'œil dans la vitrine. Un petit oiseau en bois oscillait d'avant en arrière sur un perchoir, puis basculait pour aller se tremper le bec dans un verre d'eau. Il remontait ensuite, oscillait d'avant en arrière, d'avant en arrière, et hop, plongeait à nouveau. Sans ressorts ni moteur. Rien que l'oiseau, son perchoir et le verre d'eau.

« Il est vraiment mignon. J'aimerais... »

L'oiseau plongea son bec dans l'eau et ne remonta pas.

Cinq.

Dix.

Quinze secondes.

Tanner sut soudain ce qui allait se passer, mais ne put se détourner.

L'oiseau se redressa, fit cligner son œil peint et cracha un jet d'eau qui alla s'écraser sur la vitrine à trente centimètres de là.

« Dites, vous avez vu, c'est mignon, hein ? Comment vous croyez que... » Elle décida soudain que ce n'était pas mignon et se mit à hurler.

« Quelqu'un vous importune, m'dame ? »

Les soldats qui parlaient à la fille, plus bas dans la rue. Lorsqu'ils se regroupèrent autour de la vitrine, Tanner, craignant de s'attirer de nouveaux ennuis, commença à s'éloigner discrètement.

« *C'est lui ! C'est lui qui m'importune !* »

Elle le montra du doigt et un des soldats bloqua les bras de Tanner tandis qu'un autre le frappait à l'abdomen. Tanner se plia en deux et essaya de se dégager. Puis on le cogna au visage et il sentit céder le cartilage de son nez. Il tomba.

Un autre soldat toucha son chapeau et prit la fille par le coude. « Juste un civil de rien du tout, m'dame. Aucun problème. »

Tanner secoua la tête et se releva tant bien que mal en cherchant un mouchoir pour essuyer son nez en sang. Il tremblait de fureur et se lança à la poursuite de ses agresseurs avant de se raviser et de changer de direction.

Il ne pouvait pas leur en vouloir. En réalité, c'était Adam Hart qui frappait. Adam Hart le passait à tabac pour lui revaloir son évasion, plus tôt dans la soirée. Les réactions humaines de Hart, curieux mélange d'humain et de surhumain. C'était encourageant, si seulement il arrivait à y survivre.

Il erra sur Randolph Street en essayant de rester au sein de la foule. Un coup d'œil à des soldats en plastique dans la vitrine d'un marchand de jouets.

Rien qu'un coup d'œil, mais cela lui suffit pour voir l'un d'eux présenter les armes et pour entendre le roulement métallique d'un tambour miniature.

Les lieux de vie nocturne fermaient l'un après l'autre. Les acteurs quittaient la scène et Tanner réalisa qu'il allait bientôt se retrouver seul sur les planches avec Hart, sans public pour assister au tragique et dernier acte.

Il ne se rendit pas compte tout de suite qu'une vieillarde marchait à côté de lui. Sa voix n'était qu'un chuchotement rauque.

« Tu ne veux pas arrêter demain, n'est-ce pas, fiston ? »

Il n'y avait rien derrière ses yeux. Comme il n'y avait rien eu derrière ceux du mendiant ni derrière ceux des soldats qui l'avaient tabassé. Ou peut-être une espèce de flou, de vide.

Rien qu'une vieille femme en noir.

« Demain appartient à ceux qui possèdent aujourd'hui, petite mère.

— Qui possède aujourd'hui ? demanda-t-elle abruptement. Pas toi.

— Qui êtes-vous ?

— Tu crois pouvoir le découvrir un jour ?

— Oui. »

Un rire strident se déversa de sa gorge parcheminée. « Seulement si tu vis assez longtemps ! »

Elle se détourna et s'éloigna. Lorsqu'elle eut tourné le coin de la rue, il s'aperçut qu'il se trouvait absolument seul.

Randolph, l'autre côté de LaSalle Street. Les

façades dans l'ombre, les enseignes au néon éteintes et la lueur indifférente des lampadaires. La vie immobile d'une ville endormie, uniquement troublée par la palpitation d'un journal qui se blottissait un instant contre une corbeille à papier avant d'aller précipitamment se cacher sous une voiture.

Tanner se remit en marche puis s'arrêta.

Adam Hart l'attendait au prochain carrefour.

Une unique silhouette en trench-coat et chapeau à larges bords, le visage comme toujours dans l'ombre.

Qui attendait qu'il approche.

Il l'observa durant de longues secondes. Il se sentait comme un chien qui a mouillé le tapis et auquel son maître s'apprête à donner le fouet. Il avait le sentiment que quelque chose de terrible allait se produire.

Il essaya de courir, de courir.

Il ne put bouger le moindre muscle. L'homme au carrefour le tenait au creux de sa main.

Et cette main replia alors lentement les doigts. Tanner cessa de respirer, d'un coup, comme si on avait fermé une soupape. Son cœur ralentit tandis que toute sensation désertait ses jambes. Ses mains s'engourdirent et la torpeur monta dans ses bras en se dirigeant vers sa poitrine.

Adam Hart éteignait un interrupteur après l'autre.

Il fut soudain confronté à une obscurité bien plus profonde que celle de la nuit et se sentit tomber lentement sur le trottoir. Il toucha le béton au moment où une voiture de patrouille tournait au coin de la rue, son projecteur explorant les embrasures des portes.

Il y eut un couinement de freins et, au même instant, une délivrance complète, un relâchement total de la tension.

« Hé, mon gars, tu ne peux pas dormir comme ça sur le trottoir... Viens plutôt cuver au poste ! » Ils le firent monter dans leur voiture.

La silhouette au carrefour avait disparu.

11.

Malgré sa peur, il tenait le choc. Il se débrouilla pour perdre son portefeuille entre la voiture et le poste de police, aussi les agents ne trouvèrent-ils sur lui aucun papier d'identité. Rien ne pouvait le relier au William Tanner recherché pour meurtre. Lorsqu'ils lui demandèrent son nom et son adresse, il donna une fausse identité et affirma vivre sur West Madison. Ils ne se donnèrent même pas la peine de vérifier.

Ils le jetèrent en cellule pour la nuit et il remercia le ciel d'une telle surpopulation, du délire des ivrognes et du méli-mélo de conversations à voix basse. Il s'en délecta une demi-heure durant avant de se laisser sombrer dans un sommeil profond. Il dormit sur un matelas infesté de vermine sans autre oreiller que son bras, mais en parfaite sécurité. La cellule bondée et l'imbroglio des pensées lui offraient la meilleure des protections.

Un sommeil lourd, paisible, suivi de rêves éveillés qui tenaient davantage d'une revue mentale et somnolente des récents événements. Un kaléidoscope d'images mouvantes, dans lequel revenait souvent celle d'un homme en trench-coat et chapeau à larges bords.

Il s'éveilla en tremblant, les dents plantées dans le bras pour ne pas hurler...

« Debout là-dedans ! Allons les clodos, vous n'allez pas dormir toute la journée... On se bouge ! Dehors ! »

Ils lui donnèrent un petit-déjeuner de pain et de céréales, le laissèrent se laver dans une douche gluante puis se servir d'un rasoir à la lame couverte de savon séché et de poils. À neuf heures, ils le conduisirent devant le juge, qui bâilla d'un air d'ennui et le relâcha avec un simple blâme puisqu'il s'agissait de son premier délit. Peu après, on l'avait rendu au monde et livré à lui-même.

Il resta avec la foule sur les trottoirs, se gardant de s'aventurer dans les parties désertes des parcs publics ou de se hasarder dans les rues vides. Il revint vers le Loop et les canyons torrides entre les bâtiments fumants.

Il remonta Michigan Boulevard, empli d'hommes d'affaires suant dans leurs costumes d'été froissés, de femmes en fines robes de coton et de marins aux tenues blanches et bouffantes tachées de sueur sous les aisselles. Vit les lions devant l'Art Institute et les jeunes arbres qui poussaient sur le toit du garage de Grant Park...

Il entra dans la bibliothèque et gagna la section des périodiques, noire de monde, où il lut jusqu'à midi. Il déjeuna puis se trouva un banc dans Grant

Park, à un jet de pierre de la fontaine Buckingham. Des enfants jouaient dans l'eau, des amoureux occupaient d'autres bancs, une famille pique-niquait non loin de là sur la pelouse. La sécurité du nombre.

Van Zandt.

Nordlund.

DeFalco.

Scott.

Grossman.

Lequel ?

Observez le surhomme : il ne travaille ni ne file[1]. *À moins qu'il ne file trop. Comment trouver une aiguille surhumaine dans une meule de foin constituée de cinq pailles humaines ? Il se situe un cran au-dessus dans l'échelle de l'évolution, très supérieur au commun des mortels.*

Bien entendu... Il y a toujours le test dont se sert la nature pour jauger les nouvelles espèces.

La survie.

Si ça se trouve, ce n'est pas plus compliqué que cela.

Il compta la monnaie qu'il restait dans ses poches. Trente-six cents. Ses cinq dollars, comme son portefeuille, avaient disparu la veille dans un caniveau à des kilomètres de là. Trente-six cents. Moins d'un demi-dollar pour se nourrir et se loger... ou mourir.

1. Référence à Matthieu 6 : 28-29 : « Observez les lis des champs, comme ils poussent : ils ne peinent ni ne filent. Or je vous dis que Salomon lui-même, dans toute sa gloire, n'a pas été vêtu comme l'un d'eux. » (*N.d.T.*)

Il remonta North Clark Street et entra dans une boutique de prêt sur gages après avoir vérifié qu'aucun client ne s'y trouvait.

« Quelque chose à votre goût, monsieur ? » s'empressa l'homme gras d'un ton mielleux.

Tanner se montra évasif. « Je ne crois pas, je regarde juste. » L'homme le détailla rapidement et cet examen le laissa passablement perplexe. Il avait face à lui un client usé et hagard mais vêtu d'un costume de bonne tenue qui lui allait trop bien pour ne pas avoir été acheté neuf...

« Nous avons de jolies montres, vraiment pas chères. Des Bulova, des Longines...

— Je serais intéressé par un pistolet, déclara tranquillement Tanner. De calibre moyen, disons, pas trop gros. »

Le vendeur eut l'air surpris, puis plongea la main dans une vitrine pour poser un petit automatique sur le comptoir. « En voici un italien, un Beretta, vraiment magnifique. » Il hésita. « Vous avez un permis, bien entendu.

— À vrai dire, non. Combien ?

— Pour vous, deux cents.

— Plutôt cher, non ?

— Vous ai-je demandé pourquoi vous vouliez acheter une arme sans permis ? »

Saisissant le pistolet avant que le commerçant puisse s'y opposer, Tanner l'examina soigneusement. Il éjecta le chargeur et le remit aussitôt en place. « Vous gardez souvent ces machins-là chargés ? »

De l'autre côté du comptoir, l'homme émit un rire nerveux. « Bien sûr que non. Nous... »

Tanner se pencha sur le comptoir et pointa le Beretta sur l'estomac rebondi du vendeur. « Vous l'avez fait pour celui-là, mon vieux », affirma-t-il d'un ton sec.

L'homme s'humecta les lèvres. « Vous plaisantez, trancha-t-il. Nous ne laissons jamais de balles dans les armes.

— Ah oui ? »

La main du gros homme commença à glisser vers un tiroir placé juste en dessous du comptoir.

« À votre place, j'éviterais », dit Tanner d'une voix douce.

La main potelée battit en retraite. « Qu'est-ce que vous voulez ?

— Ce flingue, une boîte de munitions et, disons, cinquante dollars pour mes frais. C'est une affaire, mon vieux. »

L'autre haussa les épaules puis lui tendit munitions et argent. Tanner recula vers la porte. Il se trouvait sur le seuil lorsque le prêteur sur gages se racla laborieusement la gorge pour demander : « Hé, elle était vraiment chargée ?

— Vous l'avez dit, mon vieux : vous ne laissez jamais de balles dans une arme. »

Il sortit rapidement et referma la porte derrière lui au milieu du chapelet de jurons proférés par le type. Il alla tourner le coin de la rue pour se mettre hors de danger.

Un miroir dans la vitrine d'un restaurant attira son regard et il s'arrêta quelques instants.

L'époque du professeur Tanner bien propre sur lui est révolue, hein ? Cet élégant jeune assistant qui exhibait pipe, costume de tweed et brillant regard d'intello. Vous m'avez l'air quelque peu miteux, professeur. Avec vos cheveux en bataille, votre costume froissé, vos petits caillots de sang aux endroits où vous vous êtes coupé en vous rasant et les points de suture du docteur Schwartz à Brockton. Vous semblez un peu hagard et vous avez les yeux un peu rouges, certains vous croiraient même légèrement aliéné. Vous avez fait un long chemin... une longue descente.

La station de métro de Van Buren Street, avec sa fraîcheur et son allure de cave, lui fut un soulagement bienvenu après la chaleur étouffante régnant à la surface. Il introduisit quelques pièces dans le portillon et descendit sur le quai.

Ce que je peux faire, c'est repartir du début. Retourner à l'université, dans la salle où nous nous sommes réunis ce fameux samedi matin. Histoire de me rafraîchir la mémoire, et peut-être de trouver un indice utile. Mais retourner là-bas ferait de lui un appât. Les stages d'été n'avaient pas encore commencé : le campus serait désert, et lui, seul.

Il y réfléchit, debout sur le quai. Loin sur les rails, il vit les phares d'une rame en approche. Il les observa grossir et finit par prendre une décision.

Lorsque la rame repartit vers le nord, il se trouvait à bord.

Le campus était en effet désert, ses bâtiments gris et mornes dans le crépuscule. Il introduisit sa clé dans la porte du bâtiment des sciences et se glissa discrètement à l'intérieur. Le gardien de nuit quittait rarement le cagibi du sous-sol où il lisait des *thrillers*, l'oreille collée à une radio bruyante. Il ne poserait aucun problème...

Il se rendit dans la salle de réunion par les couloirs silencieux. La pénombre s'épaississait mais la lumière lui suffisait pour distinguer le mobilier et les marques d'usure sur le revêtement. Il vit la longue table à l'épais vernis, les chaises bon marché à dossier droit ainsi qu'au mur la photographie sépia d'un vieux professeur aux pommettes rondes et moustaches en guidon de vélo qui le regardait d'un air sombre. Il y avait de la poussière sur la table et les appuis de fenêtre, sauf aux endroits où quelqu'un avait passé le doigt ou posé un objet. Il remarqua aussi de vagues traces de doigts dans la poussière sur la moulure et des éraflures autour de la porte.

Quelqu'un avait très soigneusement examiné les lieux.

Il resta un moment immobile à se demander qui pouvait être ce « quelqu'un » et à essayer de se concentrer sur ce mystère plutôt que de s'inquiéter de sa situation exposée.

Il fit volte-face lorsqu'on toussa dans son dos. Il n'avait entendu ni bruit de porte, ni pas dans le couloir. Mais voilà que Karl Grossman se tenait sur le seuil, nerveux, hésitant. À moins qu'il ne s'agisse d'une couverture ?

C'en est une... Je le sais !

La main tendue, Grossman dandina dans sa direction.

« Professeur Tanner ! Je... »

Tanner laissa ses réflexes prendre le dessus, sans même y réfléchir, sans quoi sa main aurait hésité. Il eut soudain le Beretta au poing et plusieurs balles s'enfoncèrent dans les boiseries derrière Grossman. Il pressa frénétiquement la détente en reculant vers la fenêtre. Il vit en image fixe une expression de surprise sur le visage gras de Grossman, puis l'homme se faufila jusqu'à lui pour lui nouer ses bras autour des genoux.

C'était comme regarder un film tellement ralenti qu'on voyait chacune des images de la pellicule. Il n'y avait ni pensée, ni émotion, ni sentiment.

Il se sentit tomber, fracasser une chaise sous son poids. Il essaya de retourner l'automatique afin d'en abattre la crosse sur le crâne de Grossman. Le physicien posa alors une main sur la gorge de Tanner en tendant désespérément l'autre vers le pistolet.

Ils roulèrent l'un sur l'autre et Tanner en profita pour dégager l'arme à feu et viser à la hâte. Leurs corps s'écrasèrent contre le mur. La petite moulure près du plafond céda, la lourde photographie du professeur aux moustaches en guidon de vélo plongea vers le sol et au même moment, la détonation du Beretta emplit la pièce.

Silence.

Fumée, sang, éclats de verre. Un homme effrayé allongé sur le sol, les yeux vitreux dans un visage livide que la peur recouvrait d'une sueur puante.

Mais un homme toujours bel et bien en vie. Un homme dont les chaussures à semelles de crêpe expliquaient qu'il ait pu arriver sans bruit par le couloir. Un homme comme les autres qui serait mort si la photographie n'avait fait trembler l'arme en tombant. Cette chute n'aurait pu être planifiée. Tanner et lui avaient eu beaucoup de chance.

La chance. La seule chose à laquelle Grossman devait sa survie. Ce qui signifiait que le physicien était... sûr.

Tanner regarda à nouveau Grossman et le filet de sang qui coulait de son oreille dont la balle avait arraché un fragment. Il se releva en tremblant.

« Je suis désolé, Karl. Vraiment, vraiment désolé. »

Grossman se releva aussi et chercha une cigarette, les mains agitées de tremblements. « Je ne peux pas vous le reprocher, William. Je crois savoir par quoi vous êtes passé. »

Surprises. Le monde en regorgeait.

Le physicien replet désigna la pièce d'un geste. « J'ai recommencé l'expérience, sans personne. J'ai vérifié l'absence de petits courants d'air. D'interstice entre la moulure et le plafond, de trou infime dans le mur, de minuscule espace entre la porte et l'encadrement... Tout. Je vous assure qu'il n'y avait aucune raison que ce bout de papier bouge. Normalement. » Il fit une pause. « Et je sais, pour vous. »

Dans les yeux de Grossman, les pupilles retrouvaient peu à peu leur taille normale. Il se tamponna l'oreille avec un mouchoir, regarda les taches de sang et haussa les épaules. « J'ai vérifié deux ou trois choses à votre sujet... Je m'en excuse, d'ailleurs. » Ses yeux se rétrécirent. « J'ai obtenu des résultats très inhabituels. Les gens censés vous connaître affirment que vous n'existez même pas.

— Quels gens ? »

Grossman s'approcha de la fenêtre et observa le campus plongé dans l'obscurité. « Votre banquier, votre notaire, votre médecin, votre dentiste. Aucun n'a jamais entendu parler de vous. Et vous seriez stupéfait du nombre d'étudiants qui se rappellent de vos cours... mais pas du professeur qui les leur a donnés. »

Hart a corrigé mon passé. Il a réécrit ma vie pour pouvoir m'éliminer sans danger. Personne ne s'inquiètera pour moi ou ne se souciera de moi. Car personne ne se souviendra de moi.

« Vous avez trouvé des gens qui ne m'ont pas "oublié" ?

— Quelques-uns. Les membres du comité, votre secrétaire et un grand-père Santucci dans le Connecticut. C'est tout.

— Vous avez parlé à Harry Connell ?

— Il ne se souvient pas de vous.

— Il ne m'avait pas oublié, jeudi dernier.

— Jeudi, c'était il y a une éternité », trancha Grossman.

Ils entendirent courir dans le couloir. « Dites donc, qu'est-ce qu'il se passe ici ? s'indigna le veilleur de nuit en passant la tête par la porte. J'ai entendu des coups de feu, et ce n'était pas la radio... » Ses yeux s'écarquillèrent et il commença à reculer. « Je devrais p'têt' appeler les flics... »

Grossman sortit un billet de son portefeuille. « Ce n'était rien, Joseph. Juste une petite discussion. »

Le gardien hésita, les yeux fixés sur Tanner, qui l'entendait presque se demander où il l'avait déjà vu et pourquoi il devait absolument se rappeler de lui.

Tanner se glissa hors de la pièce. « Fichons le camp, Karl. »

Ce n'était pas le veilleur de nuit qu'il craignait. Mais l'obscurité croissante, le calme, et la conscience qu'ils étaient seuls, qu'ils ne feraient pas le poids contre d'autres... visiteurs.

Ils montèrent dans la voiture de Grossman que Tanner conduisit lentement vers le sud, en direction du Loop, dans la chaude atmosphère vespérale.

Mal à l'aise, Grossman remua à côté de lui. « Vous savez que la police vous recherche, William ?

— Je l'ai entendu dire. » *Cours, cours, petite souris.*

« Je me suis livré à une espèce d'enquête, continua Grossman. Mais sans dénicher grand-chose. Vous devez en avoir découvert bien davantage.

— Si vous m'écoutez, Karl, vous risquez votre vie.

— Je la risque déjà. Racontez-moi. »

D'un ton calme, Tanner mit Grossman au courant de tout ce qu'il avait fait depuis samedi matin... de ses soupçons et ses petits triomphes, des occasions où il avait frôlé la mort et, surtout, d'Adam Hart.

« On devrait informer le gouvernement, dit Grossman lorsqu'il eut terminé. Tout de suite.

— Vous allez avoir beaucoup de mal à le convaincre.

— Je ne crois pas. Si un savant lui dit que la lune est en fromage vert, le gouvernement fera appel à un sénateur du Wisconsin pour discuter des tarifs. Le gouvernement est prêt à croire n'importe quoi, de nos jours, William. Il y est obligé.

— Vous oubliez que je suis discrédité, Karl. On me recherche pour meurtre. Le gouvernement passera son temps à me rechercher, moi, au lieu d'Adam Hart. » Ils virent passer sans hâte les lumières des riches immeubles d'habitations de Gold Coast. « De toute façon, si on met une armée d'agents dans le coup, tôt ou tard, tout le monde saura ce qu'il se passe. Ce qui peut provoquer deux réactions. Soit le peuple accueille à bras ouverts Hart comme dictateur, soit il se lance dans un pogrom de tous ceux qui ont un QI au-dessus de la moyenne.

— Que veut Adam Hart, William ?

— Je n'ai pas la réponse à cette question. Comme l'a dit Petey Olson : il ne se confie pas à moi. » Il fit le tour d'un pâté de maisons et prit la direction du nord sur le périphérique extérieur. Sous la pleine lune, le lac Michigan scintillait d'une douce phosphorescence. Tanner prit un plaisir morbide à regarder les vagues noires affluer pour se briser avec une splendeur de bijoux contre les longues digues de pierre. La ville sale au front de lac en diamants, une étole de vison sur les épaules étiques d'un gamin des rues...

« Il veut peut-être le monde, dit soudain Tanner. Petey l'a laissé entendre. Et pour ce que nous en savons, il pourrait bien être en train de l'obtenir. Quand on lit les journaux, on ne peut s'empêcher de penser que le monde court à la catastrophe. Mais il n'y court peut-être pas de son propre gré, peut-être que quelqu'un l'y pousse. Chaque fois qu'un politicien commet une grosse erreur, qu'un savant dit quelque chose qu'il n'aurait pas dû dire, qu'un gros bonnet prend une décision qui laisse le monde en un peu plus mauvais état... Comment savoir si cette décision est bien la *leur* ?

— Mais pourquoi ferait-il cela ?

— Peut-être parce qu'il est le premier, Karl. Il pense peut-être qu'un peu de chaos paralysera l'humanité et qu'ainsi son espèce pourra se développer et prospérer. Comme la guêpe qui pond son œuf sous la peau d'une chenille, et lorsque l'œuf éclot, la larve dévore son hôte vivant. »

Le bourdonnement du moteur et le bruissement des roues sur le béton. L'ombre noire de Grossman, affalé sur son siège, la minuscule lueur rouge de sa cigarette dans l'obscurité.

« Pensez-y trop et vous risquez de devenir fou, continua Tanner. Je n'arrête pas de me demander *qui* est Adam Hart et je me surprends parfois à trouver plus important de découvrir *ce* qu'il est. Vous savez, le monde a énormément changé au cours des quatre derniers millénaires. Nous vivons un âge technologique où tout est possible, où le simple fait d'exister exige parfois un raisonnement surhumain. Mais les humains, eux, n'ont pas beaucoup changé. Peut-être la nature a-t-elle maintenant l'intention de nous remplacer par un modèle plus récent, par une espèce avec transmission hydropneumatique et freins assistés en série, par une espèce capable de vivre sans perdre la raison dans ce monde frénétique. »

Grossman souffla la fumée sur le pare-brise. « Que pensez-vous de Herr Hart... personnellement ? »

Cela le secoua un peu. Que pensait-il, en effet, de Hart ? Qu'en pensait-il *vraiment ?* Il avait été trop occupé à courir pour y réfléchir un tant soit peu...

« J'imagine que je ne le déteste pas... dans l'abstrait. Peut-être qu'il s'en sortirait beaucoup mieux que les humains s'il prenait les commandes. S'il le voulait bien. Du moins, il s'assurerait sans doute qu'on s'occupe bien de nous. Qu'on ait nourriture et abri, comme du bétail. »

Dans la ville silencieuse, les automobiles aux yeux brillants glissaient en douceur sur le boulevard.

« Vous pensez que les vaches auront l'occasion de monter un syndicat, William ? »

Tanner ne répondit pas.

« Il se fait tard, dit Grossman. On devrait peut-être rentrer à la maison.

— Chez vous ?

— Vous n'avez pas d'autre endroit où passer la nuit, il me semble ?

— Anna ne sera peut-être pas d'accord ?

— Anna fera ce que je lui dis, William.

— Vous n'ignorez pas que c'est dangereux pour vous, Karl ?

— Et alors ? Je refuse de rester là sans réagir en regardant cette chose arriver.

— Votre maison est sous surveillance ?

— Je ne pense pas... et je me suis efforcé d'en être tout à fait certain. »

Tanner eut envie de rire. Certain à quel point ? Il tourna sur une artère transversale et se concentra sur les plaques de rue pour être sûr de ne pas rater la demeure des Grossman. Un doute léger mais tenace persistait pourtant au fond de lui. Il avait raconté beaucoup de choses à Karl parce qu'il le considérait sûr. Mais quel que soit le test qu'il puisse concevoir pour Karl et les autres, il ne pourrait jamais être certain que Karl était bel et bien...

Karl.

12.

Il était tard, en ce lundi soir, mais tout le monde ne dormait pas encore. Tanner sentait dans la chaleur moite cette gêne électrique qui précède l'orage. On entendait se mêler les chuchotements des gens qui bavardaient en se balançant sur leurs porches et les murmures d'autres qui, allongés dans l'herbe, regardaient les étoiles en priant le ciel de leur envoyer un peu de fraîcheur.

Il se gara devant chez les Grossman. Le physicien ouvrit la porte et le conduisit dans une grande cuisine qui embaumait.

« Anna et les garçons ont dû aller se coucher, on sera tranquilles. Qu'est-ce que vous diriez d'une bière et d'un sandwich, pour commencer ? »

Tanner hocha la tête et Grossman prit dans le réfrigérateur des plats qu'il disposa sur la table. « Voilà du salami, de la saucisse et du bon fromage américain... Goûtez-en sur du pain de seigle noir. Du bœuf froid, de la moutarde et... tenez, William, prenez donc ce gâteau au fromage à la crème.

— Avec une bière ?

— Ce n'est pas si mauvais que ça. » Grossman voulut poser l'assiette sur la table sans sortir la tête du réfrigérateur et la porcelaine se fracassa à grand bruit sur le linoléum. Il leva les mains. « Ça va réveiller Anna, mais elle ne crache pas sur un casse-croûte au milieu de la nuit. » Il cligna de l'œil. « Je ne pense pas qu'elle sera trop en colère. »

Tanner entreprit de beurrer une tranche de pain. « Je vais lui préparer un sandwich... Histoire de l'apaiser. »

Une lumière s'alluma dans une pièce au fond du couloir et on entendit des pantoufles avancer pesamment sur la moquette usée. Le visage encore engourdi de sommeil, Anna Grossman arriva en se dandinant sur le seuil de la cuisine.

Grossman ferma la porte du réfrigérateur et se tourna vers elle. « J'ai ramené le professeur Tanner, Anna. Il passera la nuit ici. » Il sourit et poussa une chaise du pied. « On pensait manger un petit morceau avant de se coucher et... »

Son sourire s'évanouit. Les traits épais d'Anna ne s'étaient pas animés. Ni sourire de bienvenue, ni froncement de sourcils furieux, ni air de reconnaissance. Rien.

« Qu'est-ce que vous faites chez moi ? »

Grossman teinta sa voix de sévérité. « Je n'avais pas l'intention de te réveiller, Anna, mais on ne se dispute pas devant les invités.

— *Qu'est-ce que vous faites ici ?*

— Anna ! En tant qu'époux, j'exige que...

— Mon mari est mort il y a cinq ans ! »

Tanner s'avança. « Vous ne vous souvenez pas de moi, Mme Grossman ? »

Elle le regarda froidement. « Je ne vous ai jamais vus ni l'un ni l'autre. Maintenant, sortez avant que j'appelle la police ! »

Grossman avait du mal à respirer. « *Rudolph ! Frederick !* »

Un bruit de pas précipités retentit aussitôt dans le couloir et deux vigoureux garçons d'une douzaine d'années déboulèrent dans la cuisine. « Votre mère ne se sent pas bien... ramenez-la dans sa chambre. »

Ils reculèrent vers elle, le visage lourd d'hostilité. *Ils ne l'ont pas reconnu non plus*, pensa Tanner. Hart avait dû découvrir que le physicien menait son enquête. Et Karl allait maintenant en payer le prix.

Grossman commençait à lâcher prise. « Anna, je... Je ne comprends pas. Je suis ton *mari !* Je... » L'expression dure d'Anna ne changea pas et il se tourna vers ses fils. « Vous reconnaissez votre père, tout de même, les garçons...

— P'pa est mort il y a longtemps, déclara froidement l'un. Dans un accident de voiture. »

Anna Grossman ouvrit la porte de la cuisine à la volée. « Frederick, va chercher de l'aide chez les voisins ! Rudolph, appelle la police ! »

Les voisins ne se souviendront pas non plus. Inutile de rester pour essayer de discuter, les voisins les retiendraient jusqu'à l'arrivée de la police, et là, les choses se gâteraient. On l'emprisonnerait pour meurtre et on accuserait Karl d'effraction.

« Venez, Karl, dit-il doucement. Partons. »

Le physicien s'effondra sur une chaise. « Ma famille... J'ai perdu ma famille. »

Tanner l'attrapa par les épaules et le secoua violemment. « Ils ne se souviendront pas de vous, Karl, quoi que vous fassiez ! Hart vous a fait payer, et si vous restez ici, vous entrez dans son jeu ! » Il se retourna et partit en courant vers la porte d'entrée. À Grossman de décider s'il le suivait ou pas. Tanner entendait parler à voix haute chez les voisins et il savait que c'était sa dernière chance de quitter les lieux.

Il y eut un bruit de pas dans son dos et lorsqu'il monta en voiture, Grossman se glissa sur le siège passager. Les lumières étaient allumées de chaque côté chez les voisins. Deux hommes couraient vers l'automobile. Tanner lança le moteur et ils partirent sur les chapeaux de roues.

Il conduisit quelques minutes avant de jeter un coup d'œil à l'ombre assise en silence à côté de lui.

Jusqu'ici, Grossman lui avait toujours donné l'impression d'un type grand et gras, mais avec une solide musculature sous la couche de graisse. Il lui paraissait soudain petit, dodu, faible et bizarrement vide. Comme un carton de lait qui, ferme et rigide lorsqu'il est plein, devient léger, fragile et facile à écraser une fois vidé.

Adam Hart avait gagné une autre manche.

Lundi, minuit. Une pluie drue s'était mise à tomber. D'énormes gouttes se mêlaient à la poussière du pare-brise pour tracer des traînées graisseuses dont l'essuie-glace ne parvenait pas à les débarrasser. Grossman ne trouvait plus rien à dire depuis une heure et Tanner n'avait pas relancé la conversation. Pendant qu'ils contournaient la ville en voiture, il avait respecté le désir de parler ou de se taire du savant.

« William ? Vous ne m'avez pas demandé pourquoi je voulais vous aider.

— Ça semble plutôt évident.

— Ce n'est pas seulement à cause d'Anna et des garçons. »

Tanner ne dit rien. La seule manière d'aider Grossman était de le laisser vider son sac.

« Vous avez déjà vu un sourcier, William ?

— J'ai eu un oncle qui affirmait pouvoir trouver de l'eau comme ça.

— La plupart des gens ne croient pas à la radiesthésie. Mais j'en ai vu pratiquer autrefois, il y a très, très longtemps, quand j'étais un jeune homme tout juste arrivé dans ce pays. J'ai travaillé un an dans le Nevada et il y avait un type en ville qui gagnait sa vie comme sourcier. Ça marchait. La baguette de saule bougeait vraiment, et on trouvait bien de l'eau en creusant à l'endroit qu'elle indiquait. Vous savez à quoi ça m'a fait penser, William ?

— Non, Karl, je ne sais pas. »

Grossman descendit un peu la vitre pour laisser le vent humide aérer l'habitacle. « À tous les pauvres imbéciles sans talent de sourcier qui devaient se tromper, sans doute creuser des trous pour rien et se donner beaucoup de peine pour trouver de l'eau. » Une pause. « Si je veux vous aider, William, c'est surtout parce que je refuse de voir ces pauvres imbéciles chassés à coups de pied et le monde livré aux sourciers. »

Ils firent quelques kilomètres de plus en silence, puis Grossman demanda : « Vous avez un plan ?

— Oui, Karl, j'en ai un. C'est un problème de survie. Il faut qu'on débusque Hart, qu'on menace son existence. Qu'on le place dans une situation où ses réactions le trahiront, où il sera *obligé* de se dévoiler pour survivre. Comme je l'ai fait avec vous cet après-midi. Sauf que dans votre cas, ce n'était pas prémédité. » Il inspira profondément. « Je vais essayer de tuer chacun des membres du comité, Karl. Et lorsque j'échouerai, nous tiendrons notre homme.

— Mais c'est du meurtre !

— Pas vraiment. Nous aurons chacun notre rôle. Le mien sera d'essayer de tuer le suspect. Je fais mes plans, sans dérobade ni interruption possibles. Si Hart lit dans mon esprit, il n'y trouvera que le meurtre. J'effectue mes préparatifs et vous dis ce que j'ai prévu. À vous de trouver une solution pour l'empêcher à la dernière minute. Mais sans jamais me dire comment.

— Et qu'est-ce qui empêchera Adam de lire mon rôle dans votre esprit ?

— Rien, mais il ne pourra pas y lire la solution. Ce sera toujours à lui de s'en sortir, à moins qu'il ait une confiance absolue en votre capacité à empêcher son assassinat. Et je doute qu'un organisme adapté à la survie ait cette confiance-là.

— Et *quid* de mon propre esprit ?

— Je mise sur l'élément de surprise. Il y a de fortes chances que, trop concentré sur la menace qui pèse sur lui à ce moment précis, il ne fasse pas vraiment attention à vous. »

Grossman avait retrouvé une partie de sa force, un peu comme si on avait remis du lait dans le carton. Il tourna et retourna le plan dans sa tête et Tanner sentit que son esprit profondément logique l'examinait sous toutes les coutures. « Plutôt risqué.

— Je ne peux le nier.

— Et si vous ou moi faisons un faux pas alors que la personne est innocente ?

— Alors nous serons des assassins. »

Il obliqua en direction de Chicago et chercha un hôtel bon marché du côté de Near North Side pour y passer la nuit. Avant de gagner leur chambre, Grossman lui demanda : « Que comptez-vous faire quand vous découvrirez qui est Adam Hart ? »

Tanner fut surpris que la réponse lui vienne aussi facilement. « Le tuer, bien entendu. Et si je n'y arrive pas, crier son identité sur les toits. À un moment ou à un autre, quelqu'un me croira, Karl. Peut-être deux ou trois personnes, peut-être plus. L'histoire se diffusera et à mon avis, ce sera le début de la fin pour M. Adam Hart. »

Ils montèrent dans la chambre où Tanner éteignit les lumières et disposa une chaise à côté de la fenêtre. « Vous voulez prendre le premier quart, Karl ? Quatre heures de veille, quatre heures de repos. Je pense que vous aurez un avertissement si... quoi que ce soit essaye de vous atteindre. Dans ce cas, réveillez-moi immédiatement. »

Grossman prit le Beretta et s'installa sur la chaise. « Demain, on commence par qui ? »

Le premier cobaye, le premier qu'ils innocenteraient... Il en choisit un au hasard. « Le professeur Scott. Il pourrait nous être d'une aide précieuse pour les autres, une fois qu'on saurait que ce n'est pas lui. »

Il se coucha et essaya de ne plus penser à rien, d'évacuer de son esprit cette pensée qui lui rappelait sans cesse qu'il ne pouvait pas véritablement être sûr de Karl, ou de qui que ce soit d'autre. Juste avant qu'il s'assoupisse, Grossman gigota sur la chaise à côté de la fenêtre : « Vous savez, William, je ne pense pas qu'on va y arriver. On ressemble trop à des chiens errants... en train de conspirer contre l'employé de la fourrière. »

13.

Le professeur Scott.

Un excentrique septuagénaire qui se réveille à huit heures du matin, lorsque le soleil darde ses rayons par la fenêtre de sa chambre jusque sur les fines couvertures qu'il utilise même en été.

Il se lève et s'habille lentement. Ses sous-vêtements pendent mollement sur ses hanches osseuses. Il serait le dernier à l'admettre, mais il a du mal, le matin, et il s'assoit une minute sur le lit pour rassembler ses forces. Il gagne ensuite la salle de bains où il savonne les angles burinés de son visage avec un blaireau qui sent le moisi et auquel il ne reste plus que la moitié des poils. Il utilise comme rasoir un vieux coupe-chou démodé. Le métal luisant tremble un instant dans sa main, mais se stabilise lorsqu'il le met au contact de son visage.

Une fois rasé, il finit de s'habiller et mange du bout des dents le modeste petit-déjeuner que lui a préparé sa gouvernante : porridge flasque et toast à la marmelade. Il consacre une heure au journal du matin : il a l'esprit toujours alerte et cela ne lui arrive qu'occasionnellement d'oublier un article cinq minutes après l'avoir lu. Il sort ensuite à pas lents pour une petite promenade dans le parc, où il se reposera et prendra le soleil sur un banc tout en spéculant non sans humour sur les défauts de la jeune génération.

Un vieil homme autrefois vigoureux, assis au soleil à regarder passer les jours, trouvant chaque matinée un peu plus fraîche que la précédente, chaque promenade au parc un peu plus fatigante.

Ou bien n'est-ce qu'une façade destinée à tromper le monde ?

Au volant de sa voiture, Tanner s'étira, mal à l'aise.

Est-ce qu'en réalité Scott sautait du lit avec les réflexes d'un homme de trente ans, promenait un rasoir électrique sur sa mâchoire avant de prendre une douche et de s'installer pour petit-déjeuner d'une saucisse, d'œufs au plat et de café noir fumant ? La gouvernante avait-elle été... endoctrinée pour n'en rien dire ? Lorsque le professeur Scott descendait péniblement les marches devant sa porte, s'agissait-il en fait d'Adam Hart mimant la démarche d'un vieillard ?

Possible. De toute façon, rien n'était impossible.

Par cette journée de canicule, le soleil brûlait comme une assiette incandescente dans le ciel bleu. C'était le genre de journées qui voyait les pompiers ouvrir les bouches à incendie, l'asphalte vous coller aux pieds et votre pelouse passer du vert au jaune avant le coucher du soleil. L'après-midi entamait sa deuxième moitié et ceux qui n'étaient pas partis à la plage essayaient d'oublier la chaleur en dormant dans des hamacs trempés de sueur ou sur les balancelles de leurs porches.

Les allées courbes du parc étaient presque vides. Un petit garçon, le short trempé, pressait son pouce sur l'arrivée d'eau d'une fontaine publique pour voir jusqu'où cela giclerait. Un couple jouait au tennis sur les courts, le *schpong* de la balle contre la raquette brisant le calme liquéfiant de l'après-midi.

Et un vieillard passait lentement devant les bancs vides pour en trouver un à l'ombre.

Le professeur Scott.

Un vieux costume devenu un peu trop grand sur le dos, un chapeau de paille sur le crâne et un journal roulé sous le bras. Le dos légèrement voûté par l'âge, la démarche rappelant, sur le mode fatigué, son pas jadis allègre.

De la comédie ?

Tanner actionna le démarreur de la voiture. Le professeur Scott ne trouverait pas de banc à l'ombre de ce côté de la rue, son préféré se trouvait en plein soleil, avec l'assise de bois et les accoudoirs métalliques trop brûlants. Tôt ou tard, il devrait traverser la rue.

Ce serait le moment décisif pour Tanner.

Le vieillard s'arrêta soudain pour jeter un coup d'œil vers un endroit ombragé sous les arbres, à une douzaine de mètres, de son côté de la rue. Tanner retint sa respiration. Il *fallait* que Scott traverse la rue, sinon leur plan tombait à l'eau. Et ce plan ne pouvait fonctionner qu'à ce moment de la journée, avant qu'il y ait trop de monde dans le parc.

Le professeur Scott continua obligeamment son chemin.

Tanner se sentit un peu nauséeux et nerveux. Il éloigna en douceur l'automobile du caniveau et la laissa glisser sans hâte parallèlement au trottoir. La surprise était un élément essentiel. Le professeur Scott ignorait ce qui allait se passer... et Adam Hart aussi.

Mais Tanner ne devait pas y penser. Ce serait dangereux.

Action.

Vide.

Quelques dizaines de centimètres plus loin, le trottoir se terminait à une intersection. Il n'y en avait qu'un derrière celle-ci, de l'autre côté de la rue.

Tanner écrasa l'accélérateur en jetant un coup d'œil aux alentours. Le parc vide, les bancs déserts, le petit garçon à la fontaine et les joueurs de tennis dissimulés derrière un virage.

Aucun témoin.

Le professeur Scott descendait du trottoir en se préparant à traverser le carrefour en diagonale.

Sur le volant en plastique, Tanner sentit ses mains devenir glissantes de sueur. L'automobile dévalait maintenant la rue et son moteur rugissait dans l'après-midi calme.

Le vieillard s'était arrêté et levait des yeux surpris.

La cible parfaite...

Au moindre faux pas, je deviens un assassin. Mais il est trop tard pour s'arrêter. Je ne pourrais pas même si je le voulais. Grossman... Mais il ne faut pas que j'y pense...

Le professeur Scott se tournait pour s'enfuir, un masque de peur sur le visage. Il avait lâché son journal et perdu son chapeau de paille, qui roulait dans le caniveau.

Voyons voir si vous changez, maintenant, professeur ! Si vous êtes Hart, vous voilà pris de court car vous n'avez aucun moyen d'arrêter cette voiture. Voyons si vous sautez soudain sur le trottoir, si vous courez dans la rue avec les muscles d'un homme de trente ans. Dans ce cas, tout sera terminé. Vous aurez perdu la partie ! Mais si vous n'arrivez qu'à boitiller, je prie Dieu que Grossman fasse sa part du travail...

Il lui vint alors à l'esprit que si Scott était vraiment Scott, la peur ou le choc pourrait tout aussi bien lui causer une crise cardiaque fatale. La panique le prit soudain à la gorge.

Il arriva sur le carrefour. Le professeur Scott s'y trouvait de l'autre côté, mais toujours au milieu de la route, agitant frénétiquement les jambes.

Oh mon Dieu...

Il s'en fallut d'une fraction de seconde qu'il ne devienne un assassin. Une berline bleue jaillit soudain de l'intersection et le percuta à l'arrière. Il y eut un crissement de pneus, un hurlement de métal torturé, et l'impact jeta les deux véhicules ensemble comme les bras d'un V en train de s'effondrer. Sa voiture monta sur le trottoir et s'arrêta en bringuebalant.

Le soleil, la chaleur, et un moment de silence surpris. Il s'acharna sur la poignée puis poussa de l'épaule pour ouvrir de force la portière. Une forme recroquevillée dans la rue à cinquante mètres de là. *Quels débuts grandioses*, se dit-il. Ils avaient détruit deux voitures volées et failli tuer un homme.

Mais il y avait une possibilité de moins quant à l'identité d'Adam Hart.

Grossman se précipita hors de la berline bleue. « William, est-ce qu'il...

— Non, sans doute juste évanoui. Donnez-moi un coup de main.

— D'accord, mais je pense que... Attention ! »

Le camion roulait vite et Tanner s'écarta juste à temps. Puis il comprit que ni Grossman ni lui ne constituaient la cible du jour. Le camion aurait pu éviter le professeur Scott, il dut même faire un écart pour le heurter.

Il y eut un choc suivi d'un bruit déchirant, et le camion disparut derrière le virage.

À un pâté de maisons de là s'éleva soudain un bruit de voix.

Le visage de Grossman était livide. « Il aurait pu l'éviter ! »

Tanner se rua vers la silhouette ensanglantée. Il comprit au premier coup d'œil qu'on ne pouvait plus rien pour le vieil homme. Il s'agenouilla, fouilla en hâte les poches déchirées, prit ce qu'il y cherchait et courut vers les arbustes bordant la rue.

Grossman le suivit de près. « Qu'est-ce que vous faites ?

— Je fiche le camp. Vous croyez vraiment parvenir à convaincre la foule que ce n'est pas nous qui avons écrasé le vieux ? Avec Hart dans les environs pour les stimuler, on risque fort de finir pendus à un arbre. Où avez-vous laissé votre voiture ?

— Dans une rue commerçante à quelques pâtés de maisons. On va où ?

— Chez le professeur... avant que la police s'y présente. Il n'a pas été tué uniquement pour nous mettre en mauvaise posture. Je veux savoir pourquoi ! »

Une foule avait commencé à se rassembler autour du corps du vieillard, mais ils étaient déjà hors de vue. Tanner appela le domicile de Scott depuis un drugstore. Se présentant comme un agent de police, il informa la gouvernante de l'accident et lui demanda de venir le plus vite possible.

Puis il alla se garer près de la maison pour attendre le départ de la gouvernante. Il sortit de sa poche ce qu'il avait prelevé dans celles du mort.

Grossman lui adressa un regard accusateur. « Pourquoi avez-vous volé son portefeuille ?

— Parce que le professeur Scott n'aura plus besoin d'argent, alors que cela peut nous être très utile pour des broutilles genre nourriture et hôtel, au cas où vous l'auriez oublié. » Il se passa la main sur le front. « Désolé, Karl, je suis un peu nerveux. Entrons. »

Il ouvrit la porte à l'aide des clés prélevées sur

le corps de Scott. La maison était lavande et vieilles dentelles, avec un mobilier ancien fait d'un épais bois de cerisier tourné à la main. Un album de famille était posé sur le buffet, ainsi qu'un coffret d'argenterie tachée et ternie. Dans la chambre, ils virent un ferrotype sur la commode et un vieux bol à barbe aux lettres dorées quasi effacées. La pièce aux rideaux jaunis, fermée, mal aérée, poussiéreuse, dégageait une mauvaise odeur d'âge.

Il fouilla rapidement les tiroirs de la commode avant de se précipiter sur les vêtements rangés dans le placard. Un costume retint son attention, aussi le mit-il de côté sur le lit. Scott avait été un vieillard flétri, mais large d'épaules. *Le costume m'ira*, pensa Tanner, *et Dieu sait que j'ai besoin d'en changer.*

« Son costume aussi, William ? demanda Grossman d'un ton méfiant.

— Les morts s'en fichent, Karl, et il m'en faut un.

— Vous cherchez quelque chose ?

— Ouais, mais je ne sais pas trop quoi. Une note, un message. Quelque chose qui rendait dangereux de laisser Scott vivre plus longtemps.

— Il avait peut-être un cabinet de travail ? »

Il n'en avait pas vu au rez-de-chaussée, mais il était en effet logique que Scott dispose d'une espèce de salle de travail. Il claqua des doigts. « Essayons le sous-sol. »

À première vue, le sous-sol n'avait rien de particulier. Une chaudière à mazout, un lave-linge séchant et des pare-étincelles empilés dans un coin.

Une pièce s'ouvrait sur le côté. Tanner y entra et actionna l'interrupteur.

L'éclairage fluorescent mit quelques instants à s'allumer. Tanner ne s'attendait pas à quelque chose de ce genre, à quelque chose d'aussi peu ressemblant au reste de la maison. Le cabinet de travail était une pièce moderne avec des lambris de pins et un mobile accroché dans un coin du plafond. On avait fixé des étagères de livres directement au mur et une batterie de classeurs en occultait entièrement un autre.

Tanner ignorait par quel bout commencer. Il ne savait pas ce qu'il pouvait trouver, il n'était même pas sûr de ce qu'il cherchait. Alors qu'il inspectait soigneusement la pièce du regard, deux choses attirèrent son attention.

La première était une fiche sur le bureau, une fiche qui portait un titre dactylographié avec soin : « Hétérosis, bibliographie » et sous lequel Scott avait noté : « Le plus important. Voir dossiers. »

Quels dossiers ?

Et sur qui ?

Puis il sut. Le professeur Scott avait agi vite, peut-être même encore plus vite que Hart. Le vieillard n'avait pas perdu de temps. Il avait entrepris de constituer des dossiers, un sur chaque membre du comité, avant que les gens se mettent à... oublier.

Mais où trouver ces dossiers ?

Il chercha dans le bureau et la bibliothèque, puis revint à l'étagère disposée au-dessus du bureau. Un espace d'environ cinq centimètres au milieu d'un petit groupe de livres. Exactement la largeur d'une demi-douzaine de chemises au format A4.

Quelqu'un s'était introduit dans la maison pour les prendre à peu près au moment où le professeur Scott partait se promener dans le parc. Quelqu'un qui avait eu vent ou se doutait de l'existence de ces dossiers.

Qui ?

L'autre objet le déprima. Scott avait eu accès aux mêmes informations que lui sur John Olson, et le vieillard avait consulté un annuaire médical pour expédier une lettre à Brockton. Une lettre adressée au *Dr Hermann Schwartz, Brockton, Dakota du Sud.*

La lettre était revenue avec la mention : *Décédé.*

Oblitérée dimanche soir pour le retour.

J'ai parlé à Schwartz samedi soir. Soit je l'ai trahi malgré moi, soit... Il retourna l'enveloppe. Quelqu'un l'avait lue et refermée, sans beaucoup de discrétion. Il y avait de fortes chances que Schwartz n'ait jamais reçu cette lettre, une lettre qui sans aucun doute posait des questions sur Adam Hart. Un employé du bureau de poste lisait systématiquement le courrier arrivant afin que toute information relative à Adam Hart puisse être détournée et détruite, et aussi qu'on puisse enquêter sur le destinataire.

Schwartz avait deviné que sa vie ne tenait plus qu'à un fil. Comme il avait eu raison.

Tanner frissonna. La plaisante petite ville de Brockton somnolant sous le soleil du Dakota du Sud. Des gens aimables et sympathiques, heureux de passer un moment avec vous pour parler de leurs enfants ou des ingrédients entrant dans la composition du délicieux gâteau de Mme Machin. Mais pour ceux qui voulaient poser des questions sur Adam Hart, la ville constituait un piège mortel, une redoutable plante carnivore. S'il y était resté un jour de plus, il n'en serait pas ressorti vivant.

« Qu'est-ce que c'est, William ? »

Il brandit la lettre. « Rien d'inhabituel, du moins plus maintenant. Rien qu'une lettre expédiée à un homme qui en savait trop et qui en est mort. » Il fourra la lettre dans sa poche. « Je remonte mettre le costume et on s'en va. »

Ils s'attardèrent sur les marches du porche. « Pourquoi le camion a-t-il écrasé le professeur Scott et pas nous, William ? demanda Grossman.

— Parce que celui qui le conduisait n'avait pas d'ordres en ce sens, Karl. Ce n'était pas Hart, il n'avait même pas conscience de notre présence. Pendant que nous étions au parc, Hart est venu fouiller la maison. » Il descendit les marches.

« Où allons-nous passer la nuit ? »

Tanner fronça les sourcils. « Je ne sais pas, mais je pense qu'on ferait une erreur en restant tout le temps ensemble. Ce serait mettre tous nos œufs dans le même panier. » Il hésita. « Vous savez quoi, retrouvons-nous à l'entrée de la bibliothèque municipale de Chicago à dix heures demain matin. D'accord ? »

Grossman hocha la tête. « Soyez très prudent, William.

— J'ai pas mal eu l'occasion de me perfectionner en ce domaine, ces derniers jours. Mais vous, Karl, faites bien attention à vous. » Il partit sur le trottoir, tourna le coin, et se retrouva une fois de plus seul, isolé.

Nordlund.

Van Zandt.

DeFalco.

Le nombre de possibilités se réduisait vite, bien plus vite qu'Adam Hart ne pouvait l'avoir imaginé. Grossman avait été eliminé, Scott tué, Petey identifiée comme la maîtresse de Hart. On pouvait écarter Marge, pour des raisons évidentes.

Il n'en restait donc plus que trois.

Si j'en choisis un au hasard, j'ai une chance sur trois de tomber juste. Am stram gram, pique et pique et colegram...

Cela ne lui disait pas de quelle manière il allait passer la nuit. Inutile de se leurrer. S'il avait réussi à répartir le danger entre Grossman et lui, il demeurait le gros lot, ce que Hart savait pertinemment.

L'heure du dîner approchait et les rues se vidaient à nouveau. Il prit le métro aérien pour retourner sur le Loop, où il entra dans un des plus grands hôtels. Il avait fait un brin de toilette et disposait de l'argent de Scott : sans être une gravure de mode, sa présentation ne laissait pas à désirer.

Dans le hall, un tableau répertoriait quatre séminaires en cours. Il mémorisa la liste avant de s'aventurer au bar. Des gens, beaucoup, jusqu'à une heure avancée de la nuit. Avant que la foule commence à s'éclaircir, il aurait noué un contact qui lui permettrait d'être à nouveau tranquille jusqu'au matin.

Ses doigts retournèrent une petite boîte au fond de sa poche. Dextroamphétamine. En quantité suffisante pour le garder éveillé toute la semaine. Et après ?

Mais bien entendu, d'ici là, la partie serait terminée... par victoire, défaite, ou ex aequo.

Il choisit une table dans un coin d'où on voyait toute la salle et commanda de la bière. Vingt heures allaient bientôt sonner et Tanner traçait des cercles d'humidité sur sa table en simili-marbre lorsqu'il souleva soudain son verre.

Ce n'était qu'une impression, le sentiment que quelqu'un était venu jeter un coup d'œil dans la salle. Quelqu'un qui s'était brièvement arrêté à quelques tables de là et l'avait regardé avant de continuer son chemin.

Il se tendit en attendant la fouille, le coup de sonde, mais celui-ci ne vint pas. Il ne ressentit qu'une certaine vivacité de l'atmosphère, plus l'impression qu'on l'observait. Que quelqu'un dans la salle attendait qu'il aille aux toilettes ou effectue un des nombreux actes stupides qui l'écarteraient quelques secondes de la foule.

Il se cala au fond de sa chaise et inspecta avec calme les alentours. Sans résultat. Il y avait trop de fumée, trop de piliers derrière lesquels se cacher, et de toute façon, il doutait pouvoir reconnaître quiconque dans cette atmosphère opaque

Il revint à ses ronds d'humidité et passa le doigt autour d'un des cercles, brouillant l'ovale humide.

Quelqu'un s'approcha de sa table et s'assit en face de lui.

« Bill. »

Il ne leva pas les yeux. « Tu as une chance de partir tout de suite, Marge. Reste dans le coin et tu te feras repérer. Adam Hart est ici.

— Je ne sais pas de qui tu parles. »

Il continua à voix basse en s'efforçant de dissimuler son agacement. « L'homme-mystère, Marge. Celui qui fait bouger des petits morceaux de papier le samedi matin rien qu'en les regardant. L'assassin d'Olson. Alors sois gentille et fiche le camp.

— Je ne vais pas m'enfuir.

— Il ne s'agit pas de courage personnel, mais de bon sens.

— Dans ce cas, je suis là depuis trop longtemps. Cela ne ferait plus aucune différence, maintenant, pas vrai ?

— C'est vraiment très charitable de ta part de porter un tel intérêt à mon bien-être, répliqua-t-il d'un ton sarcastique. Tu as vraiment changé en deux jours. Si je me souviens bien, la dernière fois que je t'ai parlé, tu pensais que j'étais un assassin.

— Tu en avais l'air. Peux-tu me le reprocher ?

— Bien sûr que oui. Tu me connais depuis assez longtemps pour savoir que c'était impossible.

— J'ai peut-être eu tort de venir ici.

— Je te l'ai déjà dit. Pourquoi tu ne fiches pas le camp ?

— Tu n'as pas besoin de m'insulter pour me faire partir.

— Alors qu'est-ce qu'il faut que je fasse, au juste ?

— Je n'ai pas à le supporter », dit-elle, tendue. « Ni de toi, ni de personne. D'accord, j'ai estimé possible que tu aies tué John. C'est ce que pense la police, et elle s'y connaît plus que moi dans ce domaine. Mais aujourd'hui, j'ai parlé à Petey, qui ne se souvient même pas qu'elle travaillait pour toi !

— Et comme tu es une fille intelligente, tu t'es dit qu'il y avait quelque chose de pourri au royaume du Danemark. Brillant, vraiment. »

Elle baissa les yeux vers la table et ne répondit pas.

« Tu n'as pas encore entendu la suite, reprit-il avec amertume. Le professeur Scott a été tué, aujourd'hui. Et hier soir, un docteur de campagne dans le Dakota du Sud a eu son compte. Je serai soupçonné dans ces deux affaires aussi. Et qu'est-ce que tu vas croire ? »

Marge répondit à voix basse. « Combien de fois faudra-t-il que je te dise que je suis désolée ? »

Il la regarda en essayant de ressentir de la colère, puis laissa tomber. Cela n'en valait pas la peine.

« Bon, d'accord, alors *moi aussi* je suis désolé. J'aurais sans doute dû deviner que cela finirait ainsi. » Il se sentait toujours observé, examiné dans le moindre de ses mouvements. Et il avait la très vague impression que les foules allaient bientôt se disperser. Il perdit d'un coup tout sentiment amical. « Comment savais-tu où me trouver ?

— Je ne le savais pas. C'est le type avec qui je sors ce soir qui a voulu venir ici... Je crois qu'il n'est pas encore ressorti des toilettes. Un type très grand que j'ai connu à l'association d'étudiants. Je lui tiendrai la main en rentrant et il racontera à ses copains comment il m'a séduite. Tu vois le genre. »

Il ne put s'empêcher de sourire. « Tu ferais mieux de retourner au bar avant qu'il revienne.

— Bill. » Elle se mordit quelques instants la lèvre avant de se lancer. « Je pense que tu poursuis ce... cet Adam Hart. Et qu'il pourrait être très dangereux. Du coup, je ne peux m'empêcher de me demander si tu ne devrais pas abandonner.

— Tu parles de la part de qui ? »

Elle ne le gifla pas, ne pleura pas, ne se vexa pas. « Je vais dire les choses très simplement, Bill. Je t'aime. Je tiens à ce que tu restes en vie, et si ça fait eau de rose, tant pis. » Elle se pencha vers lui, et il eut soudain pleinement conscience des courbes lisses de sa poitrine, du bronzage sur ses épaules et du grain de sa peau. De sa légère odeur de parfum et de savon... « Je me sens seule et je te veux, ce qu'une fille n'est jamais censée admettre. Mais j'en ai assez de ces petits jeux et j'ai l'impression que ni toi ni moi n'avons beaucoup de temps à leur consacrer.

— C'est la première fois qu'une fille me fait une proposition.

— Je parierai que c'est aussi la dernière. »

Il sourit. « Sans doute. »

Elle se leva pour retourner au bar. « Prenons le petit-déjeuner ensemble... Si tu venais me chercher demain à neuf heures ?

— Entendu. On ira dans un joli restaurant bondé. » Il l'observa qui traversait la salle et essaya d'apercevoir le type avec lequel elle sortait. Mais des gens se mirent en travers, l'homme lui tournait constamment le dos et ils partirent peu après.

Il retourna à ses cercles de bière.

Il sentait toujours flotter dans l'air cette sensation de tension.

L'heure tournait, il fallait qu'il noue contact. Il se leva et gagna d'un pas tranquille le bar où un petit groupe d'hommes porteurs de badges nominatifs chuchotait bruyamment avant de s'esclaffer soudain en s'administrant de grandes claques dans le dos. Il s'appuya nonchalamment au bar et se tourna vers eux. Il jeta un coup d'œil désinvolte sur un des badges et son visage s'illumina.

« Dites-donc les gars, vous êtes dans les ustensiles de cuisine ? » Ils se turent et il sut qu'il avait attiré leur attention. « J'ai un frère dans votre branche, c'est lui qui dirige l'entrepôt Amco sur South Side.

— Ça alors ! »

Une tape amicale sur l'épaule.

« Hé, barman, un verre pour mon ami ! »

On lui secoua violemment la main.

« J'ai pas compris vot'nom mais moi c'est...

— Amco, hein ? On a une nouvelle ligne de produits, vous savez...

— Il y a une petite fête en route en haut... »

Et voilà le travail.

Il n'y avait pas d'Amco et il n'avait pas de frère, mais cela ne serait pas trop difficile de leur jouer la comédie pour la soirée. Il pouvait s'appuyer sur ce qu'ils avaient à dire, peut-être même accepter des commandes verbales pour son « frère ». La fête serait idiote, forcément. Whisky bon marché, eau du robinet, « danseuses » fournies par le concierge et trop de personnes entassées dans une chambre trop petite.

Mais la fête naviguerait d'une chambre à l'autre jusqu'à l'aube. Rien n'aurait pu lui convenir davantage.

Il but au bar avec eux et les accompagna lorsqu'ils allèrent prendre l'ascenseur.

Mais la tension aussi. Elle prit l'ascenseur avec lui, ombre dont il ne pouvait se débarrasser, fantôme restant assis dans un coin en attendant qu'il commette une petite erreur. Il se retourna pour essayer de la repérer...

« Restez face à la porte, s'il vous plaît. »

L'ombre l'accompagna de fête en fête, s'esquivant ou disparaissant chaque fois qu'il essayait de la localiser. Les chambres regorgeaient de rires, de gloussements, de visages vides essayant de convaincre les autres autant qu'eux-mêmes qu'ils passaient un excellent moment. Les visages les plus seuls au monde. Et derrière l'un d'eux ?..

Mais *lequel ?*

Aux petites heures du matin, il s'aperçut soudain qu'il dérivait. Il buvait juste un peu trop, riait juste un peu trop fort, s'enivrait un peu trop facilement.

Quelque chose l'y poussait, comme un boucher appuyant son pouce sur la balance. Quelque chose essayait d'arriver à la goutte qui ferait déborder le vase.

Il buvait, riait et les trouvait vraiment trop drôles à le croire frère d'un propriétaire d'entrepôt. Qu'est-ce qu'il était malin, il devrait leur raconter la plaisanterie, juste pour voir la tête qu'ils feraient. Ça les éclaterait.

Les éclaterait...

Il secoua la tête et essaya de s'extraire du brouillard éthylique. *Si je leur dis ce que j'ai fait*, pensa-t-il laborieusement, *ils me jetteront dehors. Je me retrouverai seul dans les couloirs et Hart m'écrasera avant même que j'atteigne l'ascenseur.*

Dès lors, même s'il garda en permanence un verre à la main, il ne but plus.

Cinq heures et demie du matin arrivèrent très lentement et il sentit la tension se muer en déception. Au lever du soleil, une vague teinte rose apparut derrière la silhouette des immeubles. Encore deux heures et il y aurait du monde dans les rues, la ville reprendrait vie.

L'odeur de bière éventée et le brouhaha des conversations d'ivrognes l'écœurèrent soudain. Les quelque douze personnes présentes dans la chambre ne tenaient presque plus debout. Verres, bouteilles vides et petits tas de mégots jonchaient le sol, et quelqu'un avait vomi dans un coin.

Il ricana intérieurement. L'espèce humaine dans toute sa splendeur.

d'accord avec vous...

Juste une pensée qui passait en le tirant mentalement par la manche, pour ce qu'il en savait, il pouvait bien l'avoir pensée lui-même.

votre poche...

dans votre poche...

regardez dans votre poche...

Il jeta un rapide coup d'œil autour de lui. Personne ne le regardait, personne ne lui prêtait attention. Il s'approcha de la fenêtre, sentit un frisson entre ses omoplates et se sut observé par quelqu'un dans la pièce.

Plongeant la main dans sa poche, il sentit un petit morceau de papier. Quelqu'un l'avait glissé là plus tôt dans la soirée, à la faveur d'une bousculade. Il le sortit et le déplia.

Le zoo vous plaît ?

Sous cette question figurait une signature soigneusement tracée, au point de sembler moulée : *Adam Hart.*

Le zoo ? pensa-t-il.

La chambre et ses propres impressions tourbillonnèrent d'un coup autour de lui, claires et dures comme du cristal taillé.

Un air de rock'n'roll braillé par la radio. Un gloussement soudain étouffé. Le bruit d'un verre qu'on remplit, un rugissement de rire animal, une voix de femme : « Allons, *Charlie...* », quelqu'un lâchant un verre dans le petit vestibule, l'homme sur le lit se réveillant et vomissant par terre...

Et dans son esprit, la défaite et le rire soudain déformé avant qu'Adam Hart se retire.

ne pas nourrir les animaux...

14.

Sept heures et demie du matin, un peu avant que le Loop ne soit envahi de personnes partant au travail. Les camions s'activaient pour assurer leurs livraisons avant l'arrivée de la foule et les fourgonnettes des journaux lâchaient des piles de *Tribune* et de *Times*. Quelques hommes d'affaires aux yeux gonflés sortaient en trottant des bouches de métro, mais le Loop restait pour l'instant le domaine réservé des kiosquiers et des livreurs. Il s'en fallait d'une heure que les secrétaires viennent s'entasser au comptoir du Walgreen pour leur petit-déjeuner.

Le soleil était levé dans un ciel dépourvu de tout nuage. Il faisait déjà chaud et Tanner s'attendait à une nouvelle journée de canicule.

Il acheta un journal et se dénicha un box vide dans un drugstore. Il commanda du café et des petits pains puis avala une nouvelle capsule de dextroamphétamine pour tenir la journée. Il consacra une demi-heure à son café et à ses petits pains avant de prendre dix minutes pour parcourir le journal. Un sénateur avait trouvé la mort, une actrice en vue se voyait impliquée dans un procès de mœurs à New York, un fonctionnaire gouvernemental accusé de corruption avait démissionné. Et la police recherchait toujours un professeur d'université pour l'interroger au sujet d'un meurtre. Bizarrement, le journal ne reproduisait pas sa photo d'identité judiciaire. Il remercia Dieu en pensée pour ses petites faveurs. Cela signifiait que la police n'avait pas trouvé de photo de lui, et donc que ni les agents de la circulation ni le grand public ne pourraient le reconnaître en le croisant.

Il paya l'addition et sortit dans la rue désormais bondée.

Huit heures du matin sans rien de particulier à faire avant son rendez-vous avec Marge. Une heure à tuer... et s'il allait chez elle plus tôt que prévu ? Histoire de passer un peu de temps à papoter de tout et de rien, sans plus penser à ses soucis, pour une fois ?

Du moins sans plus y penser pendant trente minutes.

Il prit le métro aérien en direction du nord et arriva à huit heures vingt à l'appartement de Marge.

Mais elle n'y était pas. Il pressa le bouton de la sonnette qu'il entendit retentir au loin dans l'appartement, mais personne ne vint lui ouvrir. *Elle est peut-être sortie tôt*, pensa-t-il, déçu. Et peut-être avait-elle oublié leur rendez-vous, perspective peu plaisante mais possible.

Par acquit de conscience, il actionna la poignée. La porte s'ouvrit sans heurts. Marge avait dû oublier de la fermer correctement en partant, ou bien, comme cela arrivait parfois, le loquet s'était bloqué en position ouverte quand elle avait tiré la porte. À moins que... ?

Oh, mon Dieu, non !

« Marge ! » Il se précipita à l'intérieur, regarda dans le salon et ouvrit toute grande la porte du placard. Il passa dans la chambre et la cuisine avant de jeter un coup d'œil dans la salle de bains. Il ne vit Marge nulle part et faillit défaillir de soulagement, avant de se demander soudain où elle pouvait bien se trouver au juste. Elle avait dû s'absenter quelques minutes...

L'appartement était chaud et calme, le soleil brillait de tout son éclat derrière les rideaux de chintz. La pièce sentait bon. Il reconnut, subtil, l'arôme de « Tweed » caractéristique de Marge, ce qu'elle appelait un parfum « sensé ». L'appartement était mieux arrangé que celui de Petey. Un peu plus grand, avec une moquette moins usée, un papier peint propre et moderne.

C'est ce qui le fit réagir. Une pièce moderne. Beaucoup de lumière se déversant par les fenêtres du fond, des meubles contemporains en bois de chêne chaulé, des lampes et des chaises en fer forgé, un mobile en forme de poisson au-dessus du bureau, avec les nageoires agitées d'un léger mouvement par la petite brise due à une fenêtre entrouverte. Un grand lit dans la chambre, avec une rangée de livres au niveau de la tête et d'épais oreillers ronds. Il fit courir sa main sur le couvre-lit, qu'il replia ensuite pour regarder les draps. Du bon coton tout simple.

Il revint au placard dans lequel il avait jeté un coup d'œil en cherchant Marge. Il hésita, haussa les épaules et l'ouvrit. Rien d'autre que les robes et tailleurs de Marge, qu'il connaissait presque tous. Pas de robes cachées ni de peignoirs extravagants.

Sa table de toilette était quasiment vide, comparée à celle de Petey. Le grand flacon de parfum « Tweed », de la poudre, du fard et du rouge à lèvres. Une petite boîte remplie d'épingles à cheveux et de bigoudis. Un grand cadre à photo, vide, sur la commode. Sans doute une acquisition récente dans laquelle elle n'avait encore eu le temps de rien mettre.

Il se dirigeait vers la porte avec l'intention d'aller attendre dehors dans le couloir lorsqu'il s'immobilisa soudain : quelque chose le chiffonnait. *Jolie pièce, moderne. Propre, claire, attirante.* Sauf qu'on aurait presque dit une chambre d'hôpital. Conçue non pour y vivre mais pour répondre à des goûts esthétiques personnels. Et pas ceux de Marge. Marge lui avait toujours paru du genre à faire sa lessive dans le lavabo, à mettre ses bas à sécher dans une serviette sur le radiateur et à abandonner ses pinces à cheveux plus ou moins n'importe comment sur sa table de toilette.

Mais c'était quelque chose de plus spécifique qui lui avait mis la puce à l'oreille...

Il revint lentement au centre de la pièce en cherchant ce qui ne cadrait pas, ce qui faisait tache. Pas le mobile, pas les vêtements dans le placard, pas la table de toilette.

La commode.

Le grand cadre posé dessus, vide.

On achète un cadre quand on a une photo à y mettre, pensa-t-il lentement. *On ne commence pas par en acheter un pour attendre ensuite la photo qui ira dedans. Du moins, en général.* Et Marge avait eu une photographie à glisser dans ce cadre, une qu'il lui avait donnée à Noël. Une de lui.

Il prit le cadre et l'inspecta. Il n'était pas neuf : on voyait un peu de ternissure aux coins. Et il y avait un papier photo dedans. Une simple feuille de papier photo blanc, sans aucune image.

Mais Marge voit quelque chose quand elle le regarde. Elle voit une photo.

Celle d'Adam Hart.

Marge avait servi d'appât. Petit-déjeuner avec elle à neuf heures, bien sûr... Sauf qu'elle n'avait jamais eu l'intention d'honorer ce rendez-vous. Quelqu'un l'aurait attendu. Tanner aurait pris le petit-déjeuner non avec Marge mais avec Adam Hart, et cela aurait été le dernier de sa vie.

La veille, dans la voiture, comprit-il soudain. Comment se faisait-il que de tous les hôtels du Loop, Marge et lui se soient retrouvés dans le même ? Et le type avec qui elle sortait, il n'avait pas vraiment réussi à le voir. La tension était tombée durant quelques minutes après le départ de Marge, avant de renaître... avec force.

Adam Hart avait ramené Marge à la maison avant de revenir.

Et Tanner avait cru tout ce qu'elle lui avait raconté.

L'horloge sur la commode tinta. Huit heures et demie. L'heure de ficher le camp.

Il baissa les yeux vers le cadre qu'il tenait toujours à la main et l'abattit sur son genou, fracassant le verre et se coupant la main. Ce dont il se soucia comme de sa première chemise.

Il sortit en claquant la porte.

Grossman l'attendait à la bibliothèque en marchant nerveusement de long en large devant le guichet des renseignements. *Il se montre trop. Il aurait dû m'attendre dans la salle de lecture en feignant de lire un journal ou un livre.*

Le physicien l'aperçut et se précipita vers lui. « Qu'est-ce qu'on va faire aujourd'hui, William ?

— Exactement ce qu'on a prévu. Éliminer un autre membre du comité, quelqu'un qui pourrait nous être utile. »

Grossman s'humecta les lèvres. « Lequel ? Le professeur Van Zandt ? DeFalco ?

— Ni l'un ni l'autre. Je pensais plutôt à Arthur Nordlund.

— Pourquoi lui ?

— Pourquoi pas ? Il est jeune et robuste. Et ses contacts pourraient nous servir... En supposant qu'il ne soit pas bidon et que nous arrivions à le convaincre. »

Grossman hocha la tête. « Très bien. Tendons donc un piège au commandant Nordlund. »

Tanner regarda autour de lui et repéra une cabine téléphonique dans le couloir, à quelques pas de la salle de lecture. Il nota le numéro. « Je m'absente quelque temps, Karl. Je vous appellerai ici. »

Il sortit de la bibliothèque et tourna vers le sud sur State Street. Il y avait là une petite imprimerie, juste au sud du Loop, qu'il avait découverte un jour qu'il assistait en auditeur libre à un cours de criminologie. Une imprimerie qui pourrait lui fournir des papiers d'identité avant qu'il commence à fouiller dans le passé d'Arthur Nordlund.

Il compta sur ses doigts ce qu'il savait de cet homme. Un peu plus de trente ans, même si, comme la plupart des hommes minces, il semblait plus jeune. Pas vraiment un athlète, mais pas mou non plus : un nerveux. Une personnalité froide qu'on trouvait en général déplaisante : on n'aimait pas discuter avec lui, ni même qu'il vous tienne compagnie. Les gens l'évitaient. S'il mourait demain, la plupart de ceux qui le connaissaient l'oublieraient vite.

Il s'arrêta dans un drugstore, feuilleta l'annuaire téléphonique et passa un appel de quelques secondes en déguisant sa voix. On n'attendait pas le commandant Nordlund avant la fin de l'après-midi, au mieux. Tanner aurait donc le champ libre avec le personnel de son bureau.

Il y avait d'autres officiers de marine dans

l'immeuble sur Rush Street. Le bureau de Nordlund se trouvait au bout du couloir, un cagibi sans prétention occupé par une jolie femme en uniforme et un quartier-maître rondelet qui dormait presque, confortablement appuyé au dossier de sa chaise pivotante.

Il se réveilla dès que Tanner ouvrit la porte. « Monsieur ?

— Le commandant Nordlund est là ? »

Il ne l'était pas. Au fond de la pièce, sa table de travail semblait même poussiéreuse. Mais au ton de la voix de Tanner, le quartier-maître comprit qu'il ne s'attendait pas à trouver Nordlund ici, et même qu'il ne voulait pas l'y trouver. L'estampille officielle.

« Non, monsieur. Il n'arrivera sans doute que cet après-midi, s'il vient. Je peux vous aider ? »

Tanner désigna du menton la fille qui avait cessé de taper à la machine pour les observer. « J'aimerais vous parler en privé. »

Le quartier-maître pêcha dans son gousset une pièce qu'il lança à la fille. « Du café, Sue. Avec sucre et lait, et prends ton temps. » Et, une fois qu'elle fut sortie : « Je vous écoute. »

Tanner sortit sa fausse carte de son portefeuille et la laissa tomber sur le bureau. « Service de renseignements de la Marine. Le commandant Haskell, en bas, m'a suggéré d'avoir une petite discussion avec vous. Au sujet du commandant. » Il avait lu le nom de Haskell sur le répertoire dans l'entrée de l'immeuble.

Le quartier-maître humecta ses lèvres épaisses

et Tanner l'imagina qui passait mentalement en revue tout ce qu'il savait de Nordlund en y cherchant quelque chose de compromettant pour lui-même.

« Je serai ravi de vous aider, monsieur. Le commandant est un homme bien, un des meilleurs officiers que j'aie rencontrés dans la Marine. Je...

— Ce serait peut-être mieux que je pose des questions, l'interrompit Tanner. Cela irait sans doute plus vite. »

Le quartier-maître ne finit pas sa dernière phrase. « Oui, monsieur.

— Vous connaissez le commandant Nordlund depuis longtemps ?

— Oui, monsieur. Nous avons servi sur le même destroyer durant la guerre du Golfe. »

Tanner s'installa sur la chaise libérée par l'auxiliaire féminine et se laissa aller contre le dossier. « Il a de bons états de service, n'est-ce pas ? Nous avons son dossier, bien entendu, mais je voulais dire : officieusement.

— De très bons états de service. Et je ne l'ai jamais vu hésiter une seule fois. Beaucoup de sang-froid, il ne se laisse jamais ébranler. L'esprit qu'il faut pour les décisions.

— Des opinions politiques inhabituelles ? » Il vit à l'expression du marin que celui-ci pensait avoir affaire à la question décisive.

« Je ne me souviens pas l'avoir jamais entendu proférer une opinion politique, monsieur.

— Des passe-temps, il joue aux cartes, aux courses ?

— Pas que je me souvienne, monsieur.
— Vous disiez le connaître plutôt bien.
— Ça date un peu, monsieur.
— Il ne s'agit que d'une vérification de routine, dit prudemment Tanner. Nous n'essayons pas de trouver quoi que ce soit sur le commandant, et pour autant que nous le sachions, il n'a rien fait de répréhensible. »

Une partie de la prudente réserve du quartier-maître s'effrita. « Il a joué un peu. Pas beaucoup, juste un peu.
— Et avec les femmes ?
— Il ne fricote pas trop, monsieur. Ce n'est pas son genre. Oh, il a des petites amies, mais ce n'est pas un tombeur, si vous voyez ce que je veux dire.
— Je vois. Sauriez-vous par hasard s'il est sorti avec une nommée Patricia Olson ? » Il feignit de consulter une feuille de papier pliée qu'il venait de prendre dans sa poche. « La secrétaire du projet de recherche humain, à l'université. »

Un air vaguement surpris. « Oh non, monsieur. Je l'ai déjà vue dans le coin... le commandant a meilleur goût que cela. »

Tanner se pencha en avant et sourit d'un air de connivence. « Juste entre vous et moi, que pensez-vous du commandant ? »

Le quartier-maître ne mordit pas à l'appât. « Je pense que c'est un excellent officier, monsieur. Peut-être pas le plus sympathique du monde, mais il sait ce qu'il fait, et c'est plus que vous ne pouvez en dire de certains de ses collègues. »

Tanner en avait fini, sauf sur un point de détail.

Quelque chose qui lui était revenu en mémoire de son voyage à Brockton et dont il avait vu un exemple dans l'appartement de Marge.

« Vous n'auriez pas une photographie récente du commandant, par hasard ? Je me souviens l'avoir croisé il y a des années, et bien entendu, nous avons celles de son dossier, mais elles datent un peu.

— Désolé, monsieur, mais je ne me rappelle pas en avoir une de disponible. On peut vous en faire préparer une, si vous voulez... »

Tanner se leva. « Inutile. À propos, j'aimerais que vous taisiez ma venue au commandant. Nous n'en avons pas fini, et nous aimerions une vérification objective.

— Je comprends, monsieur. »

Tanner avait presque franchi la porte lorsque le marin s'exclama : « Eh, attendez voir ! » Il se dandina jusqu'à un classeur dans lequel il fouilla un moment pour finir par en rapporter un formulaire muni d'une petite photographie dans le coin supérieur droit. « Le commandant a rempli cela il y a six mois pour l'expédier au bureau du personnel, mais le formulaire est obsolète, maintenant. La photo pourrait vous aider. »

Tanner y jeta un coup d'œil. « Non, je ne pense pas. Elle est un peu trop petite. »

Le cliché, flou et confus, aurait pu représenter n'importe quel officier de marine.

Ce qui faisait soudain passer Arthur Nordlund au niveau de très sérieux prétendant...

En sortant, souris à l'employée du guichet

d'informations. Apprends d'elle que le commandant vient presque toujours tard, qu'il vit dans un meublé à deux pas de Diversey Parkway et prend son petit-déjeuner dans un modeste café-restaurant au coin de sa rue.

Et ne l'embarrasse pas en lui demandant comment elle sait tout cela. Le commandant n'est pas un tombeur, mais quoi de plus naturel qu'une mignonne auxiliaire féminine travaillant dans le même bâtiment que lui le connaisse plutôt bien...

Prends le métro aérien jusque là-bas et jette un coup d'œil dans le café-restaurant lorsque tu passeras devant. Le commandant est assis à une table dans le fond, il mange sans grand appétit son pamplemousse et son toast trop grillé. Il a le visage un peu tiré, ce matin, et de légères traces de fatigue sous les yeux.

À cause d'une nuit « agitée » ?

Ou est-ce qu'il ne s'est pas couché du tout ? A-t-il passé la nuit dans une chambre d'hôtel au milieu d'une vilaine fête de congressistes, à observer un professeur d'anthropologie tourmenté s'efforcer de survivre à une longue nuit ?

Possible, mais n'y pense pas et ne le regarde pas trop longtemps. Juste un coup d'œil sans arrêter de marcher, comme ça il ne pourra pas capter tes pensées. Inutile de dévoiler ton jeu maintenant.

Et il n'est pas impossible que tu te trompes, qu'Adam Hart t'observe en train d'observer Nordlund et que ça le fasse rigoler à s'en péter la sous-ventrière. L'arroseur arrosé, le surveillant surveillé...

Achète un journal au coin de la rue et prends un Coca dans le drugstore qui fait l'angle à l'opposé du café-restaurant. Finis-le précipitamment quand Nordlund se lève soudain, paye l'addition et sors. Tu es à la caisse lorsque tu le vois héler un taxi, alors n'attends pas ta monnaie. Il y a un autre taxi au bord du trottoir, engouffres-y toi en demandant au chauffeur de suivre le taxi de Nordlund. Difficile de voir qu'on est filé, sur Michigan Boulevard. Avec toute cette circulation. Surtout que comme Nordlund ne s'y attend pas, il ne se méfiera pas.

Enfin, espérons.

Le taxi de Nordlund s'immobilisa devant le club d'athlétisme. Tanner s'arrêta un pâté de maisons plus loin en jurant tout bas. Impossible d'entrer dans ce club privé, ou de savoir combien de temps Nordlund allait y passer.

Il traversa la rue et gagna un banc public au bord du lac. Il s'assit en ouvrant son journal. Le commandant pouvait y passer tout le temps qu'il voulait, Tanner l'attendrait.

Une petite demi-heure plus tard, Nordlund ressortit vêtu d'un pantalon de coutil blanc et d'un t-shirt, une serviette roulée sous le bras. Il allait probablement nager sur une plage proche...

Nordlund alluma une cigarette et s'appuya au mur en observant les passants. Tanner se dissimula derrière son journal. Nordlund attendait quelqu'un...

L'officier eut le temps de fumer deux cigarettes avant qu'une fille en short de tennis arrive en courant et lui dépose un petit baiser sur la joue. Elle se mit à bavarder avec lui sur le trottoir. *Son rendez-vous*, se dit Tanner. La fille fronça soudain les sourcils en montrant la serviette de Nordlund. Le commandant claqua des doigts avec une grimace, puis eut un geste en direction de la plage au bout de la rue. La fille se remit à marcher, se retourna, lui fit signe et partit.

Nordlund descendit du trottoir pour héler un taxi. Tanner en prit un juste derrière lui et le suivit jusqu'à son appartement sur Diversey Parkway. Il se gara tandis que Nordlund s'engouffrait dans l'immeuble.

La fille est partie l'attendre à la plage pendant qu'il rentrait chez lui en voiture. Pourquoi ? Il a oublié quelque chose ? Une couverture ? Un poste de radio ?

Le chauffeur tambourina des doigts sur le volant de son taxi. « Eh, mon gars, pourquoi vous vous intéressez autant à ce type ? Vous le suivez ?

— Disons qu'il me doit de l'argent. »

Le chauffeur hocha la tête d'un air convaincu. « Ah, c'est un de ces types-là ? Tous les mêmes... Y vivent dans de chouettes appartements alors qu'y doivent du fric à tout le monde. »

Les minutes s'écoulèrent lentement. *Mais enfin, qu'est-ce qui le retient ? Il rentre, il prend ce qu'il a oublié et il ressort tout de suite, ça ne prend pas longtemps.*

Cinq minutes.

Dix.

Trente.

Le facteur remonta la rue, entra dans l'immeuble

et discuta avec la réceptionniste. Tanner la voyait derrière les grandes portes vitrées. Un vieil homme en uniforme de la Western Union entra d'un pas mal assuré et trois filles, sans doute des secrétaires, sortirent. Un camion de blanchisserie arriva et une cargaison de linge blanc disparut par les portières. Deux gamins passèrent en jouant avec un ballon.

Soudain le taxi dans lequel Nordlund était arrivé embraya et partit.

Le chauffeur de Tanner gigota, mal à l'aise. « L'a pas l'air de sortir. M'est avis qu'il vous a semé.

— Attendez encore un peu. »

L'autre secoua la tête. « Euh, désolé. Ça bouge pas mal à ce moment de la journée, je perds des courses en restant là. Va falloir que j'y aille. »

Tanner le paya et entra dans le drugstore du coin de la rue, d'où il pouvait surveiller les portes de l'immeuble. Il feuilleta les magazines proposés à la vente puis s'offrit une tasse de café.

Quarante minutes.

Il téléphona à Grossman en laissant la porte de la cabine entrouverte pour ne pas perdre l'immeuble de vue. Il pouvait monter seul, mais pourquoi courir des risques inutiles ?

Une heure. Grossman arriva en taxi et entra en trombe dans le drugstore, son visage gras luisant de sueur. « Il n'est toujours pas sorti ?

— Toujours pas... alors que cela n'aurait dû lui prendre que trois ou quatre minutes. Montons. »

« Le commandant Nordlund habite l'appartement 607, les informa la réceptionniste. Je vais l'avertir. » Et avant que Tanner puisse réagir, elle sonnait l'appartement. Sans obtenir de réponse. Elle fronça les sourcils. « Ça c'est bizarre. Il devrait être chez lui. Il a reçu une visite il n'y a pas longtemps... »

Les bruits de la rue parvinrent soudain bien plus nettement à Tanner.

« Une visite ? De qui ? »

Elle sembla se troubler. « Eh bien, d'un monsieur qui est arrivé il y a un peu plus d'une demi-heure... Il me semble que c'était à ce moment-là. Quelque chose ne va pas ? Qu'est-ce qu'il se passe, au juste ?

— De quoi avait-il l'air ?

— Eh bien, je dirais que c'était un monsieur très distingué. » Son visage s'adoucit un peu. « Vraiment très bien, très digne. Grand et plutôt mince, cheveux argentés, petite moustache poivre et sel... »

Encore ce changement subtil dans la voix, ce regard distant. Tanner avait déjà vu et entendu ce genre de trémolo à Brockton. De la jeune fille qui lui avait servi son petit-déjeuner à l'hôtel.

« Je pense, dit-il doucement, que nous devrions monter tous les trois. J'ai l'impression que le commandant Nordlund ne se sent pas très bien.

— *Oh !* » Elle demanda à sa collègue de la remplacer et sortit en hâte de derrière le comptoir. *La cinquantaine, un peu boulotte.* Tout comme la fille de Brockton, elle avait vu l'homme qu'elle voulait voir. Elle intercepta le vigoureux blanchisseur au moment où il partait. « Jeff, aidez-nous une minute, voulez-vous ? On a un malade au sixième ! »

Nous voilà quatre. Cela suffira peut-être pour nous occuper d'Adam Hart s'il s'est attardé...

Les étages défilèrent en silence et il sentit la peur lui nouer l'estomac. Et si Hart était encore là ? Ils avaient beau arriver à quatre, cela ne suffirait peut-être pas. Il faudrait jouer sur l'effet de surprise et surtout ne pas penser à la manière dont Hart allait réagir. Il sortit le Beretta de sa poche et le vérifia. La femme écarquilla les yeux, le blanchisseur eut l'air surpris : « Qu'est-ce que ça signifie, monsieur ? » demanda-t-il.

Tanner ne répondit pas. Lorsque les portes de l'ascenseur s'écartèrent, il bondit dans le couloir et se mit à courir. 601... 603... 605...

Il percuta la porte l'épaule en avant. Celle-ci n'étant ni verrouillée ni même vraiment fermée, il déboula presque jusque dans le salon avant d'arriver à s'immobiliser.

Il lui fallut bien dix secondes pour s'apercevoir qu'il n'y avait personne, constater l'absence de tension et comprendre qu'on allait laisser son esprit tranquille. Mais il flottait une espèce d'électricité, aussi légère qu'un parfum de femme, et Tanner eut l'impression qu'il y *avait eu* quelqu'un quelques instants plus tôt.

Puis Grossman appela de la chambre : « Vite, par ici ! »

15.

Nordlund avait les yeux mi-clos, les muscles du visage tétanisés et le t-shirt trempé de sueur. Il était tombé à genoux près du lit, une main agrippée au couvre-lit. *Il est en état de choc.* Il avait la peau froide, le pouls à peine perceptible et la respiration courte.

« Nordlund ! »

Tanner mit les mains sous les aisselles du commandant qu'il hissa sur le lit sous les yeux écarquillés du blanchisseur et de la réceptionniste. Celle-ci commença à s'éloigner. « Je ferais peut-être mieux d'appeler un docteur... »

La panique le saisit un instant, puis il ouvrit son portefeuille et lui montra sa fausse carte des services de renseignements de la Marine. « Je ne préfèrerais pas. Mais vous pourriez descendre chercher du café bien chaud. » Il tendit le pouce vers le blanchisseur qui semblait ne savoir que faire. « Vous, aidez-moi à le déshabiller et à le coucher... Il reviendra à lui dans quelques minutes. » Il commença à défaire les lacets et Nordlund se retrouva vite sous les couvertures. De la chaleur et une boisson chaude lui permettraient de se rétablir sans problème. Mais qu'il soit encore en vie tenait du miracle.

« Qu'est-ce qui lui a fait ça, à votre avis ? Quelqu'un ou quelque chose est rentré ?

— Il ne vous reste pas du linge à livrer, mon pote ? lui répondit Tanner d'un ton brusque.

— Ouais, j'imagine que si. » L'homme se retourna dans l'embrasure de la porte. « La prochaine fois que vous avez besoin d'aide, fit-il avec amertume, demandez à quelqu'un d'autre. »

Je suis toujours aussi nul pour les relations humaines. Mais merde, je ne pouvais pas le laisser rester...

« Karl, vous voulez bien surveiller le commandant ? »

Il revint dans le salon qu'il explora du regard. La table près de la fenêtre, une chaise un peu de travers comme si quelqu'un s'y était assis. Nordlund était rentré et se trouvait probablement dans la chambre à l'arrivée de Hart. Il y avait par terre, du côté de la chambre, une chaise retournée et une lampe brisée.

Bon, Nordlund est sorti et a essayé de se battre, ça a duré plusieurs minutes. Et il n'avait pas complètement échoué, du moins il avait vécu assez longtemps pour que les secours arrivent. Une chance inouïe, celle sur un million que quelqu'un le surveille et finisse par se demander pourquoi il n'était pas redescendu de son appartement.

Il retourna dans la chambre et regarda Nordlund

avec nettement plus de respect. Ce dernier avait à peu près sa taille et sa corpulence, peut-être soixante-dix kilos, avec des poignets fins et une poitrine étroite. Mais à d'autres égards, ce devait être un type impressionnant.

Le café arriva et il essaya d'en verser entre les lèvres flasques. Sans grand succès : si un peu de liquide coula à l'intérieur, il y en eut bien davantage à venir tacher les draps. Il ouvrit la mâchoire, maintint la langue d'un doigt et essaya à nouveau. Le résultat fut un peu plus probant mais tout aussi salissant.

« On devrait pas appeler un docteur, William ? demanda Grossman qui venait de reconduire la réceptionniste à la porte. Il n'a pas l'air bien.

— Non, ça va aller. » Il sortit sa pipe de sa poche et remarqua que ses mains tremblaient. « Ce n'est pas passé loin.

— Je n'aimerais pas que ça passe plus près.

— Vous croyez qu'il menait une enquête de son côté ? Après tout, c'est ce que vous faisiez, comme Scott, comme moi.

— Possible, encore qu'il ne semblait pas disposé à croire ce qu'il s'est passé ce samedi matin. »

Tanner se leva. « Inspectons les lieux. »

Ils mirent l'appartement sens dessus dessous. Sans rien trouver, sinon un travail personnel de Nordlund pour le compte de la Marine, une liasse de copies des comptes-rendus des réunions à l'université, des papiers personnels et un grand dossier de publications militaires confidentielles.

Entendant un peu de bruit dans la chambre,

Tanner se dépêcha d'y retourner. Nordlund se redressait, les yeux grands ouverts.

« Tout va bien, commandant, il est parti. Ça va aller. »

La lueur disparut dans les yeux de Nordlund et il retomba sur l'oreiller. « *Oh mon Dieu !* »

Tanner lui laissa quelques instants pour se remettre avant de poser la question qui lui brûlait les lèvres depuis une heure : « Qui était-ce, commandant ? »

Nordlund secoua la tête. « À aucun moment je n'ai réussi à voir son visage, Tanner. Il est entré et on s'est battus. Je n'ai jamais vu son visage, il ne m'a jamais laissé le voir ! *Vous savez ce que c'est, Tanner, de sentir quelqu'un se glisser dans votre esprit et commencer à le piloter comme on conduit une voiture ?* »

Sa voix se mit à trembler. « Doucement, fit Tanner. Hart n'est pas là et il ne va pas revenir, du moins pas pour l'instant. Et je sais ce que c'est, oui, je suis passé par là, moi aussi. »

L'horreur de la situation submergea soudain Nordlund et il trembla sous ses couvertures. Il se mordit le poignet pour ne pas hurler. Tanner l'observa avec curiosité en attendant la fin de son spasme de peur. Nordlund avait les yeux rouges et enfoncés, le visage secoué de tics. *Ses nerfs sont atteints. Quelqu'un a ôté à cet homme ce qui le faisait tenir debout, a coupé les câbles qui lui permettaient de fonctionner.*

« Qu'avez-vous fait depuis ce fameux samedi matin, commandant ?

— Que voulez-vous dire ?

— Avez-vous essayé d'enquêter sur Olson ou sur d'autres membres du comité, quelque chose comme ça ?

— Non, je n'ai pas jugé cela nécessaire. » Il pinça la bouche. « J'ai vu tout ce que vous autres aviez vu, mais cela n'avait aucun sens pour moi. J'ai pensé qu'un courant d'air avait dû faire bouger le papier... Vous-mêmes aviez pensé cela sur le moment. »

Pauvre petit officier pragmatique. Il croyait à ce qu'il pouvait toucher, point à la ligne, et ce samedi-là, il avait perdu pied, pataugé. Il n'avait su que croire.

« Et après l'assassinat d'Olson ? »

Nordlund détourna le regard. « La police vous a accusé. Je l'ai crue. Surtout que vous aviez disparu, cela semblait logique.

— Et le professeur Scott ?

— Beaucoup de personnes âgées se font tuer en traversant la rue. » Sa voix se teinta d'amertume. « J'ai été plutôt stupide, hein ?

— Oui, mais inutile d'y revenir, c'est du passé. Je devrais peut-être vous mettre au courant du reste. »

Quand il eut fini, Nordlund dit : « Il est plus facile de croire à l'abominable homme des neiges.

— Vous pensez que je mens, commandant ? »

Nordlund frissonna. « Mon Dieu, non. Je ne pourrais vous croire davantage. »

Tanner s'approcha de la fenêtre. La journée était bien avancée. Encore quelques heures et la nuit aurait recouvert la ville. Et il se retrouverait face au problème de savoir que faire après le coucher du soleil. « Nous voilà trois et avec deux hommes à suivre. Par lequel on commence, Van Zandt ou DeFalco ? »

Nordlund ferma les yeux. « À vous de décider, professeur. Je ne les connais pas assez ni l'un ni l'autre.

— Il n'y a pas grand-chose à savoir, précisa Grossman. Van Zandt est né en Belgique — en 1950, je crois. D'un père boulanger et d'une mère couturière. A immigré dans ce pays à dix ans. Enfant précoce, d'après des membres de la faculté. Licence à Beloit, troisième cycle à Harvard. Étudiant brillant. Sur le plan professionnel, il a écrit de nombreux articles sur la psychologie des ouvriers d'usine... D'une valeur inestimable, m'a-t-on dit, pour qui s'intéresse à ce sujet.

— Et DeFalco ?

— Je n'ai pas beaucoup d'informations. Né en 1967, ici à Chicago. Étudiant au-dessus de la moyenne mais sans rien d'exceptionnel, très sportif. Renvoyé pendant sa dernière année d'études et réadmis un mois après. Il a fait toutes ses études ici.

— Tout ça d'après les archives, rappela Tanner. Ce qui signifie qu'un seul de ces passés est exact. »

On n'est pas plus avancés.

Pouvoir, pouvoir, qui a le Pouvoir ?

Le professeur Harold Van Zandt... froid, distant et amer ? Ou Edward DeFalco, qui avait si peur ce matin-là au cimetière. Ou bien s'agissait-il là aussi de comédie ?

« Des suggestions ? »

Les mains fines de Nordlund agrippèrent les couvertures. Il parla d'une voix si basse que Tanner eut du mal à l'entendre. « On pourrait partir, s'enfuir. Se cacher à un endroit où il ne nous trouverait pas.

— Et craindre pour notre sécurité jusqu'à la fin de nos jours ? Vous ne croyez tout de même pas qu'Adam Hart va vous oublier, commandant ? »

Nordlund soupira. « D'accord, faisons comme si je n'avais rien dit.

— Karl ?

— Je pensais qu'on devrait peut-être commencer par innocenter DeFalco. Il y a probablement moins de chances que ce soit lui, et comme ça on serait quatre contre un. »

Nordlund se redressa péniblement sur son lit. Ses joues avaient retrouvé un peu de couleur et son regard semblait un peu moins flou qu'avant. « Pourquoi y aller par quatre chemins ? On a réduit les possibilités à deux, ne prenons pas de risques... »

Tanner mit un moment à comprendre.

« Quoi, qu'est-ce qu'il y a de mal à ça ? demanda Nordlund d'un ton vif. En temps de guerre, vous n'hésiteriez pas. Plus on attend, moins on a de chances de réussir. Pourquoi prendre le risque ?

— Je ne peux tuer un homme de sang-froid sans avoir de certitude », murmura Grossman.

L'idée n'est pas si facile à écarter. Mais identifier

Hart et le tuer étaient deux choses distinctes. Assassiner Van Zandt et DeFalco ne posait pas de réel problème, un tireur embusqué suffirait. Mais s'ils rataient leur coup, ils n'auraient pas de seconde chance. Quant à tuer un homme éventuellement innocent... « Vous n'y auriez rien vu de mal non plus lorsque vous étiez trois "suspects" ?

— Cela n'aurait fait aucune différence », affirma Nordlund, quoique d'un ton peu convaincu.

« Pensez-vous pouvoir vous lever ? »

L'officier essaya. « Je me sens un peu faible, mais je pense que ça va aller. Qu'est-ce qu'on fait, maintenant ?

— Commençons par sortir d'ici. Ce n'est pas parce que sa première tentative a échoué que Hart va vous laisser tranquille. Et cela ne m'étonnerait pas que la police arrive dans les prochaines minutes... Ils auront trouvé une accusation à porter. » Il ressentit un bref élan de sympathie envers Nordlund. « Vous réalisez que votre carrière dans la Marine est terminée, commandant ? Votre dossier va disparaître et quelqu'un va imaginer une raison de vous descendre.

— J'y ai pensé. » Nordlund alla au placard à vêtements remplir un sac de voyage. « Comment on finit la soirée ?

— À vous de voir. On va se séparer pour la nuit et se retrouver demain matin, disons au même endroit où j'ai retrouvé Karl ce matin. Dix heures à l'entrée de la bibliothèque municipale. »

Ils descendirent en ascenseur et se séparèrent sur le trottoir devant l'immeuble. Nordlund partit vers le nord. Grossman acheta un journal au kiosque et prit la direction de l'ouest ; Tanner les regarda s'éloigner avant de retourner vers le Loop.

L'heure du dîner approchait et partout sur les trottoirs on se hâtait de rentrer chez soi. Encore quelques heures et le soleil se coucherait, début d'une autre longue nuit.

Depuis combien de nuits est-ce que je me cache ?

Combien de nuits avait-il passées à se dissimuler derrière des portes fermées et des rideaux tirés, à attendre qu'Adam Hart fasse son apparition ? Et combien de nuits avait-il passées à battre le pavé en s'efforçant de rester au milieu de la foule ou à se joindre à des fêtes d'ivrognes jusqu'au matin, prêt à tout pour ne pas rester seul ?

Il marchait à nouveau sur le Loop. Peut-être pourrait-il trouver un autre hôtel avec une fête de congressistes dans laquelle s'inviter...

Mais il aurait du mal à rester éveillé toute la nuit. Il se sentait déjà presque mourir de fatigue. L'effet de la dextroamphétamine s'estompait et cela le rendait nerveux, irritable. Les nerfs. Les siens n'allaient plus tenir longtemps. Et une fois qu'il aurait arrêté la dextro et qu'il s'assoupirait ?

Il rit de lui-même. Cela ne serait alors pas bien difficile de le tuer. Un jeu d'enfant, un bout de bois émoussé suffirait à la tâche.

Il bâilla, secoua la tête et se força à s'intéresser à la ville et à ceux qui l'entouraient. *Bizarre, j'avais oublié à quel point cette ville pouvait être laide. La nuit, elle n'est que néon, chrome et plastique, mais si on regarde au-dessus des lumières, on voit les vieux immeubles en arrière-plan.*

Les immeubles, tout en angles et en coins affreux, couverts de suie, de crasse et de fientes de pigeon. Les devantures brillantes, tape-à-l'œil, verre, chrome et inox, avec au-dessus, l'architecture sordide et confuse du début des années 1900. Les voies goudronnées, sales et jonchées de débris, qui passaient pour des rues ; les enseignes clignotantes et tapageuses. Les horribles lampadaires et les boîtes métalliques trapues qui vous incitaient à *Garder la ville propre*. L'Art Institute en faux romain, le bâtiment hideux qui servait de bibliothèque municipale et les fouillis modernistes qu'étaient les bijouteries bon marché et les magasins de vêtements à prix cassés.

Et les gens.

Qui se bousculaient, avides, empruntés, stupides. Un gros homme engloutissait une platée de spaghettis dans la devanture d'un restaurant ; une femme trop bien habillée léchait les vitrines, le visage moulé de poudre et de fard, rêvant d'acheter plus d'habits qu'elle n'en pourrait jamais porter ; un adolescent aux épais cheveux bruns coiffés en vagues sur les tempes, sa veste de sport pendant sur ses épaules étroites, regardait un mannequin nu dans une autre vitrine.

La moindre petite imperfection grossie cent fois. Le moindre petit défaut exagéré hors de toute proportion.

Hart ! pensa-t-il.

Quelque part au milieu des foules derrière lui,

Hart le guidait dans une visite spéciale de la ville. Il fallait qu'il arrive à s'en débarrasser...

Il s'arrêta pour observer l'étalage d'un magasin de primeurs en essayant d'éjecter Hart de son esprit. Il vit des pommes pesant chacune une livre, du raisin avec des grains de la taille d'une tête d'enfant et des prunes qui semblaient grosses comme des oranges. Un employé écrivait quelque chose au badigeon blanc sur la face interne de la vitrine :

Vous en avez assez ?

Il cligna des yeux et se détourna. Une ruelle vide utilisée par les camions de livraison pour accéder aux entrées de service. S'il l'empruntait tout de suite, peut-être que dans l'entrée de derrière du magasin...

Il avait avancé de deux pas dans la ruelle lorsqu'il s'aperçut soudain de l'absence de pression sur lui, de l'attente vigilante. *Impatiente.* Dans l'allée, il serait complètement seul. La mort l'attendrait au fond. Soudaine et rapide, cette fois, et aussi définitive que celle de John Olson.

Il fit demi-tour pour sortir de l'allée et ce fut comme s'il marchait dans de la colle. Hart s'était glissé en lui et avait partiellement pris le contrôle. Il tituba et les passants le regardèrent, le visage soigneusement neutre, curieux ou dégoûté. Puis il se retrouva sur le trottoir et le contact fut rompu.

Quelque part, un haussement d'épaules mental.

Il faudra que je fasse attention. Les gens me regarderont et une vieille bique dira « M. l'agent, vous voyez cet homme ? Épouvantable, non ? » Et le flic se précipitera sur moi et je parie que cette fois je n'aurai pas autant de chance.

Il passa devant une boutique de gadgets dans laquelle un homme imprimait des gros titres sur de fausses unes. Une pause pour regarder le type détacher le papier du marbre et l'afficher dans sa vitrine.

Le gros titre comptait deux lignes.

CE MONDE EST POURRI,
TANNER, NON ?

Un monde pourri. Le monde d'Adam Hart serait tellement plus propre, tellement mieux organisé, et l'humanité serait tellement plus heureuse...

Il fallait qu'il lui échappe !

Il traversa State Street en courant en fin de feu vert, coupant la route à la plus grosse partie de la foule. Il entra dans le Walgreen au coin de la rue, passa le zinc. Quelque chose lui donna un petit coup de coude mental et il jeta un coup d'œil au menu que tenait une lycéenne. Il y avait la liste des spécialités habituelles de fin de soirée, avec un petit morceau de papier fixé en haut.

Nourrir les animaux ?

Il fit le tour du drugstore puis ressortit pour descendre dans une bouche de métro. Il n'alla pas jusqu'aux quais mais emprunta la galerie qui passait sous Dearborn Street. Le bruit de ses talons résonnait dans le boyau carrelé et il sentit un tâtonnement dans l'air derrière lui.

Il remonta les marches en courant et vit la ville telle qu'il l'avait toujours vue. La solide majesté de la chambre de commerce, la beauté simple du marbre de St. Peter, les lignes nettes du bâtiment Prudential. Et les gens sur les trottoirs, certains beaux, d'autres sans charme, d'autres encore marqués par une vie plus ou moins facile. Ni tous bons, ni tous mauvais. Des gens comme les autres... et pour lesquels il ressentit soudain une immense affection.

Cela le frappa alors et il faillit sombrer. Une poigne soudaine sur son esprit, la pression familière, lourde, mais conçue cette fois pour le terrasser sans délai.

Il trébucha et s'appuya à l'immeuble en fermant un instant les yeux. La pression s'allégea quelque peu mais sans disparaître, continuant à le ronger, et il sut qu'il ne pourrait pas résister plus de quelques minutes. Il n'avait jamais imaginé que Hart tenterait de le contrôler en public, qu'il prendrait le risque de se trahir. Mais il n'avait jamais pensé non plus à la manière dont Hart réagirait s'il se retrouvait acculé.

Frénétique, il leva les yeux pour regarder la rue. Des gens sur les trottoirs, mais pas de voitures de police. Des automobiles garées. L'une d'elles venait de trouver une place et son propriétaire en sortait, les clés à la main. Tanner se précipita sur lui, lui arracha les clés et s'introduisit dans son automobile. Il claqua la portière au nez du type et la verrouilla de l'intérieur avant d'actionner violemment le démarreur.

« *Police ! Où sont les flics ? Il me vole ma voiture, nom d'un chien !* »

Les gens affluèrent en courant du trottoir ou des restaurants de nuit alentour, certains encore le sandwich à la main. Le propriétaire de la voiture commença à taper à la vitre.

Tanner actionna à nouveau le démarreur et le moteur s'éveilla en rugissant. Il s'éloigna du trottoir en éraflant l'aile de la voiture devant lui. L'homme qui tapait à la vitre disparut sur le côté.

De la vitesse, pensa-t-il aveuglément. De la vitesse pour s'éloigner tant qu'il respirait, tant que son cœur battait. Et de la distance entre lui et Adam Hart...

Déjà le contrôle de Hart déclinait. Il se sentait respirer plus librement, sentait son cœur ralentir jusqu'à retrouver un rythme normal. Il descendit Randolph Street à toute vitesse, brûlant les feux rouges, et se retrouva hors du Loop. Il entendait loin derrière lui le hurlement des sirènes.

Je ne suis pas tiré d'affaire. Mais tant qu'à courir sa chance, autant la courir ainsi.

Il jeta alors un coup d'œil dans le rétroviseur. Une autre automobile roulait tous feux éteints sur le revêtement argenté, tournant derrière lui chaque fois qu'il tournait. Il écrasa l'accélérateur mais ne parvint pas à la semer.

Randolph et Ogden, et voilà qu'il s'insérait sur Washington Boulevard, où il y avait peu de circulation. Il sentit à nouveau les petites secousses mentales. D'infimes vibrations et frissons, et soudain une autre tentative de contrôle total.

Ses mains se figèrent sur le volant, manquant le

faire monter sur le trottoir et percuter les lampadaires.

Quelque part, un rire silencieux.

Plus vite ! Oh, mon Dieu, plus vite !

La nuit défilait de l'autre côté des vitres. Les immeubles résidentiels, les maisons aux volets fermés et les halos autour des lampadaires.

Qui s'éteignaient, l'un après l'autre.

Il secoua la tête et écarquilla les yeux. Les lumières faiblissaient. Hart concentrait ses tentatives de contrôle sur les seuls yeux. Le monde disparaissait, la lune et les étoiles aussi, et les maisons éclairées devenaient des ombres fugaces scintillant comme des fantômes gris. Encore quelques minutes et il conduirait sans rien voir, il essaierait de se frayer un chemin hors de la ville dans une obscurité totale.

Il ressentit soudain le besoin de donner un coup de volant pour diriger l'automobile vers le nord. Un besoin impérieux, qui ne pouvait attendre.

Pourquoi ?

Il se tétanisa sur le volant pour continuer tout droit, percevant la rue et la ville comme une brume de plus en plus sombre, de plus en plus noire. Il entendit alors, très faible, le sifflet d'une locomotive poussant son beuglement plaintif dans le lointain. Il y avait quelque part devant lui un passage à niveau, avec le clignotement rouge, les barrières abaissées et la sonnerie de cloche.

Il se surprit à faire des embardées aux intersections parce que quelque chose essayait de le forcer dans les rues latérales, loin du passage à niveau devant lui.

Il se retrouva à conduire dans le noir complet, avec le sifflet du train lui vrillant les oreilles. Une secousse, le bruit de quelque chose volant en éclats et la vibration des pneus qui traversaient la voie de chemin de fer. Puis le sifflet fut derrière lui et s'éloignait de plus en plus. Il garda le pied au plancher et pria.

Les lampadaires jaunes flamboyèrent brièvement comme des chandelles tout juste allumées, vacillèrent un instant, puis atteignirent rapidement une lueur brillante. Les étoiles se montrèrent en scintillant et les maisons longeant Washington Boulevard refirent leur apparition, comme des objets au fond d'un cours d'eau boueux qui retrouve sa limpidité.

Le long train de marchandises arrêterait longtemps la circulation. Il était à des centaines de mètres de Hart, désormais, et se savait libre pour le reste de la journée. Tous ses problèmes n'étaient pas réglés pour autant. La police, par exemple, rechercherait une voiture volée. Tanner devait donc s'en débarrasser, au plus vite.

Et trouver un endroit où passer la nuit.

16.

Il abandonna l'automobile près de la sortie de la ville et revint à pied entre de longs pâtés de maisons jusqu'à un parc où un certain nombre de gens dormaient à la belle étoile. Il y aurait des insectes, l'herbe tacherait ses habits et l'air immobile lui transmettrait le moindre murmure. Mais il y serait plus en sécurité que dans un hôtel, il y respirerait plus à son aise et n'aurait pas à subir les odeurs de désinfectants bon marché.

Il traversa tranquillement le parc par les allées. Au fond, une bande d'argile jonchée de cannettes et de boîtes cartonnées déformées longeait un canal de drainage. Une pente raide se terminait en étroit replat herbeux juste au-dessus de l'eau. Un endroit discret, peut-être encore plus sûr que le parc lui-même.

Il se laissa doucement glisser le long de la pente et s'allongea dans l'herbe desséchée. Il s'assoupit en contemplant la lune et les étoiles et dormit par intermittence jusqu'à l'aube.

Il s'éveilla avec les oiseaux aux premières

minutes du jour, sous un ciel encore rose bonbon. Il bâilla, se leva et retraversa le parc jusqu'à une rue commerçante. Des kilomètres le séparaient encore du Loop où il avait rendez-vous à dix heures avec Grossman.

Jeudi, début de matinée.

Combien de temps vais-je tenir ?

Il jeta un coup d'œil à deux ouvriers qui grimpaient dans un bus et palpa ses poches à la recherche d'argent. Quelques pièces, pas assez.

Il haussa les épaules et se mit à marcher.

Il avança à pas lents dans le matin chaud en regardant la ville s'éveiller. Les gens dans les parcs et sur les sorties de secours s'étiraient dans le soleil matinal, se raclaient la gorge, crachaient et se grattaient. Des femmes en robes de chambre sales, des bigoudis dans les cheveux, le visage fatigué et froissé. Des hommes gras en pyjamas trop petits pour eux ; d'autres maigres, en short et en t-shirt, regardant le monde comme on inspecte pour la première fois à la lueur du jour un costume acheté dans une boutique sombre.

Les petites gens simples qui composaient quatre-vingt-dix pour cent de la population mondiale, commettaient toutes les erreurs et tous les crimes et regrettaient tous les actes qui leur avaient donné un peu de plaisir dans la vie. Les petites gens modestes qui se montraient aimables avec les étrangers, se privaient du nécessaire pour accorder le superflu à leurs enfants et se faisaient descendre dans la guerre qui éclatait une fois par génération. Les pauvres ploucs qui vivaient dans des petits appartements miteux empestant l'huile rance et la sueur, payaient les mensualités de bicoques avec des huisseries à ressorts et des commodités qu'on entendait dans toute la maison lorsque quelqu'un tirait la chasse.

La plupart n'étaient ni des anges ni des démons, mais un mélange des deux... un mélange si subtil et si inextricable que seuls pourraient démêler les psychiatres les plus onéreux. Quelques-uns plantaient tous les ans de l'herbe et des fleurs dans leurs cours en sachant que jamais des fleurs ne pousseraient dans le verre brisé et la crasse urbaine, d'autres s'intéressaient à l'art sans devenir prétentieux, et il y avait toujours les gamins pour qui grandir au milieu des poubelles n'entamait pas la joie de vivre.

Il existait aussi quelques personnes qui risquaient de perdre gros si Adam Hart prenait les commandes. La plupart des gens confieraient sans hésiter le monde à Hart en lui disant : « Tenez, occupez-vous en quelque temps. »

Mais comment diable puis-je être si sûr que c'est ce que Hart veut ?

Il atteignit le Loop et entra dans la bibliothèque à dix heures. Grossman et Nordlund n'étaient pas là.

À onze heures non plus.

Ni à midi.

Nordlund arriva à treize heures. Tanner ne le reconnut pas de prime abord. Le pantalon de coutil blanc et le t-shirt avaient disparu. Des chaussures noires remplaçaient les mocassins et l'officier portait un léger costume de serge bleue qui le vieillissait de cinq ans. Il s'était teint les cheveux en châtain foncé et peut-être cela venait-il juste de l'éclairage, mais ses traits semblaient plus marqués.

« J'ai volé ce costume, l'informa Nordlund d'un ton sec. C'est la première fois que je vole quelque chose.

— Ce ne sera pas la dernière. Où avez-vous passé la nuit ?

— Dans une voiture... une de celles dont on peut rabattre le dossier pour transformer les sièges en lit. »

Nordlund ne manque pas de ressources. Cela sera utile de l'avoir sous la main.

L'officier s'aperçut soudain de l'absence de Grossman. « Où est Karl ?

— J'espérais qu'il serait avec vous. »

Nordlund eut l'air soucieux. « Je ne l'ai pas revu depuis notre séparation, hier soir. »

Un de moins, pensa sombrement Tanner. Karl ne serait pas arrivé en retard, il avait dû lui arriver quelque chose. A priori, la police ne le recherchait pas, ce qui laissait... Adam Hart.

« On fait quoi, maintenant, professeur ? » demanda Nordlund avec une expression d'attente.

Tanner se sentit soudain très fatigué. Il avait les muscles douloureux d'avoir dormi par terre, et s'étant couché tout habillé, il savait qu'il ne sentait pas bon. Il voulait se doucher, se raser et dormir dans des draps propres, pour une fois... dormir à poings fermés sans se demander si ce n'était pas sa dernière nuit de sommeil. Et il en avait assez de devoir veiller à tout, que tout le monde s'en remette à lui alors qu'il n'était pas le seul concerné par les événements.

« Vous avez des talents de Sherlock Holmes, commandant ?

— De détective ? Je pourrais essayer. »

Pour Nordlund, la vie n'a sans doute été qu'une succession d'efforts, qui se sont tous révélés payants. Il se demanda si l'officier estimait leur adversaire à sa juste valeur. Puis il se reprocha son mouvement de colère. Au moins, Nordlund tenait bon et ne se laissait pas abattre.

Il faut dire qu'il n'était pas en fuite depuis deux semaines, lui.

« Il ne reste que deux membres du comité, commandant. L'un des deux est Adam Hart. Nous ne savons grand-chose ni sur l'un, ni sur l'autre, ni surtout sur ce qu'ils ont fait ces deux dernières semaines. Je pense que nous devrions essayer de le découvrir. Prenez DeFalco, je me charge de Van Zandt. Découvrez-en le plus possible sur ses occupations actuelles et retrouvons-nous devant ce bâtiment ce soir... disons vers vingt-trois heures. » Il hésita. « Soyez prudent... Ce sera déjà bien si vous arrivez à rester en vie jusqu'à ce soir. »

Une fois Nordlund parti, Tanner alla au kiosque installé sur le trottoir acheter toutes les éditions des journaux de l'après-midi. Il les rapporta dans la salle de lecture de la bibliothèque et les étala sur une table. Si quelque chose était arrivé à Grossman, peut-être les journaux le mentionneraient-ils.

Ce n'était pas le cas, mais deux autres articles

attirèrent son attention. Le premier, en une, parlait de lui — le bla-bla habituel sur le tueur en liberté — avec des détails sur le meurtre et un entrefilet de deux colonnes sur John Olson. Rien de neuf, mais ils montaient l'histoire en épingle. Il n'y avait pas de photographie de lui.

L'autre était un article scientifique sur l'homme de demain, bien fait et scientifiquement irréprochable. *Rien de plus normal*, pensa-t-il.

Il était signé du professeur Harold Van Zandt.

Il me reste pas mal de temps à tuer avant la tombée de la nuit, songea-t-il. Il pouvait en passer une partie à essayer de découvrir ce qu'il était arrivé à Grossman, mais il avait le sentiment qu'il ne trouverait pas grand-chose. Mieux valait enquêter sur Harold Van Zandt, collègue jaloux, époux malheureux, ex-officier plein d'amertume. Chacune de ces attitudes pouvant être feinte.

Il fit tout le trajet jusque chez les Van Zandt à pied et flâna d'un air innocent sur le trottoir d'en face. La maison du coin de la rue semblait calme et tranquille dans la chaleur de cet après-midi ensoleillé. Apparemment, rien ni personne ne bougeait derrière les rideaux de chintz. Les deux fils de Susan étaient bien trop absorbés dans leur partie de lacrosse au milieu de la rue pour remarquer Tanner.

Pendant une heure, personne n'entra ni ne sortit de la maison. Puis un garçon livreur arriva en pick-up, entra par la porte de derrière avec un grand carton d'épicerie pour réapparaître au bout de quelques minutes en sifflotant et en comptant des billets. Tanner le suivit des yeux alors qu'il s'éloignait. Il devait avoir d'autres livraisons à effectuer dans le quartier et n'irait sans doute pas bien loin.

Tanner avait vu juste : la camionnette s'arrêta dans le pâté de maisons voisin.

Le livreur avait environ dix-sept ans, un visage cireux et des épaules voûtées. Il portait un tablier blanc sale sur lequel s'accrochait encore une tache de feuille de céleri. Lorsqu'il parlait, son appareil dentaire doré montait et descendait en accrochant les reflets du soleil.

« Ouais, ce sont des clients réguliers. Je les livre quelque chose comme une fois ou deux par semaine. Qu'est-ce que ça peut vous faire ?

— Que savez-vous d'eux ? »

Le garçon grimpa dans sa camionnette. « Qu'est-ce que vous essayez de dénicher ? »

Tanner sortit son portefeuille et exhiba sa carte du service des renseignements de la Marine. Le garçon haussa les épaules. « Bon, OK, qu'est-ce que vous voulez savoir ? Mais j'vous préviens, j'sais pas grand-chose.

— Depuis combien de temps vous les livrez ?

— À peu près un mois. J'ai décroché ce boulot un peu avant la fin de l'école.

— Ils vous ont semblé changer depuis que vous avez commencé ? »

Le garçon déballa un chewing-gum qu'il se plia dans la bouche. « J'en sais rien. La dame a toujours été plutôt sympa avec moi. Elle m'offre du café et me donne de temps en temps des pourboires... assez souvent, en ce moment. J'imagine que son mari est redoutable. Il était dans l'armée ou quelque chose dans le genre et il commande la maison comme une brigade. Ils se magnent vraiment le train quand il se met à crier. À moi, tout ce qu'il a jamais dit c'est “Mets ça ici” et “Pose ça là”.

— Vous avez connu John Olson lorsqu'il vivait chez eux ? »

Le garçon écarquilla un instant les yeux. « J'ai entendu parler de lui, j'ai lu l'article sur lui dans le journal. Mais je ne l'ai jamais rencontré.

— Le professeur et sa femme ne vous en ont jamais parlé ?

— Si, une fois la dame s'est plainte qu'il adorait la confiture de fraises et elle trouvait qu'elle casquait trop pour ça. À part ça, je ne me souviens pas que ni l'un ni l'autre ne m'aient jamais dit quoi que ce soit sur lui.

— Et ils n'ont pas changé du tout depuis l'assassinat d'Olson ? »

Le livreur secoua la tête. « Je ne dirais pas ça. Surtout que la maison n'est plus pareille.

— Comment ça ?

— Un nouveau frigo, vous voyez... Et puis ils ont changé le lino et mis un congélo à l'arrière. Je remarque ce genre de choses, forcément. Ils achètent plus de surgelés et moins de conserves. De la marchandise plus facile à emballer, pour le magasin. »

Tanner s'éloigna. « Désolé pour le dérangement. » Depuis la mort d'Olson, le niveau de vie des Van Zandt avait augmenté...

Le boucher du quartier se montra moins coopératif. C'était un Allemand grand et épais, avec une calvitie naissante et des bras dont Tanner n'aurait pu faire le tour avec ses deux mains.

« Ouais, elle achète tout le temps sa viande ici. Bonne cliente, avec sa famille.

— Elle vous en achète davantage depuis quelque temps ? »

Le boucher le regarda comme s'il était une côtelette de porc dans sa vitrine. « Vous êtes de la police ? Sinon, allez vendre vos salades ailleurs, ou j'appelle les flics. »

Tanner haussa les épaules et sortit. Il eut plus de succès au salon de coiffure, deux pâtés de maisons plus loin.

La patronne en était une femme maigre avec un nez busqué sous une frange de cheveux grisonnants. Elle portait une robe imprimée qui semblait ample et confortable.

« Susan Van Zandt ? Oh oui, bien sûr, c'est une de mes clientes les plus régulières. Une femme vraiment formidable... Mariée à un professeur d'université, vous savez. Pourquoi vous me posez la question ? »

Tanner baissa la voix, adoptant un ton confidentiel. « J'aimerais quelques renseignements.

— Eh bien, vraiment, ce n'est pas dans nos habitudes de dévoiler des informations sur... Quelque chose ne va pas ? » Les yeux d'oiseau luisaient de curiosité.

« À votre avis ? »

Un mouvement des mains et un rapide coup

d'œil par-dessus son épaule vers les rideaux des cabines dans lesquelles ses clientes se séchaient les cheveux au casque. « Eh bien, je ne sais pas, vraiment. De quoi vous voulez parler, exactement ?

— Je me demandais si Mme Van Zandt avait changé. Dans sa manière de s'habiller, de se comporter, ce genre de choses. »

Elle pinça la bouche. « Elle s'habille vraiment de manière stupéfiante. » Un temps. « Ça n'a pas toujours été le cas, vous savez. Elle a une silhouette difficile à bien vêtir. Un peu entre les deux, pas mince et pas vraiment forte. On y arrive, bien sûr, mais ça coûte un peu plus cher — il faut du surmesure — et j'imagine que les Van Zandt n'avaient pas les moyens. » Une autre pause. « Mais apparemment, *ça*, ça a changé.

— Que voulez-vous dire ?

— Mon cher, inutile de regarder les étiquettes pour savoir où une femme achète ses vêtements ! Je ne sais pas comment elle fait, mais elle dépense au moins deux fois plus qu'avant pour s'habiller. Et quand elle vient ici ! Avant, elle voulait juste une ondulation, maintenant elle prend la totale ! »

Tanner hocha la tête pour montrer qu'il comprenait et coucha quelques notes sur un morceau de papier. « Vous m'êtes très utile. Vous diriez qu'elle a changé, elle ? »

Un léger froncement de sourcils. « Eh bien, vous savez, je pense qu'à une époque, le professeur et elle ne s'entendaient pas très bien. Elle venait de temps en temps ici et se comportait de manière *odieuse* avec mes employées. Elle est très différente, maintenant. Très sûre d'elle, très confiante, très... eh bien, *satisfaite.* »

Le même frisson parcourut la colonne vertébrale de Tanner que lorsqu'il entendait des ongles crisser sur un tableau. Il plia et empocha le morceau de papier.

« Vous m'avez été d'un grand secours, mademoiselle. Merci infiniment. »

Elle eut l'air déçue.

« Vous n'allez rien me dire ? Je veux dire, c'est peut-être une question de... divorce ?

— Non, répondit-il calmement. C'est bien plus grave que cela. On pourrait parler d'une question de vie ou de mort.

— Ah bon ? Ça alors ! »

Dire que cette vieille fille doit penser que je plaisante ! pensa-t-il une fois sorti.

Il passa le reste de l'après-midi à interroger d'autres personnes du voisinage, sans rien apprendre de bien nouveau. Les Van Zandt étaient des gens plutôt discrets. Les commerçants avaient remarqué qu'ils dépensaient beaucoup plus d'argent qu'avant, mais la plupart rechignaient à en parler.

À la tombée de la nuit, il revint sur le Loop. Il lui fallait attendre le retour de Nordlund en fin de soirée, puis mettre au point avec lui une stratégie concernant Van Zandt. Il avait le pressentiment de faire fausse route avec Van, mais il devait y avoir une explication à sa soudaine prospérité. Adam Hart agirait-il de manière si suspecte ? Probablement pas, mais dans ce cas...

Il dîna dans un snack sur Washington et alla au cinéma. Lorsqu'il en ressortit, à dix heures passées, les rues étaient pleines de l'équipe de fêtards de service le jeudi soir. Il descendit Randolph, passa devant la bibliothèque et acheta un journal à la station de métro. Il comptait le parcourir pour apprendre les dernières nouvelles et voir s'il n'y avait pas quelque chose sur Karl ; ensuite il serait l'heure de retrouver Nordlund.

L'article sur Grossman était enfoui à l'intérieur, quatre centimètres en page neuf. Il ne donnait pas le nom de la victime, non identifiée. Un gros homme d'environ quarante ans, découvert mort dans une ruelle à deux pas de Rush Street. Vêtu d'un costume marron froissé, de chaussures noires, d'une chemise blanche et d'une cravate rayée. Cause du décès inconnue, mais la police n'avait constaté aucun signe de violence.

Ce n'est pas forcément *Grossman*, pensa Tanner avant de comprendre qu'il se berçait d'illusions. Un gros homme s'était aventuré dans une ruelle et y était mort. Comme Olson s'était assis dans sa chambre et y était mort.

Aucun signe de violence.

Évidemment.

Il n'y aura personne pour le pleurer. Personne pour réclamer le corps. Personne à qui il manquera. Même sa famille ne se souvient pas de lui.

Il entra à pas lents et reconnut Nordlund debout devant l'une des colonnes de la bibliothèque. Il lui tendit le journal. « Grossman est mort. »

Nordlund lut l'article en silence. Tanner s'en

agaça un instant, puis s'aperçut qu'il n'y avait rien à dire. Il plongea la main dans sa poche pour y prendre sa pipe qu'il alluma en reculant dans les ombres du pilier, les yeux fixés sur les passants qui avançaient d'un pas pressé sur le trottoir à quelques pas de là.

« Je me suis renseigné sur Van Zandt. Il dépense trop d'argent, ces derniers temps.

— Il le sort d'où ?

— J'aimerais le savoir.

— Cela ne ressemble pas à... à Hart.

— Non. Mais bon, on devrait avoir du mal à comprendre Hart après-coup, non ? » Un temps. « Et DeFalco ? »

Nordlund fronça les sourcils. « Je n'en sais rien. Ses voisins ne l'ont pas vu depuis la semaine dernière. Je ne sais pas sous quel prétexte, mais il semble avoir presque totalement disparu. »

DeFalco. Hart. Une disparition n'avait pas de sens. Cela paraissait suspect et Adam n'était pas du genre à faire quoique ce soit d'ouvertement suspect.

« Si on peut tenir le coup assez longtemps, dit Nordlund, je pense qu'on pourrait s'en sortir.

— Pourquoi cela ?

— Quelqu'un va bien finir par mener une enquête. »

Il a raison, mais quand ? Un membre du comité avait été assassiné... affaire purement locale. Un autre s'était fait écraser par un camion. Plusieurs avaient disparu, puisque le décès de Karl passait pour une disparition aux yeux de la police locale.

Celle-ci serait sur les dents. Mais le gouvernement ? Aucun rapport ne partait plus pour Washington, mais c'était l'été et le comité était peu actif de toute façon. Dans quelques jours, un chef de service allait peut-être additionner deux et deux et se poser des questions. Mais pas pour l'instant. Pas tout de suite.

« Vous avez sans doute raison, commandant. Quelqu'un lancera probablement une enquête. Dans une semaine, je dirais. Mais nous n'avons pas une semaine devant nous.

— Alors qu'est-ce qu'on fait ? On reste ici ?

— On se met aux trousses de Van Zandt demain. On ne peut plus faire grand-chose ce soir, de toutes façons.

— Professeur ?

— Oui ? »

Nordlund semblait un peu réticent. « Vous pensez vraiment que c'est une bonne idée de nous séparer à nouveau pour la nuit ? Si on était restés ensemble, Grossman serait peut-être encore en vie.

— Possible, répondit sèchement Tanner. Peut-être aussi qu'on serait morts tous les trois.

— Logique, admit avec un peu d'hésitation l'officier. On se retrouve ici demain ?

— À dix heures, comme aujourd'hui. »

Tanner observa Nordlund descendre les marches et disparaître dans la station de métro. Il ne pouvait lui reprocher d'avoir peur, de vouloir rester avec lui pour la nuit. Il se dit que personne n'aimait mourir. Mais qu'on n'appréciait encore moins de mourir sans amis ni famille autour de soi.

Personne n'aimait mourir seul.

17.

Tanner descendit les marches de la bibliothèque pour se fondre dans la foule encombrant les trottoirs. Il avait manqué de sincérité en disant qu'ils ne pouvaient rien faire avant le lendemain. Mais mieux valait éviter de dévoiler *tous* ses plans. Ce qu'il ignorait, Nordlund ne pourrait le raconter à... quelqu'un d'autre.

Risqué. Dangereux et téméraire, mais peut-être ce soir est-il le moment idéal pour rendre visite aux Van Zandt.

Il vola une voiture stationnée dans une rue transversale et se dirigea vers la demeure des Van Zandt. Il se gara à quatre bons pâtés de maisons de chez eux, vérifia son pistolet puis sortit de l'automobile et coupa par un jardin jusque dans une ruelle. Il approcha à pas lents et prudents, peu désireux de trébucher sur une boîte en fer-blanc, une bouteille ou n'importe quel autre objet bruyant. Arrivé devant le jardin des Van Zandt, il se glissa dans l'ombre du garage et ouvrit l'œil.

Une lumière brillait dans la cuisine, il y avait

donc quelqu'un à l'intérieur. Il était minuit, peut-être les Van Zandt s'éloignaient-ils de leur téléviseur le temps de boire un café. Il inspecta la rue du regard. Pas de voiture garée devant chez eux : ils ne recevaient donc pas.

Il souleva en silence le loquet du portail et s'approcha discrètement de la maison. Il eut peur un instant que les marches du porche grincent ou que la contre-porte soit verrouillée. Mais elle s'ouvrit sans problème et il entra à pas de loup dans les ombres du porche. Il fit du bruit, mais très peu : un patin à roulettes qu'il effleura alla rouler un peu plus loin. Des pas retentirent à l'intérieur et Susan Van Zandt ouvrit toute grande la porte de la cuisine, laissant s'échapper la lumière jaune.

« Il me semblait bien avoir... »

Il sortit de l'ombre et entra dans la cuisine. Susan porta la main à sa bouche et Tanner la sentit qui rassemblait un hurlement dans ses poumons.

Il enfonça le canon de son Beretta dans sa robe de chambre — une neuve, cette fois, noire et rose vif. « Du calme, Susan. Ni hurlement ni crise d'hystérie. Appelez votre mari. D'une voix normale. »

Elle resta figée encore une seconde, la poitrine se soulevant comme si elle étouffait des hurlements prêts à se déverser de son gosier, puis tourna les talons et rentra dans la cuisine. *Ses pantoufles rose clair sont neuves aussi*, remarqua Tanner.

Il ne reconnut pas la cuisine, dans laquelle il était pourtant déjà venu. Le garçon livreur avait minimisé l'importance des changements. Il vit un nouveau congélateur et un nouveau réfrigérateur, des meubles de rangement neufs et une nouvelle cuisinière avec autant de cadrans qu'un tableau de bord. Il voyait aussi une partie du hall. La moquette usée y avait été remplacée par un épais velours ciselé qui courait d'un mur à l'autre.

Susan n'eut pas le temps d'appeler son époux. Van Zandt entra dans la cuisine avec le journal du soir et un verre de lait. Il portait une veste d'intérieur lie-de-vin neuve d'une valeur que Tanner estima à plusieurs centaines de dollars minimum.

Il ne vit pas Tanner tout de suite. « J'ai cru entendre quelqu'un dehors, Sue. Je... »

Le verre lui échappa et se fracassa par terre, projetant du lait tiède un peu partout sur le linoléum neuf.

Tanner fit un geste avec son pistolet. « Par ici, Van. Asseyez-vous à la table de la cuisine et posez vos mains dessus.

— Je... ne suis pas armé.

— Faites ce que je vous dis, Van, c'est tout. Vous aussi, Sue. Par ici.

— Vous commettez une erreur, Bill. » Elle parlait d'une voix basse et rauque, elle ne se ressentait plus du choc que lui avait causé sa présence sur le porche.

« Je ne pense pas. »

Elle s'assit en l'observant avec méfiance et il comprit qu'elle était la plus dangereuse des deux.

« Tout ce que je souhaite de vous, Van, c'est quelques réponses. Par exemple à la question : comment est mort John Olson ? »

Van Zandt s'éclaircit la gorge. « Vous devriez le savoir. La police dit que l'avez tué.

— Vous n'êtes pas si naïf. Je pense que vous étiez présent, vous l'avez peut-être vu rendre le dernier soupir. C'est peut-être pour cette raison, parce que vous aviez peur. Je préfère penser cela qu'autre chose. »

Ils ne dirent rien, se contentant de le fixer.

Il agita l'arme dans leur direction. « Bon, ça suffit. Soyez un peu plus causants, donnez-moi des détails. À moins qu'il faille que ce soit moi qui vous les donne ? Je ne vais pas vous planter le décor. Vous savez tout sur Adam Hart, le petit romanichel de Brockton. Vous en savez peut-être même trop à son sujet. Si j'étais vous, ça m'inquiéterait. Vous savez comment il tue, vous savez qu'il a tenu John Olson au creux de sa main et l'a pressé entre ses doigts pour en faire sortir la vie. Vous aviez de l'avance sur nous, Van. Olson vivait chez vous. Vous saviez qu'il allait de moins en moins bien, vous avez dû vous demander pourquoi. Vous avez commencé votre enquête très tôt, bien avant ce samedi matin. » Un temps. « Vous avez vu Olson mourir. Vous l'avez vu suer, s'agiter et s'agripper la poitrine lorsqu'il a cessé de respirer. Et vous avez vu la vie le quitter quand son cœur a cessé de battre. »

Susan tressaillit et Tanner se pencha vers elle. « Un problème ? Je suis trop explicite pour vous ? Je choque vos délicates sensibilités ? Pas de ça avec moi, Susan. Votre famille compte beaucoup pour vous mais vous vous fichez des autres. Lorsque je vous ai parlé de John, il y a dix jours, sa mort ne vous émouvait pas plus qu'un brin d'herbe piétiné. »

Van Zandt avait retrouvé un peu de courage. « Vous divaguez », affirma-t-il d'un ton sarcastique.

Tanner fit légèrement pivoter son arme. « Pas question de me raconter des conneries, Van. Et je ne plaisante pas. Là où je veux en venir, c'est que John Olson ne s'est pas juste roulé en boule pour mourir, comme tout le monde le pense. Et comme vous l'avez dit à la police... même si cela n'a plus aucune importance. Adam Hart avait déjà manipulé John Olson une centaine de fois, et John avait fini par arriver à se défendre un minimum. Hart a eu du mal à le contrôler, cette fois-là. Olson a perdu la partie, mais j'imagine qu'il a réussi à pousser un cri, pas vrai ? Voire deux. Assez pour vous réveiller, Susan et vous, et peut-être même pour déranger les voisins. Mais lorsqu'ils ont posé des questions, vous leur avez dit que ce n'était rien, et quelques jours plus tard ils avaient tout oublié de l'incident. Évidemment. Je brûle, non ?

— Hypothèses, répondit Van Zandt d'une voix épaisse. Simples hypothèses. »

Tanner hocha la tête. « Exact. Simples hypothèses. Et pas terribles, en plus. J'ai même pensé un instant qu'Adam Hart, c'était *vous*. Idiot, non ? Adam Hart est un monstre, mais Susan et vous êtes pires. » Il se passa la main sur le front, qu'il trouva trempé d'une sueur qui ne devait rien ni à la chaleur, ni à l'épuisement. « Vous avez vu Olson mourir et vous avez deviné ce qu'il se passait. Vous n'avez pas eu beaucoup de mal, Van. Il vivait ici chez vous, vous aviez déjà entamé votre enquête et vous l'observiez à la réunion comme un insecte sous la loupe. Après la démonstration, vous avez ajouté deux et deux et vous avez dû le faire de manière bien plus intelligente que moi. Vous avez peut-être même donné un coup de main à Scott pour ses dossiers. Vous avez deviné qui était Adam Hart et vous avez fait quelque chose qui me retourne le cœur. »

Susan ne le regardait pas et gardait les yeux baissés vers la table. Bizarrement, Van semblait moins tendu, sans la moindre inquiétude, l'ombre d'un sourire flottait même sur ses lèvres.

« Vous avez trahi. Pour de l'argent. Pour du fric. Et Adam Hart a accepté le marché en comprenant que même lui pouvait avoir besoin d'alliés, que vous pourriez lui servir. Il aurait pu vous contrôler directement, mais cela lui aurait coûté du temps et de l'énergie, et un serviteur réticent n'est jamais aussi utile que celui qui vous sert avec enthousiasme. Vous avez peut-être balancé le professeur Scott, c'est peut-être vous qui avez signalé à Hart que la famille de Grossman était son point faible. Vous l'avez peut-être même mis sur la piste de Marge, sachant ce que cela me ferait. Un psychologue comme vous serait bon à ce petit jeu. Il compléterait Hart. » Il s'interrompit, se sentant étourdi, épuisé. « Vous avez trahi tous ceux que vous connaissiez. Vous avez trahi l'humanité. Et pourquoi ? »

Van Zandt souriait désormais plus largement. « Vous êtes un imbécile, Tanner. Vous l'avez toujours été et vous le resterez. Nous n'avons pas inventé Adam Hart, nous ne l'avons pas créé comme Frankenstein son monstre. Il existe pourtant, et tous ceux qui ne savent pas ou ne comprennent pas qu'il peut plier le monde à sa volonté sont des idiots. Vous le savez, moi aussi. C'est une des choses qu'on apprend à l'armée : comprendre que sa position devient indéfendable. Et rappelez-vous le proverbe : *Si tu ne peux les vaincre, joins-toi à eux*. J'ai peut-être un peu d'avance sur le reste du monde, mais tant mieux pour moi. D'ici quelques mois, tout le monde aura pris le train en marche. »

Il secoua la tête et regarda Tanner d'un air triste. « Vous surestimez vos semblables, William. Ils ne sont que du bétail intelligent. Je pense qu'Adam veut diriger le monde et que lorsqu'il le fera, les gens seront bien mieux traités, bien plus heureux et en bien meilleure santé.

— Lorsqu'Adam s'occupera du parc à bestiaux, le bétail sera abreuvé, nourri et déparasité toutes les semaines, c'est ça, Van ? »

Susan regardait toujours fixement la table avec une expression à la Mona Lisa. Cela tourmenta Tanner. Une table mise pour trois. Certaines personnes dressaient la table en fin de soirée afin de ne pas avoir à s'en occuper le lendemain matin.

Il comprit alors.

Une table pour trois.

Pourquoi pas juste pour Van et Susan, ou, si leurs enfants mangeaient avec eux, pour quatre ?

Trois.

Elle a été mise pour ce soir, réalisa-t-il soudain. Pour trois : Susan, Harold et Adam. Un en-cas avant le coucher, une conversation enjouée avec un monstre pour le convaincre encore et toujours qu'ils se trouvaient bel et bien de son côté. Une conversation qui se poursuivrait peut-être jusque tard dans la nuit afin qu'ils n'aient pas à passer trop de temps couchés seuls avec leurs consciences.

Une table pour trois, et ils attendaient le troisième lorsque Tanner avait surgi.

Il recula soudain dans le couloir menant vers l'avant de la maison.

« Où est-ce qu'il est, Van ? »

Van Zandt le regarda avec un grand sourire et une lueur de triomphe joua dans ses petits yeux enfoncés. « Qui donc, William ?

— Eddy De Falco, Van. Vous savez bien... Adam Hart. »

18.

« Je n'en sais rien, répondit doucement Van Zandt. Et je ne vous le dirais pas si je le savais.

— J'ai vu Scott y passer et j'ai lu de quelle manière Karl était mort dans une ruelle. Je n'ai plus les mêmes scrupules qu'avant, Van. » La main de Tanner se tendit. « Vous êtes un agent libre. Aucune compulsion ne vous empêche de parler. Où est-il ? »

Le sourire de Van Zandt s'évanouit. Sur la table, ses mains tremblèrent légèrement. Puis il y eut autre chose que la peur dans son regard, un léger soupçon de soulagement.

Tanner le sentit au même moment, comme il l'avait déjà senti dans l'immeuble de Petey. La présence qui soulevait le loquet au portail, qui avançait vers la maison.

L'invité arrivait.

« Vous avez de la chance, Van, chuchota Tanner. Du moins pendant encore quelques minutes. Je doute qu'Adam soit très content de vous. »

Il se retourna et se précipita vers la porte d'entrée, puis hésita et regarda par les fenêtres de façade. Il n'y avait pas de voiture devant la maison, personne n'attendait.

Il ouvrit doucement la porte en retenant le pêne pour qu'il ne produise aucun bruit, la tira tout aussi doucement derrière lui. Il courut deux maisons plus loin en coupant par un jardin et en restant dans l'ombre pour observer. Il voyait par-dessus les jardins la maison de coin des Van Zandt et la rue sur laquelle elle donnait. La porte d'entrée s'ouvrit d'un coup et il vit une silhouette debout sur les marches. Adam Hart, venu voir si Tanner se trouvait encore dans les parages. Puis la silhouette rentra dans la maison en claquant la porte derrière elle.

Tanner regarda la fenêtre de la cuisine. Unique source de lumière, la petite lampe de la table découpait sur les vitres des ombres fantastiques. Il distingua trois silhouettes déformées, dont l'une gesticulait avec colère. Puis tout mouvement cessa, laissant les trois ombres gravées de noirs et de gris.

Soudain la lampe s'éteignit et le hurlement, lorsqu'il s'éleva, tenait plus du gémissement. Tanner sentit un léger picotement dans l'air, comme si une bulle d'intangibilité expulsée par la maison l'avait touché au passage.

Hart avait dû s'irriter que les Van Zandt n'aient pas réussi à le retenir. Et comprendre que les Van Zandt vivaient non pas sagement, mais trop bien... et ce, depuis trop peu de temps. En cas d'enquête gouvernementale, des questions seraient posées. Et les Van Zandt pouvaient fournir les réponses.

Il fallait donc... *la fureur*.

Une lueur rougeoyante vacilla dans la cuisine. Elle projeta une ombre qui dansa sur les murs, qui tirait les meubles, arrachait le réfrigérateur, sortait des objets, l'ombre d'une chose qui tapa sur la cuisinière et fracassa les chaises en bois. Puis vint le bruit lointain et étouffé de porcelaine brisée, et pendant tout ce temps, le rougeoiement gagnait en intensité, en force.

Tanner continua à regarder, incapable de détourner les yeux. Les minutes passèrent, les flammes mordirent les rideaux de chintz et on entendit les fenêtres se briser. Un instant plus tard, la contre-porte battit, livrant passage à une silhouette en trench-coat et chapeau à larges bords qui dévala les marches pour se précipiter vers une voiture garée dans une rue transversale. Le moteur rugit et l'automobile fila.

Les voisins vont donner l'alarme, mais ce sera trop tard. La maison en bois brûlerait bien trop vite... comme une autre avait brûlé des années auparavant à Brockton. La demeure des Van Zandt serait réduite en cendres. Pour une raison ou pour une autre, le coroner oublierait d'ouvrir une enquête et les journaux n'en parleraient pas. Les démolisseurs arriveraient le lendemain et à la fin de la semaine, le terrain aurait été nivelé, aplati et replanté d'herbe. Les voisins seraient incapables de vous dire qui avait vécu là, le boucher prendrait un air perplexe à l'énoncé de leur nom, la femme du salon de coiffure dirait : « Eh bien, vraiment, je n'ai jamais entendu parler d'eux » et le garçon livreur vous fixerait d'un œil vide en vous envoyant paître.

Van Zandt, Susan et leurs deux enfants. Au mieux, ils provoqueraient un vague froncement de sourcils déconcerté de la part d'une de leurs connaissances qui tomberait à nouveau sur leur nom.

Effacement permanent, sans même laisser un souvenir.

Il traversa rapidement la ruelle en restant dans l'ombre des garages et des clôtures.

La lune était pleine et les étoiles brillaient avec ardeur dans le ciel.

Il passa d'ombre en ombre et attendit un instant, avant de traverser les rues à découvert, d'avoir la certitude que personne ne regardait. Les artères étaient vides et muettes... tous les habitants de Chicago se trouvaient chez eux, à écouter la radio ou se préparer un casse-croûte, ou bien à s'agiter nerveusement dans leurs petites chambres surchauffées. Il resta le plus possible dans les ruelles et s'efforça, lorsqu'il lui fallait utiliser les rues, de marcher dans les zones sombres entre les lampadaires et de passer en courant à pas de loup devant les maisons, plongeant dans l'ombre des arbres à chaque voiture qui passait.

Les quatre pâtés de maisons le séparant de sa voiture lui semblèrent quatre kilomètres.

Il revint dans le centre et se gara dans la ceinture de taudis qui entourait le Loop. Il prenait des risques en conservant une voiture volée, mais il était bien trop malade pour l'abandonner et passer une nouvelle nuit à courir. Il était deux heures du matin, il tremblait d'épuisement et brûlait de fièvre. Il se faufila sur le siège arrière et, son Beretta sur les genoux, regarda au dehors l'obscurité que perçait un lampadaire. Il attendit sans pouvoir empêcher ses yeux de se fermer. À plusieurs reprises, il s'endormit quelques minutes, s'éveillant chaque fois en sursaut.

Le matin du vendredi mit une éternité à venir.

Pour son petit-déjeuner, il choisit une cafétéria bon marché où il s'assit dans un coin afin que nul ne remarque son visage mal rasé et ses vêtements froissés. Encore une heure avant l'ouverture de la bibliothèque. Et une autre avant le rendez-vous avec Nordlund.

Et à ce moment-là, que ferait-il ?

Il fit durer son café jusqu'à neuf heures passées, paya et partit. La salle de lecture de la bibliothèque était déjà bien remplie d'étudiants et de clochards venus piquer un roupillon en sachant que les bibliothécaires, plus indulgents que la police, ne les jetteraient pas dehors. Il passa une heure à faire semblant de lire un magazine avant de retourner dans l'entrée.

Nordlund l'attendait, les yeux rouges, le costume usé et chiffonné. *L'officier n'a pas passé une très bonne nuit non plus,* pensa Tanner avec, pour une raison ou pour une autre, un frémissement de plaisir pervers.

« Je vois que vous et moi avons eu de la chance, dit Nordlund.

— Ç'aurait pu être pire. » La fille au guichet les

regardait, aussi Tanner se dirigea-t-il vers la porte. « Allons nous asseoir dans le parc. »

Ils trouvèrent un banc de l'autre côté du boulevard. Nordlund s'y effondra, les bras par-dessus le dossier, et laissa sa tête pendre en arrière. Il ferma les yeux. « Qu'est-ce qu'on va faire pour Van Zandt ?

— Rien. Il est mort. »

Nordlund se figea, la tête toujours en arrière, sans rouvrir les yeux. Ses lèvres formèrent le mot sans le prononcer. « Comment ?

— Cette nuit. Hart l'a eu. Comme Olson. Comme Grossman. Van Zandt et toute sa famille. » Il réussit à inspirer. « Ne le plaignez pas. Van collaborait avec Hart, depuis le début. »

Les passants sur le boulevard détournaient le regard à peine le posaient-ils sur eux. Un flic faisant sa ronde ne leur accorda aucune attention. On tolérait les clochards dans le parc, de la même manière qu'on les tolérait dans la bibliothèque.

Nordlund reprit la parole d'une voix nerveuse. « Ça ne nous laisse plus grand monde, il me semble...

— C'est DeFalco. »

Nordlund se pencha en avant et se prit la tête entre les mains. On l'aurait cru sur le point de fondre en larmes. « Maintenant qu'on le sait, qu'est-ce qu'on fait ? Qu'est-ce qu'on fait, Tanner ? Ce type est un surhomme... pourquoi *diable* on lui court après ?

— Ne le surestimez pas. Il fait des erreurs, il lui arrive de paniquer.

— Des erreurs ? releva Nordlund d'un ton amer. Vous êtes malade et crasseux alors que lui est libre comme l'air, et vous me dites qu'il fait des erreurs ?

— Je suis toujours en vie », répondit tranquillement Tanner.

Nordlund inspira à fond et laissa l'air ressortir en un soupir résigné. Ses mains tremblaient. « D'accord, professeur, je vous soutiens. Mais qu'est-ce qu'on fait, maintenant ? »

Il faut réfléchir logiquement pour oublier que je suis malade, que je brûle de fièvre. Il avait résolu un problème essentiel : il savait qui était Hart. Mais qu'allait-il faire maintenant de cette information ?

Tanner eut alors l'impression qu'il détenait une partie de la réponse. Hart avait fabriqué des preuves pour qu'on l'accuse du meurtre d'Olson, le forçant à prendre la fuite dès qu'il l'avait su. Mais peut-être pouvait-il lui aussi jouer à ce petit jeu.

« Je crois qu'on peut piéger Hart... lui mettre le meurtre d'Olson sur le dos. »

Un rire las. « Vous délirez, professeur. C'est *vous* qu'on recherche pour ce meurtre.

— Mais je n'ai *pas* tué Olson, c'est DeFalco, ou plutôt Hart, qui l'a fait.

— La police ne le croira pas... Les preuves vous accablent.

— Personne n'a reconnu le crime, commandant. On n'a pas arrêté le meurtrier en flagrant délit et il n'y a pas de témoins. Sans aveu de culpabilité, et avec un membre jusqu'alors respecté de la communauté dans le rôle du meurtrier présumé, toutes les preuves du monde laisseront un doute persistant. »

Nordlund secoua la tête. « Ce sera votre parole contre la sienne. Vous n'avez pas le temps matériel de fabriquer des preuves contre DeFalco, et si vous vous livrez en insistant sur votre innocence, vous savez foutrement bien ce qui se passera. Il vous faut une ouverture. »

Eddy DeFalco. Propre sur lui, jeune, plaisant. Normal, puisque c'est Adam Hart... que personne ne peut s'empêcher d'aimer. Mais Hart avait peut-être commis une erreur. Il consacrait probablement autant de temps et d'énergie à chercher Tanner que celui-ci à éviter qu'on le trouve. Hart était peut-être un surhomme, mais il n'avait pas le don d'ubiquité. Le temps que Hart passait dans les rues à le chercher, DeFalco ne pouvait pas le passer chez lui.

Je suis en cavale depuis deux semaines, par conséquent Hart l'est lui aussi... obligeant DeFalco à disparaître pendant de longues périodes.

« Je pense avoir mon ouverture, commandant. Quand la police a fini par reconnaître qu'il y avait eu meurtre, l'inspecteur Crawford vous a demandé à tous de ne pas quitter la ville, exact ? Me connaissant, vous étiez des témoins précieux.

— Un de ses hommes passait chaque soir m'informer des derniers développements de l'enquête, mais... et alors ?

— Il venait vérifier que vous étiez toujours là, commandant. Vous voyez où je veux en venir ? DeFalco a disparu... Cela éveillera au minimum les soupçons de Crawford. Et cela nous donne peut-être une ficelle à tirer. » Il se leva et entreprit de traverser le boulevard vers l'ouest.

Nordlund le rattrapa et lui prit le bras. « Comment ça s'agence ? Où allez-vous ? »

Tanner se sentit légèrement faible et étourdi et les explications commençaient à le lasser. Il ne comprenait pas pourquoi Nordlund ne voyait pas ce qui lui semblait, à lui, des plus évident. « Si en ce moment Crawford se méfie de DeFalco, un rien peut suffire à établir un lien entre Olson et lui, une simple suggestion suffira à ce que Crawford le fasse rechercher à fins d'interrogatoire.

— Et quand bien même ? demanda froidement Nordlund. Tout le monde adore Adam et gobera ses histoires. »

Tanner ne voulait pas discuter, il commençait à croire à quelque chose et il ne tenait pas à gâcher cela. « Hart ne courra ni le risque de se faire interroger par trois ou quatre personnes à la fois, ni celui de passer au détecteur de mensonges. Une machine n'est pas faite de chair et de sang, commandant... une machine ne l'aimera pas !

— Et alors, qu'est-ce que vous allez faire ? »

Tanner se mit à rire, puis s'étrangla et cracha des glaires dans le caniveau. « Adam Hart se retrouve en déséquilibre, commandant... Je vais le pousser un peu. »

Et il ajouta in petto : *S'il ne me trouve pas avant.*

Ils empruntèrent Madison Street vers l'ouest. De l'autre côté du fleuve, Madison, la rue commerçante, devenait West Madison, celle des rêves oubliés pour les ivrognes et les clochards. Tanner choisit une taverne minuscule parmi celles ouvertes et y entra en passant devant un homme à la calvitie naissante occupé à balayer le sol.

Il trouva ce qu'il cherchait effondré sur une table au fond de la salle. La seule cliente à ce moment-là, tête posée sur les bras et cheveux rouges répandus sur le bois poisseux de la table.

« Vous avez de l'argent, commandant ? »

Tanner jeta sur la table les billets que lui tendit Nordlund puis secoua la femme sans ménagement.

« Hé ? Qu'est' qu'y'a ?

— Vous voulez gagner quelques dollars ? »

Ses yeux se focalisèrent petit à petit et elle essaya de cambrer le dos pour faire saillir sa poitrine flasque avant de décider que cela n'en valait pas la peine. Elle reposa la tête sur les bras. « Casse-toi... Il est trop tôt... »

Tanner ajouta un billet.

« Il suffit de passer un coup de fil. »

Elle se redressa et regarda l'argent. Tanner fit signe au barman, qui apporta une bouteille de mauvais vin. Tanner la posa sur la table, juste hors de portée de la femme.

Elle se leva en se cramponnant à la table pour assurer son équilibre, loucha vers lui. « Qu'est-ce tu veux que j'fasse ? »

Il la conduisit à un téléphone public et la gifla, fort. La tête de la femme partit en arrière et le regard vague disparut. « *Ôte tes sales pattes de moi !*

— Écoutez-moi, vous avez dix secondes pour dessoûler, compris ? Sinon, pas de vin ni d'argent ! » Il glissa une pièce dans la fente et composa un numéro. « Contentez-vous de répéter ce que je vous dis et vous aurez de l'alcool pour plus d'une semaine. »

Elle haussa les épaules. Tanner écouta soigneusement dans l'écouteur, puis hocha la tête et chuchota dans l'oreille de l'ivrogne.

« J'veux parler à l'inspecteur Crawford », dit-elle. Tanner mit la main sur le micro dès la fin de la phrase et attendit la réponse. Quand elle vint, il chuchota à nouveau.

« Peu importe qui appelle, passez-moi juste l'inspecteur. »

Un temps.

« J'ai quelqu'chose à vous dire, inspecteur. Le professeur Tanner n'a p-pas tué Johnny Olson. C'est DeFalco qu'a fait le coup. »

Un temps. Elle cligna des yeux et fronça les sourcils, comme si elle commençait à comprendre ce qu'elle faisait. Un autre murmure pressant de Tanner.

« Aucune importance. Y a qu'à dire que... que c'était à cause de moi. »

Il raccrocha et la reconduisit à la table, où il ramassa l'argent et la bouteille pour les lui tendre. Elle voulut s'asseoir. Les doigts de Tanner se resserrèrent sur son bras charnu et il la poussa vers la porte. « Pas ici, décréta-t-il. Plus bas dans la rue. Les flics vont arriver d'une minute à l'autre... Vous ne voudriez pas qu'ils vous arrêtent, n'est-ce pas ? »

Elle se dégagea, furieuse. « Virez vos sales pattes de là ! Et faut pas qu'y m'cherchent, j'vais leur dire ! Z'allez apprendre à traiter une femme comme... comme il faut ! » Elle partit dans la rue avant de se retourner soudain pour lui tirer la langue, le défiant de l'en empêcher.

Tanner haussa les épaules et revint au barman. Il sortit un nouveau billet de sa poche. « Vous n'êtes pas obligé de vous souvenir de grand-chose, n'est-ce pas ? »

L'homme prit l'argent et le rangea dans une petite liasse qu'il glissa dans son gousset.

« Je ne vous ai pas vu entrer... ni partir. »

Une fois dehors, Nordlund demanda : « Et si elle va voir la police ?

— Aucune chance. Et même s'ils la ramassent dans une heure, ce sera trop tard. Elle aura tellement bu qu'elle ne se rappellera plus rien.

— Ce coup de téléphone... plutôt grossier, non ? »

Tanner se sentait la tête un peu chaude et le ventre un peu barbouillé. L'épuisement nerveux l'avait finalement rattrapé : il ne tiendrait pas une journée de plus.

« Peut-être la police la croira-t-elle et peut-être pas, commandant. Je ne cherche qu'à établir un lien entre DeFalco et le meurtre d'Olson... juste ce qu'il faut pour attirer l'attention de la police. »

Nordlund s'appuya à un lampadaire et se fourra les mains dans les poches, le visage neutre. « Et maintenant ?

— S'il vous reste assez d'argent, je crois que je

vais me payer un rasage, dit lentement Tanner. Vous devriez peut-être m'imiter. Ensuite, on passe à la livraison. On va appeler la police pour lui dire où trouver DeFalco.

— Vous le savez, j'imagine. »

Tanner secoua la tête. « Non, mais je connais quelqu'un qui le sait. Hart est logique. Il sait que les absences de DeFalco paraîtront suspectes. Mais il n'a pas besoin d'expliquer ce qu'il a fait de ses journées, et pour le soir, il a un alibi. Il passe la nuit avec sa petite amie. Et je vous parie que cette petite amie est Rosemary O'Connor. »

Elle avait travaillé dans un magasin de vêtements féminins non loin du campus, du moins d'après la rumeur. Elle avait donc laissé une trace qui ne serait pas trop difficile à retrouver.

Ayant repris une apparence décente, Nordlund et Tanner entreprirent de visiter les boutiques du quartier du campus. En fin d'après-midi, ils trouvèrent le gérant qui avait employé Rosemary O'Connor deux ans plus tôt. C'était un petit homme affecté et prude à la mine aussi délicate que son nœud papillon.

« Ah, oui, mademoiselle O'Connor. Je m'en souviens bien. Elle a un peu fait scandale, je crois. Bien entendu, nous l'avons immédiatement congédiée. » Il regarda les deux hommes du service de renseignements de la Marine d'un air interrogateur.

« Vous savez où elle habitait ? Vous avez gardé son dossier ?

— Oui monsieur, je suis presque certain que nous l'avons encore. » Il fit signe à une vendeuse postée non loin de là derrière un comptoir. « Mademoiselle Sherwood, le dossier du personnel sur Rosemary O'Connor, je vous prie. » Pendant qu'ils attendaient, il demanda : « Je sais que cela ne me regarde pas, mais est-elle recherchée ? Cela ne m'étonnerait pas, bien entendu. »

Tanner ne prit pas la peine de répondre.

« Oh. Je ne voulais pas me montrer indiscret. Simple curiosité, vous comprenez.

— Bien entendu. »

Le gérant prit un air peiné et la vendeuse revint avec un dossier marqué *Rosemary O'Connor*. Tanner le feuilleta. Adresse et téléphone personnels, qui avaient probablement changé depuis. L'adresse était à son nom : elle ne vivait pas chez ses parents.

La pièce la plus intéressante qu'il trouva fut un courrier d'une compagnie d'assurances demandant une lettre de recommandation. *Stupide*, pensa-t-il. Il y avait peu de chances que le magasin la couvre de louanges. La copie de la réponse était jointe et même si elle ne le disait pas en autant de mots, elle ne laissait planer aucun doute sur le genre de fille que Rosemary était censée être.

Il réfléchit un instant puis composa le numéro de téléphone indiqué dans l'en-tête du courrier de la compagnie d'assurances. Celle-ci n'avait pas engagé Rosemary mais avait archivé sa candidature. Elle leur avait donné une nouvelle adresse, située dans les quartiers ouest.

En se dépêchant, on pourra attendre devant chez elle qu'elle rentre du travail.

Elle habitait un appartement situé dans un quartier délabré où les escaliers de secours traçaient un filigrane rouillé sur le ciel bleu. Ils attendirent dans le minuscule hall de l'immeuble, un réduit pavé de carreaux fendus et dont toutes les boîtes aux lettres portaient un nom gribouillé au crayon.

Lorsqu'elle entra, Tanner n'eut pas besoin de présentation. Elle s'arrêta pour les regarder et il sut que c'était elle. Il fut surpris de constater que ce n'était pas une fille d'une beauté exceptionnelle. Taille moyenne, peut-être juste un petit peu trop plantureuse. Une jolie peau, une silhouette agréable, un teint foncé, d'épais cheveux noirs un rien trop gras. *Du sang irlandais uniquement du côté de son père*, se dit Tanner. Il l'imaginait très bien, d'ici quelques années, cuisant des spaghettis pour ses trois ou quatre enfants.

Une fille tout ce qu'il y avait de moyen, passablement jolie et attirante, assez intelligente, qui avait un jour commis une erreur qu'elle n'aurait en aucun cas pu éviter. Une proie facile pour Adam Hart.

Il lui montra sa carte et désigna brièvement du pouce Nordlund derrière lui. « Nous aimerions vous parler.

— Montez », répondit-elle d'une voix glacée. Elle les précéda dans l'escalier jusqu'à un appartement miteux à la moquette passée. Les ressorts du sofa affleuraient sous le revêtement usé. Elle ôta son chapeau et se tourna pour leur faire face. « Oui ?

— Vous connaissez Eddy DeFalco ?

— Vous ne me poseriez pas la question si vous pensiez que non.

— Vous savez où il loge ?

— Non.

— Je pense que vous mentez.

— C'est votre droit. »

Il désigna Nordlund. « Nous travaillons pour le gouvernement, Rose. Il faut que nous le sachions.

— Je ne suis pas obligée de vous le dire.

— Vous êtes restée longtemps avec Eddy, Rose ?

— Suffisamment longtemps.

— Cela fait quelques années, maintenant, n'est-ce pas ?

— Si vous le savez, pourquoi vous me le demandez ?

— Vous saviez qu'il fricotait avec d'autres femmes, pas vrai ?

— Oui, je le savais.

— Et vous restiez quand même avec lui ?

— Oui.

— Pourquoi ?

— C'est une question idiote, vous ne trouvez pas ?

— Il vous a créé des ennuis, Rose. Vous avez perdu votre emploi à cause de lui.

— Ce n'était pas une grande perte, ce boulot ne valait rien.

— Où habite-t-il, Rose ?

— Je vous ai dit que je n'en savais rien !

— Et si je vous disais qu'Eddy est un assassin ? »

Elle le dévisagea. « Je n'en croirais rien, murmura-t-elle.

— Désolé, Rose, mais c'est vrai. L'autre nuit, il a tué une famille entière. »

Elle secoua frénétiquement la tête, les yeux fermés comme si elle souffrait. « Non, non, non. Vous vous trompez complètement ! Il a peur de quelque chose, il fuit quelqu'un ! Il n'a tué personne, il a peur que quelqu'un le tue !

— Ce n'est qu'une façade, dit doucement Tanner. À laquelle vous contribuez.

— *Je ne vous crois pas !*

— Où est-ce qu'il passe la nuit, Rose ?

— Ici, avec moi, qu'est-ce que vous croyez ?

— Vous avez une idée d'où il est en ce moment ?

— Écoutez, je ne vous dirai rien... »

Il claqua des doigts et se pencha soudain sur elle. « Je ne le cherche pas juste parce que c'est votre petit ami et je me fiche complètement du nombre de fois où vous avez couché avec lui ! Peut-être aimeriez-vous savoir qu'Eddy DeFalco n'est pas du tout Eddy DeFalco, qu'il n'est même pas humain ! Peut-être aimeriez-vous savoir qu'il se déguise depuis deux ans et que vous n'êtes qu'une partie de son déguisement ! »

Elle se mit à pleurer et de petites larmes étroites lui perlèrent avec réticence au coin des paupières. « *Je ne vous dirai rien, rien du tout ! Faites ce que vous voulez !*

— Nordlund, trouvez son sac à main. »

L'officier s'éclipsa un instant. À son retour, Rosemary cessa soudain de pleurer, le regard méfiant. « Qu'est-ce que vous voulez à mon sac ? »

Tanner l'ouvrit sans répondre et en vida le contenu sur le sofa. Rosemary se précipita, mais Nordlund la retint.

Du fard, du rouge à lèvres et un petit poudrier bon marché. Un mouchoir plié avec soin et un sachet parfumé de pétales de roses. Des clés, un petit tube d'aspirine et un crayon cassé. Un carnet d'adresses. Et des tickets. Des tickets de quatre couleurs différentes permettant d'entrer au parc de loisirs de la ville.

Le parc d'attractions de Chicago, le plus grand du monde, près de trente hectares de montagnes russes, de grandes roues et de stands de boissons. La couleur du ticket changeait suivant le jour. Des tickets pour différentes attractions, qu'elle avait fourrés dans son sac sans que personne ne s'en soit servi. Des tickets apparemment neufs, non froissés, et par conséquent d'acquisition récente.

« Vous le rencontrez souvent là-bas, Rose ? Tous les soirs ? En fait, vous ne revenez jamais ici, pas vrai ? Il reste avec vous à peu près une heure et il disparaît, pas vrai ? »

Elle craqua. Elle s'effondra dans la chaise jouxtant le canapé, les yeux fermés, la poitrine secouée de sanglots. « *Si ! Je vous le jure, on revient ici... tous... les... soirs !* »

Je le tiens. Un deuxième appel bidon à Crawford et la police irait au parc chercher DeFalco/Hart...

qui ne se douterait pas qu'il avait la police aux trousses.

« N'essayez pas de partir, Rose. Il y a un policier devant et un autre dans la ruelle. Vous ne pouvez plus aider Eddy, de toute manière. » Le mensonge suffirait à l'empêcher d'essayer de prévenir DeFalco.

Même après avoir fermé la porte, il l'entendait encore sangloter. *Elle aime DeFalco*, pensa-t-il avant de se demander si Hart l'y avait forcée. Probablement pas... son degré de monstruosité n'aurait pas changé grand-chose pour elle.

19.

Il remarqua tout d'abord les odeurs. Celles, douceâtres, de la barbe à papa, du pop-corn caramélisé et des gaufres au sucre, mêlées aux légers effluves des échappements des diesels actionnant les attractions. L'odeur de vestiaire dégagée par le grouillement de milliers de personnes en train de manger. Celle, poisseuse, du Coca, de la *root beer* et du soda à l'orange. La puanteur des hot-dogs et de l'oignon cru s'ajoutant à l'arôme rance et marqué du pop-corn au beurre.

Puis les bruits. Les cris des aboyeurs, les lambeaux de conversation qui se détachaient de la foule.

« ... *votre chance, touchez les bouteilles de lait...* »

« ... *montrez à la petite fille comme vous êtes fort...* »

« ... *j'veux aller sur les montagnes russes...* »

« ... *trois pour un* quarter, *tentez votre chance...* »

« ... *deux tickets pour le Tunnel de l'Amour...* »

« ... *regarde,* ton *fils m'a tout vomi dessus...* »

Légèrement penché en avant pour ne pas tacher

sa chemise, Nordlund mangeait le hamburger qu'il venait de s'acheter.

« Une idée de la manière dont ils vont procéder, professeur ? »

Tanner haussa les épaules. « J'imagine que Crawford fera fermer toutes les sorties sauf une et que ses hommes surveilleront ceux qui franchissent celle-là.

— Ils vont avoir du mal, avec tout ce monde.

— Possible. »

Nordlund but une gorgée de soda. « Qu'est-ce qui empêchera la police de vous mettre la main dessus ?

— Pour commencer, je ne vais pas aller la trouver pour lui dire qui je suis, et ensuite, ce n'est pas moi qu'elle recherche en ce moment.

— Professeur... » Nordlund se tut un instant. « Hart pourrait décider de passer par-dessus la clôture, non ?

— Pour quelle raison ? Il ne sait même pas que la police le recherche. Il a gardé son déguisement, il est toujours Edward DeFalco en train d'attendre Rosemary O'Connor. Au pire, le parc n'est pas assez grand pour qu'on ne puisse pas l'encercler.

— Et s'il sortait tranquillement ? Les gens ne voient pas tous Adam Hart de la même manière, qui le reconnaîtrait ?

— Même réponse que pour la question précédente. Il ne sait pas qu'on le recherche, il est toujours Edward DeFalco. »

Nordlund termina son hamburger et essuya ses

doigts fins sur une serviette en papier graisseuse. « Qu'est-ce que cela fait de gagner, pour une fois ?

— Rien n'est joué, commandant. »

Il avança lentement sur l'allée centrale en écoutant les gens, le silence d'attente de ceux qui arrivaient au sommet des montagnes russes, le cliquetis sec des roues dentées sous les wagonnets, puis le rugissement assourdissant lorsque ceux-ci dévalaient la pente en déchirant la nuit des cris de leurs passagers.

Quelque chose d'humide s'écrasa sur son visage. Il leva les yeux, vit les nuages sombres venus cacher la lune, entendit un vent brusque crépiter dans les feuilles des arbres. Le temps semblait se gâter, s'orienter vers un de ces gros orages d'été qui déversaient des torrents de pluie et lançaient des bouquets d'éclairs comme autant de feux d'artifice.

Sentant ces premières gouttes, certains des badauds de l'allée centrale obliquèrent vers les sorties. Tanner consulta sa montre : la surveillance avait sans aucun doute commencé. Juste au moment où DeFalco/Hart allait partir. Il devait en avoir assez d'attendre Rosemary. Elle pouvait difficilement venir le retrouver avant huit heures — il lui fallait le temps de se changer et de dîner après être sortie de son travail à cinq heures et demie — et il ne l'aurait pas attendue beaucoup plus tard que huit heures et demie, neuf heures. Ils ne devaient guère passer qu'une heure ensemble avant de se séparer.

DeFalco avait plus important à faire de sa soirée. Une heure à jouer la comédie avec Rosemary, puis il redevenait Adam Hart et reprenait sa traque dans les rues de la ville.

Tanner s'arrêta à un stand de tir et acheta un *quarter* de munitions à la femme qui le tenait. Elle lui tendit distraitement le fusil en regardant d'un air mécontent le public qui passait en hâte devant sa baraque pour gagner la sortie.

« Faut croire qu'on va fermer tôt, ce soir. »

Tanner visa, toucha les cibles dans le fond et lui rendit l'arme. « Mauvaise soirée, hein ? »

Elle se pencha sur le comptoir et baissa la voix. « Vous savez quoi ? demanda-t-elle sur le ton de la confidence. Paraîtrait qu'ils ont piégé un assassin dans le parc. »

Tanner en eut des sueurs froides. Même si la surveillance avait commencé, Hart risquait de se douter de quelque chose.

« Vous y croyez ? »

Elle rangea le fusil en riant. « Pourquoi pas ? Ça me changerait de la routine ! »

Tanner rit aussi et s'éloigna.

Il ne fit pas plus de six pas avant de l'entendre. Distant, faible, on aurait dit des pétarades de voiture ou quelqu'un dans un autre stand de tir un peu plus loin. Il se tourna vers Nordlund. « Vous avez entendu ? »

L'officier hocha la tête. « On aurait dit un coup de feu. »

Tanner explora les alentours du regard. L'allée centrale était presque vide et les attractions commençaient à éteindre leurs lumières. La pluie crépitait, maintenant, frappant les sachets de bon-

bons froissés, les restes de cornets de glace et les petits morceaux de pain rond qui jonchaient le sol. Quelques forains, un ciré sur les épaules, baissaient même le rideau de leurs baraques.

Puis les gens commencèrent à revenir sur l'allée centrale, fuyant la sortie comme l'eau reflue d'un égout. Certains couraient en regardant par-dessus leur épaule, d'autres se précipitaient pour trouver refuge dans les ombres des stands et des manèges.

Un autre coup de feu du côté de la sortie.

Un sourire grimaçant se dessina sur les lèvres de Tanner. Qu'avait dit Karl, déjà ? Qu'ils étaient comme des chiens errants en train de conspirer contre l'employé de la fourrière ? Mais cela avait fonctionné. Hart avait paniqué et utilisé son pistolet. La police ne l'aurait pas abattu, elle voulait juste l'interroger. C'est donc Hart qui avait dû tirer. Un petit instant de panique lui avait fait perdre la partie.

Un policier courait sur l'allée centrale. « *Écartez-vous ! Que tout le monde dégage l'allée !* »

Tanner et Nordlund reculèrent dans l'ombre d'un stand et s'assirent sur un banc. Nordlund releva son col et baissa le rebord de son chapeau pour se protéger de la pluie battante. Ses yeux se fermèrent et sa poitrine adopta un mouvement régulier.

« Vous ne voulez pas assister au spectacle, commandant ? »

Nordlund ouvrit l'œil à contrecœur. « On ne peut absolument rien faire. Et je suis tellement crevé que je ne tiens plus debout. »

Tanner entendait vaguement les premières sirènes mugir à un kilomètre et demi de là. Les renforts arrivaient, la chasse à l'homme allait commencer.

Le fuyard sortit de la pénombre à cinquante mètres d'eux et se mit à courir sur l'allée centrale. Un coup de feu claqua et l'homme tituba. Pendant une fraction de seconde, Tanner vit le visage farouche et torturé d'Edward DeFalco juste avant qu'il passe devant lui, se tordant, esquivant, courant plus vite que Tanner avait jamais vu quelqu'un courir.

Il y eut alors d'autres hommes sur l'allée, qui couraient, se jetaient dans les ombres et tiraient sur la silhouette en fuite. DeFalco se retourna sans interrompre sa course et une flamme jaillit du pistolet qu'il serrait dans son poing. Plus loin sur l'allée, un policier tomba en hurlant. Il y eut des coups de feu et DeFalco trébucha à nouveau, puis se releva et reprit sa course. *Il ne mourra pas facilement.*

Il plongea soudain entre deux stands, hors de vue. Tanner voyait l'endroit où il avait disparu : l'espace entre les stands n'était qu'ombre et obscurité.

D'autres personnes arrivèrent sur l'allée centrale. Des policiers armés de carabines et de fusils d'assaut, ainsi que la foule des curieux. Puis d'autres policiers bouclèrent la zone et continrent la foule.

Tanner se sentait froid et mouillé. Il éternua, essaya de resserrer son col autour de sa gorge.

Nordlund lui tendit une cigarette. « Cette chasse à l'homme est devenue plutôt conséquente, vous ne trouvez pas, professeur ?

— Le gibier est plutôt conséquent. » Il n'avait pas très envie de parler. La tension s'était accumulée en lui et il se battait contre la fatigue qui le rendait malade. Il savait qu'une fois toute cette histoire terminée, il s'effondrerait sur place pour dormir quarante-huit heures d'affilée.

Un murmure parcourut l'assistance. « *La Maison Hantée ! Ils l'ont acculé dans la Maison Hantée !* »

Il suivit la foule qui se précipitait sur une allée transversale. Tout le monde se rassembla en un immense arc de cercle devant la Maison Hantée. *Le voilà bel et bien piégé*, pensa Tanner. L'attraction était entourée de toutes parts, avec des projecteurs braqués sur les entrées. Les mots que Crawford prononçait dans un petit porte-voix se détachaient, agressifs, dans le vent de plus en plus fort.

Puis le silence. Le bruit de la pluie drue, la respiration de la foule et les bribes de conversation à voix basse. Les lumières, les arbres et les grandes poubelles en grillage se découpant sur la nuit. La façade criarde de la Maison Hantée, dans laquelle on entrait par le large sourire d'un gigantesque visage de clown au nez bulbeux, la peinture rouge et les dorures projetant une lueur humide sous les projecteurs.

La police lança des gaz lacrymogènes et une

demi-douzaine d'agents masqués s'engouffra dans la bouche riante.

Ils faillirent rater DeFalco lorsqu'il tenta une sortie. Malgré les projecteurs, il restait dans un coin une petite fenêtre dans l'ombre à environ deux mètres du sol. Elle s'ouvrit sans un bruit et un homme se tortilla pour s'en extraire en silence.

« *Il s'enfuit !* »

DeFalco courut droit sur l'allée centrale, passant devant tout le déploiement d'armes à feu et de projecteurs. Les fusils claquèrent et il trébucha, parvint enfin à se relever et courut comme le vent. Cent mètres, deux cents mètres, puis il traversa l'étroite bande herbeuse qui le séparait de la charpente en bois d'un des grands huit.

Projecteurs, voitures et chasseurs le suivirent, coulant vers le bas de l'allée comme une énorme amibe. Dans les ombres de la charpente, une silhouette grimpait rapidement, sautant de poutre en poutre avec une agilité bien supérieure aux capacités humaines.

« *... projecteurs, amenez les projecteurs...* »

« *... là-haut, regardez !..* »

« *... ne peut pas le rater, sur tout le...* »

« *... terminé !* »

La silhouette montée dans la charpente lâcha une poignée de coups de feu. Puis les projecteurs l'épinglèrent, d'abord un seul qui s'accrocha à lui comme une teigne, puis les autres, éclairant petit à petit l'ensemble de la structure. Avec DeFalco en plein milieu, comme une mouche dans une toile d'araignée. Tanner crut l'entendre hurler : « *Oh mon Dieu !* »

Les fusils d'assaut entrèrent alors en action et DeFalco tomba sans qu'ils se taisent, leurs doigts invisibles le pinçant encore dans les airs. Il heurta le sol, rebondit, et c'en fut terminé.

Terminé.

La foule s'avança. Tanner s'approcha de la chose sur l'herbe et eut la nausée en l'apercevant. Deux hommes munis d'un brancard et d'une couverture emportèrent les restes d'Edward DeFalco dans une ambulance qui venait d'arriver. Les taches révélatrices subsistèrent un moment avant que la pluie les dilue, les dissolve et les emporte, dévoilant la couleur de l'herbe, avec autour des racines une boue d'une couleur peut-être un peu plus chaude.

Tanner resta de longues minutes sous la pluie, le regard fixe, puis fit demi-tour pour venir lentement s'abriter sous l'auvent d'un stand. Les projecteurs s'éteignaient les uns après les autres et le blanc lumineux de la charpente du grand huit devint gris huître puis gris sale avant de se noyer presque totalement dans le ciel noir, simple ombre dans l'obscurité.

Les hommes démontèrent les fusils d'assaut et les rangèrent dans des mallettes qu'ils déposèrent dans leurs automobiles. Un doux ronronnement de moteurs s'éleva lorsqu'elles s'éloignèrent en file indienne. La foule se décomposa en petits groupes qui se dirigèrent vers la sortie. L'amibe glissait de plus en plus loin du parc, se fondait dans la ville pour se diviser et regagner ses divers foyers, stations et parkings.

Elle l'aimait. Elle se fichait de savoir quel genre de monstre il était. Et elle a pleuré en disant qu'il ne pouvait pas avoir fait cela.

Il se retourna à l'aveuglette en entendant quelqu'un s'adresser à lui. Crawford. « Le commandant Nordlund m'a dit que je vous trouverais ici, professeur. Bien entendu, il nous faudra une déposition demain matin.

— Pas de problème. » Sous la pluie battante, Tanner prit la direction de la sortie.

Il ne vit pas la fille et ne s'aperçut de sa présence que lorsqu'elle se jeta sur lui pour lui sangloter dans l'oreille. « Bill, Bill, je suis si heureuse que tu t'en sois tiré ! »

Marge. La police avait dû lui demander de venir l'aider à identifier DeFalco.

« Bill, quel cauchemar ça a été ! » Elle resta là sous la pluie, l'air d'attendre quelque chose, qu'il la prenne dans ses bras, qu'il l'embrasse ou qu'ils partent enlacés dans le crépuscule. Soleil, santé et légère odeur de parfum « Tweed ».

Une Chevrolet neuve s'arrêta et le commandant Nordlund passa sa tête par la fenêtre. « Hé les enfants, Crawford m'a prêté une voiture, je vous dépose ? »

Tanner s'avança comme dans un rêve.

« C'est terminé, n'est-ce pas ? » demanda-t-il stupidement.

Nordlund le regarda avec attention. « Vous vous sentez bien ?

— Oui, ça va. » Tanner frissonna. « C'est terminé, n'est-ce pas ? Plus besoin de courir, de se cacher, de poursuivre quelqu'un. Adam Hart n'est qu'un cauchemar. J'ai perdu deux semaines de ma vie, mais tout le monde s'en fiche... personne n'en saura jamais rien. » Il avait la voix pâteuse. « Scott, mort, Grossman, mort, Van, mort, Olson, mort, Eddy, mort. Il ne reste plus que nous encore en vie. »

La pluie fouettait son visage et l'eau s'introduisait dans son col pour venir lui dégouliner dans le cou. Il se sentait glacé, mouillé, malade, seul.

Nordlund sortit de la voiture. « Aidez-moi à le faire monter en voiture, Marge, il est malade. » Il posa la main sur l'épaule de Tanner, qui le repoussa brutalement avant de reculer d'un pas. Dans le parc d'attractions désormais vide, il n'y avait d'autre lumière que les phares de l'automobile, d'autre bruit que le filet de musique déversé par l'autoradio et le grondement tranquille du tonnerre. Personne d'autre qu'eux trois.

Personne.

« Qu'est-ce qui se passe, Bill ? demanda Nordlund d'un ton plein de sollicitude.

— Je ne veux pas aller avec vous.

— Ah bon, et pourquoi ? Qu'est-ce qui vous prend ? »

Tanner recula d'un autre pas. Trop tard pour courir, pour se cacher, pour faire comme s'il ne savait pas. « Je ne vais nulle part avec vous, Hart. »

20.

Nordlund le fixa, bouche bée. « Vous avez perdu l'esprit, professeur. »

Les intestins de Tanner s'étaient liquéfiés et il craignait de tout lâcher s'il restait debout. « Pas encore, répondit-il en claquant des dents, mais cela va bientôt m'arriver, n'est-ce pas ? »

Tout contre lui, Marge essayait de le prendre dans ses bras. « Bill, tu es malade. Viens avec nous, on va... »

Il sortit le pistolet de sa poche et le brandit d'une main tremblante. « Écarte-toi, Marge. Je sais que tu n'es qu'une marionnette, mais je ne veux pas te tuer. Écarte-toi de moi. Je t'en *prie !* »

Elle hésita puis le lâcha à contrecœur.

« Je ne vous reproche pas d'avoir peur, professeur, fit Nordlund. Après tout ce que vous avez traversé, il est normal que vous soyez sur le point de craquer. Mais il faut vous ressaisir, mon vieux... Secouez-vous ! »

Cela semblait si plausible, si logique. Il était

fatigué, à bout, et Nordlund ne voulait que l'aider. Il serait si facile de s'illusionner...

Nordlund lui tenait la portière ouverte. « Allez, montez, je vous conduis à un motel.

— Ce sera un drôle de trajet. » La voix de Tanner tremblait encore. « Rien que vous, Marge et moi. En combien de morceaux est-ce que j'arriverai au motel ? D'ici à ce que vous en ayez fini avec moi, on pourrait me mettre dans une enveloppe et m'y envoyer par la poste.

— Je commence à perdre patience », répondit Nordlund, les lèvres serrées. « J'ai failli y passer, moi aussi, vous avez oublié ? Sans vous, je serais mort. »

Tanner hocha rapidement la tête. « Ouais, joli numéro de comédien. Un des meilleurs que j'aie jamais vus. J'y ai cru. Mais ce n'était que de la comédie. Encore que ç'aurait été bien plus convaincant si j'étais monté plus tôt, pas vrai ? Alors que là, vous avez été obligé de le faire durer trop longtemps, de prétendre avoir résisté une demi-heure à Hart. Impossible. Je le sais. *Personne* ne peut *vous* résister aussi longtemps... pas à la première confrontation ! Et que se serait-il passé si j'étais monté seul ? »

Nordlund secoua la tête d'un air de pitié. « Vous avez vraiment perdu les pédales, professeur. Vous dépassez les bornes.

— N'est-ce-pas ? Je pense même les avoir dépassées depuis longtemps... sans cela, je n'aurais jamais été aussi stupide. Vous étiez le candidat le plus logique depuis le début. Un officier de marine qui s'immisçait dans la recherche sur la survie pour savoir s'il risquait d'être bientôt repéré, pour deviner s'il pouvait en exister d'autres comme lui. Combien de rapports ne sont jamais arrivés à Washington, combien d'informations ont été victimes d'erreurs de classement ? Et quel poste idéal pour vous ! Quelle opportunité pour rencontrer des gens intéressants et accéder facilement à des dossiers classés ! »

Malgré la pluie froide et le vent brutal, il se sentait brûler de fièvre. *Je vais attraper une pneumonie*, pensa-t-il. Mais cela n'avait pas la moindre importance.

« Et personne n'avait de photo de vous, commandant. Un jour, votre quartier-maître m'en a montré une... il a dû mourir d'une crise cardiaque avant la fin de la journée, j'imagine ? Une photographie floue... la Marine n'en a aucune de vous qui soit nette, je parie ? Et tout le monde oublie toujours d'en prendre une, pas vrai ? »

Nordlund essaya de le raisonner comme un petit enfant. « Allons, professeur, Adam Hart vient de se faire tuer. Vous-même l'avez vu mort, il y a une demi-heure, à deux pas d'ici. »

Penser à DeFalco calma Tanner. « Pauvre Eddy. Vous aviez prévu dès le début de l'utiliser, hein ? Et lorsqu'est venu le moment de mettre en scène votre grand numéro, vous l'avez employé comme appât. Vous avez tiré les ficelles pour le servir sur un plateau d'argent. Pour être sûr que la police l'abattrait, vous l'avez forcé à sortir une arme au moment où il quittait le parc ! » Il se tut pour essayer de contrôler sa voix. « J'aurais dû le deviner... Tout est devenu si facile pour moi lorsque le commandant Nordlund a commencé à m'aider !

— Vous pensez que tout ce qu'a fait DeFalco était humain ? demanda sèchement Nordlund. Vous pensez qu'un être humain aurait pu comme lui survivre à cette fusillade et bondir de poutre en poutre sur le grand huit ? »

Tanner hurlait presque, désormais, et la pluie qui ruisselait sur son visage allait embrouiller les mots dans sa bouche. « Bien sûr que oui... si vous tiriez ses ficelles ! Oui, vous ! Qui faisiez semblant de dormir sur le banc ! Il vous fallait toute votre concentration pour le contrôler, c'est bien ça ? Vous êtes resté assis là à manipuler les fils en regardant danser votre marionnette ! Et je parie que ça été sacrément difficile de le faire durer aussi longtemps. Non ? »

Nordlund secoua tristement la tête. Marge pleurait.

Tanner sentait sa voix s'enrouer. « DeFalco ne pouvait être vous, Adam ! Il est mort trop facilement, et d'une manière stupide. Vous vous seriez montré plus coriace, plus intelligent, vous n'auriez pas amusé la galerie ! »

Il reprit sa respiration. Il en avait trop dit pour ne pas aller jusqu'au bout. « J'aurais dû deviner que Nordlund et vous ne faisiez qu'un au moment de votre petit numéro. Vous nous pourchassiez parce que nous enquêtions sur vous, parce que nous en aurions vite appris trop long. Olson a été tué parce qu'il pouvait vous identifier, Van parce qu'il vous a laissé tomber, Karl et Scott parce qu'ils se sont montrés trop curieux. Et vous gardiez Eddy comme atout dans votre manche depuis le début, pas vrai ? Mais Hart n'avait absolument aucune raison de tuer le "commandant Nordlund", qui n'enquêtait pas, que cela n'intéressait même pas !

« Et la principale raison pour laquelle Eddy ne pouvait pas être vous... la raison qui vous a échappé parce que vous n'en saviez rien : DeFalco avait déjà eu l'occasion de me tuer, au cimetière, après l'enterrement d'Olson. Il n'y avait personne d'autre que nous, nous étions complètement seuls. Cela aurait pu être fait rapidement et sans un bruit, il y avait même des fossoyeurs derrière la colline pour dissimuler mon corps ! Si DeFalco avait été vous, il n'aurait pas laissé passer cette chance ! »

Il pleurait d'épuisement, maintenant, et sa voix sortait en gros sanglots. « J'ai voulu laisser tomber une douzaine de fois, j'ai voulu oublier tout ça ! Pourquoi vous vous acharnez sur moi, Hart ? Pourquoi ? »

Il n'attendit pas la réponse pour faire ce qu'il avait à faire. Il pressa deux fois la détente avant même d'y penser, puis laissa retomber son bras et se mit à reculer.

Ses deux balles manquèrent leur cible. Le seul mouvement de l'homme devant lui avait été de remonter le col de son imperméable pour se protéger de la pluie battante.

Le tableau fut alors complet.

La nuit, la pluie, les nuages qui filaient dans le

ciel, et eux deux. L'imperméable à ceinture de la marine, col relevé, et le chapeau mou, dégoulinant, qui gardait dans l'ombre le visage de son propriétaire, le commandant Arthur Nordlund.

L'Ennemi.

Adam Hart.

Tanner se retourna et s'enfuit à toutes jambes. Il allait atteindre l'entrée de la Maison Hantée lorsque quelque chose l'attrapa et le fit tournoyer si fort qu'il tomba à genoux sur le sentier. À trente mètres de là, l'homme n'avait toujours pas bougé.

Olson.

Scott.

Grossman.

Van Zandt.

DeFalco.

tu ne penses tout de même pas arriver à t'enfuir, l'animal ?

Les muscles de ses plantes de pied se nouèrent soudain, se tétanisèrent au point de lui arracher un cri de douleur. Il ne voulait pas se lever, il savait quelle torture cela serait de se tenir sur ses pieds. Il voulait s'allonger dans la boue le long de l'allée et mourir là, s'allonger sur le ventre et respirer l'eau de la rigole en espérant se noyer avant que Hart lui déchire l'intérieur du corps comme il l'avait fait pour le chien.

Il se releva.

Cela le fit hurler de douleur mais il parvint à se glisser entre les lèvres souriantes pour entrer dans la Maison Hantée. Une fois hors de vue, il profita de la légère baisse de pression pour se mettre à courir sur les pistes utilisées par les wagonnets de l'attraction, entreposés à l'extérieur sous une bâche.

Alors qu'il jetait un coup d'œil en arrière, il vit une silhouette dans l'embrasure de la porte et lâcha frénétiquement un coup de feu dans cette direction, une fraction de seconde seulement avant d'avoir le bras pris de crampes et l'impression que des doigts pointus agrippaient son biceps et s'y enfonçaient jusqu'à l'os. Courant toujours dans l'obscurité, il se cogna aux parois courbes et sentit le sang jaillir de son nez.

ne cours pas...

Le murmure se forma comme une bulle de fumée dans son esprit. Le gravier des pistes sembla devenir aussi gros que des rochers et il trébucha, tomba, s'ouvrit les genoux. Il commençait à avoir du mal à respirer. L'air devenait visqueux, comme de la mélasse. Marrant. Un rire s'arracha de sa gorge. Comme de la mélasse.

ne cours pas...

Il n'entendit ni le petit déclic de l'interrupteur, ni le ronronnement discret de la machinerie électrique. Il n'était pas prêt lorsque, tout titubant, il bifurqua et vit la Dame Ricanante osciller depuis le mur, lumineuse, le visage rouge, se tenant le ventre avec ses grands bras gonflés et se balançant d'avant en arrière avec un énorme rire enregistré.

« *Ne cours pas ! Ho ! Ho ! Ho ! Ah ! Ah ! Ah ! Ne cours pas ! Ah ! Ah ! Ah ! NE COURS PAS ! HO ! HO ! HO ! NE COURS PAS !* »

Le rire-rugissement lui tomba dessus et les bras gonflés l'effleurèrent, traînant d'épais doigts en caoutchouc sur son visage et ses épaules. Il hurla et tira dessus, rouages et roulettes en tombèrent tandis que les grands bras gonflés s'affaissaient mollement et que la voix s'étranglait. Il se remit à courir sur les pistes, poussa des hurlements sauvages lorsque les fausses toiles d'araignée le frôlèrent ou que les squelettes dansants jaillirent avec des cris perçants pour lui frapper la poitrine de leurs doigts d'os.

Il perçut à temps le faible grondement et le frémissement de la piste. Il s'aplatit contre la paroi juste avant qu'un bruit de ferraille ne lui dégringole dessus et que les wagonnets passent à moins de cinq centimètres de lui.

Un rire silencieux résonna dans son esprit comme il avait dû le faire dans celui de Van Zandt juste avant sa mort. Le rire d'une chose folle qui aimait voir mourir les animaux, dont le dernier acte des marionnettes était toujours le suicide.

Il grimpa sur une corniche qui longeait la piste. Un passage s'y ouvrait, il s'y précipita. Il trébucha soudain et tomba à plat ventre, des panneaux anguleux lui entrant dans la poitrine et l'abdomen. Un passage à panneaux inclinés, comme un jeu de bascule miniature, qui n'arrêtaient pas de pencher d'un côté ou de l'autre. Il se releva, passa avec prudence, tourna un autre coin et se retrouva dans une petite salle où une lueur écarlate émanait d'une niche murale.

Satan en rouge, les pieds léchés par des flammes,

avec le visage d'Arthur Nordlund. Juste un peu déformé, un rien inhumain et extrêmement... beau.

Entendant un bruit derrière lui, Tanner fit volte-face. Le passage par lequel il était arrivé venait de se refermer hermétiquement, l'emprisonnant. Il martela les parois de ses poings et un autre ronronnement se fit entendre. Le sol se déroba sous ses pieds, une paroi latérale s'ouvrit et il dévala une bande de toile recouvrant des rouleaux.

C'était la langue de l'entrée/sortie au grand sourire, et il se retrouva dehors en quelques instants, le visage lavé par la pluie. Il était revenu au point de départ, face à face avec l'Ennemi distant d'une trentaine de mètres.

Des fourmillements dans les bras et les jambes, puis ses nerfs s'endormirent. Ses doigts perdirent leur faculté de serrer et le pistolet glissa de sa main pour tomber sur le goudron. La manière dont la pression sur son esprit effaçait sa perception du monde lui rappela ces massages par lesquels les femmes âgées s'efforçaient de réduire les rides de leur front. Ses sphincters se relâchèrent et il perdit toute sensation et toute connexion avec son corps. Il essaya de se défendre, de se forcer à sentir, à entendre, à réagir. En vain.

Privé de ses jambes, les bras engourdis, le pouls de plus en plus lent et vaguement étonné de pouvoir encore respirer, il se retrouva seul dans les ombres de son esprit, sa conscience s'éteignant comme une lueur vacillante, jusqu'à ce qu'il n'en reste plus qu'un minuscule éclat, puis un scintillement, puis plus rien.

Sa perception de la nuit, de plus en plus vague.

La pluie.

Le froid humide.

Puis ni nuit ni pluie ni sensations ni impressions. Plus rien que le minuscule charbon dans l'immense étendue sauvage de son esprit.

Il le fit sans s'en rendre compte ni sembler fournir d'effort. Il atteignit Marge, debout un peu plus loin. Un irrésistible sentiment d'empathie, une curieuse sensation de proximité physique et un motif de minuscules fils rouges qui brilla soudain avant de disparaître dans le néant. Une impression de résistance et une étrange sensation de mélange...

La nuit et ses impressions revinrent, mais changées. Il se sentait différent et un vague nuage d'émotions gênait sa pensée. L'air, la nuit, la pluie ne semblaient plus les mêmes. Il comprit qu'il voyait le monde par d'autres yeux... d'où cette apparence à la fois déformée et familière.

Il tourna la tête et se vit tomber sur le noir luisant de l'asphalte. À trente mètres du visage brillant et tendu d'Adam Hart, les muscles faciaux saillants sous l'effet de la concentration.

C'était comme actionner une marionnette. Il tira les ficelles et Marge réagit.

Elle s'avança, ramassa le pistolet qu'il avait lâché et se retourna en le braquant sur Adam Hart. Une lueur de compréhension sur le visage de celui-ci, et soudain la pression changea. Tanner reçut pendant quelques instants deux jeux d'impressions sensorielles et vit le monde comme si ses yeux avaient du mal à fusionner les deux images d'une vue stéréoscopique. Puis les impressions sensorielles de Marge commencèrent à s'amoindrir et il comprit qu'il lui fallait agir tout de suite s'il ne voulait pas que Hart s'en sorte.

Il fallut deux coups de feu pour l'abattre.

Tanner observa le cadavre, l'eau qui coulait sur le visage, trempait les vêtements et se rassemblait ensuite en flaque près des pieds, dans un petit creux de l'asphalte. Le mort ressemblait encore un peu à Arthur Nordlund, mais en plus lourd et plus large, et avec un visage... charmant. Des traits doux et réguliers, une bouche pleine et charnue. Quelqu'un qu'on regardait deux fois, dont on se souvenait. Hétérosis, avait noté Scott. Lorsque la progéniture de deux personnes de races différentes garde tout ce qu'il y a de mieux de chacun des parents et devient supérieure à eux.

Adam Hart.

Le beau romanichel de Brockton.

L'homme avec le Pouvoir.

Mort. Aussi mort qu'écrasé par un camion ou poignardé par des voleurs. Mort avec tous ses rêves. *Mais on ne peut pas le juger avec les critères habituels*, songea Tanner. *Ce ne serait pas juste. Il n'était pas humain.*

Il se demanda alors combien de temps avait passé depuis qu'Adam et lui s'étaient tenus face à face. Cinq minutes ? Dix ? La police allait arriver d'un instant à l'autre. Et elle lui demanderait pourquoi il avait tiré sur Nordlund. Il répondrait avoir tué un monstre, les flics le regarderaient froidement tandis que l'un dirait : « C'est le commandant Arthur Nordlund, professeur. Je l'appréciais beaucoup. J'ai toujours trouvé que c'était quelqu'un de très bien. »

Ils n'en diraient pas plus, ils... Mais personne ne reconnaîtrait ce corps gisant sur le sol comme celui d'Arthur Nordlund. Personne ne...

Fini de courir dans les rues. De se cacher. L'homme qui avait le Pouvoir était mort.

Mort.

Quelqu'un pleurait. Il leva les yeux, vit Marge sangloter doucement à quelques pas de lui. Lorsqu'elle le regarda, ce fut avec un curieux mélange d'aversion, de répugnance, de désir et d'effroi.

Puis il se souvint de *tout* ce qui s'était passé.

La réunion du comité, si longtemps auparavant. Quelqu'un avait fait bouger le petit morceau de papier. Mais si Hart avait été du genre prudent, se serait-il trahi, comme le pensait Olson ? Non. Le mouvement du bout de papier devait donc être l'œuvre d'un autre. Tanner avait prié chacun des membres du comité de tenter l'expérience. Si l'un d'eux avait eu le Pouvoir sans le savoir, il aurait fait bouger le papier.

Il avait demandé à tout le monde d'essayer sans essayer lui-même. Pas avant que, pour satisfaire Olson, il leur enjoigne d'essayer en même temps. Il s'était alors joint à eux et le petit chapeau de papier avait obligeamment bougé.

Il jeta un coup d'œil dans son dos à la Maison

Hantée. Au-dessus de l'entrée, un abat-jour en plastique mal serré protégeait une petite ampoule électrique. Il le fixa des yeux et l'abat-jour bougea un peu, puis de plus en plus.

Pouvoir, pouvoir, qui a le Pouvoir ?

Moi.

Et je ne le savais pas.

Hart avait dû comprendre tout de suite qui et ce qu'il était. Et Hart avait essayé de le tuer. Mais Tanner avait survécu. Cela aurait dû lui mettre la puce à l'oreille. Deux semaines entières, malgré toutes les tentatives de Hart. Celui-ci avait essayé à trois reprises de le tuer. Sans jamais y parvenir. Sa dernière tentative avait enfin amorcé la pompe, mis au jour ses capacités. Hart devait avoir eu une peur panique que cela se produise, mais il fallait bien qu'il tente sa chance.

Et il y avait eu l'indice de l'hétérosis. Le garçon romanichel de Brockton, progéniture très supérieure d'un mariage mixte. Le seul cas où deux plus deux font cinq. Et ses parents à lui, les Santucci du côté de sa mère, les Tanner du côté de son père. Anglais et Italiens. Or sa mère était diseuse de bonne aventure et son père avait vu l'avenir en prédisant sa propre mort. Ils bénéficiaient de talents non maîtrisés, qu'ils lui avaient transmis.

Il y avait eu d'autres indices. Les photographies, par exemple. Il n'avait jamais existé aucun cliché net de Hart. Ni de lui. Les journaux n'en avaient imprimé aucun lorsqu'on le recherchait pour meurtre parce qu'ils n'avaient jamais pu en dénicher un d'assez bonne qualité pour la reproduction. Quant à celui dans le cadre sur la commode de Marge... Hart avait utilisé Marge, mais sans jamais lui donner de photo.

Lui, oui.

La feuille de papier photo vierge dans le cadre avait été une photo de lui.

Pourquoi Hart essayait-il si désespérément de me tuer ?

Une minute de réflexion lui fournit la réponse. Hart se fichait complètement que sa propre espèce procrée, prospère et finisse par remplacer l'*homo sapiens*. Il ne s'était pas soucié que ses enfants vivent ou meurent. Il ne s'était joint au comité que pour éliminer d'éventuels semblables.

Voilà pourquoi lui, Tanner, devait mourir. Ainsi que les autres membres du comité, qui avaient découvert l'existence d'un homme tel qu'Adam Hart... et risquaient de diffuser l'information. Qui sait, s'il existait d'autres personnes comme Adam Hart, peut-être essaieraient-elles de tuer Adam pour la même raison qu'Adam essayait de le tuer lui, Tanner ?

Dans l'esprit d'Adam, il n'y avait de place dans le monde que pour un seul homme doté du Pouvoir.

Étrange. Lorsqu'ils pensent au surhomme, les humains le dotent toujours d'une morale surhumaine... sans penser qu'il pourrait avoir soif de pouvoir personnel, entre autres vices. Mais cela ne s'était pas vérifié dans le cas d'Adam Hart.

Et cela ne se vérifiait pas dans le sien.

Debout dans le noir, il se dépouillait de son identité humaine comme un serpent de sa peau. Il jeta un coup d'œil à l'animal en larmes non loin de lui, puis tourna les talons et se dirigea vers l'entrée en ignorant le vent, la pluie et son épuisement qui, après tout, n'avait été qu'un épuisement *humain*.

Dehors, les lumières de la ville endormie brillaient faiblement dans le noir luisant. Lumières qui sortaient de Chicago par les autoroutes et traversaient les continents jusqu'à couvrir le globe dans sa totalité.

Une idée lui vint alors, comme elle avait dû venir à Adam des années plus tôt.

Il allait bien s'amuser à jouer à Dieu !

Composition IGS.
Impression Société Nouvelle Firmin-Didot
à Mesnil-sur-l'Estrée, le 14 septembre 2004.
Dépôt légal : septembre 2004.
Numéro d'imprimeur : 69979.

ISBN 2-07-031546-0/Imprimé en France.

129845